THE ——————————— WRECKER

肇 事 者

魏审磨　　/　　著

九州出版社
JIUZHOUPRESS

阳光之下　本无新事

为何天使身形的你　在阴暗中幻化出恶魔的影子

……

目 录

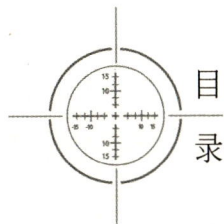

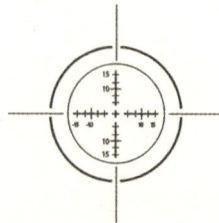

第一章

1

李少君匆匆打了一辆车，跟师傅说了一句："湾子路口，麻烦您快点。"

师傅看了一眼说完话就低头狂刷手机的女子，悠悠地说："姑娘啊，我听说那边出交通事故了，路都封了，要不咱们绕一下？"

"那就对了，就去那儿。"

司机愣了，回过头来看了李少君一眼，李少君发觉车还没动，也抬起头来，正好和师傅的目光对上。她意识到刚才说的话有点不妥，掏出记者证给师傅看了一眼，说："师傅您别慌张，我是电视台的记者，要赶去现场做报道的，麻烦您快一点，我付您双倍价钱。"

"现在记者采访连车都不给配啊？"司机发了句牢骚，然后打表起步走了起来。

李少君刷了一阵手机，网上已经出现了不少现场的视频，现场看起来相当惨烈，不过都是些网友发的，还没看到大型媒体发出像样的报道。她暗自庆幸了一下，然后拨通了一个电话。

"喂，老方，你到哪了……好，我也打上车了，估计比你先到，你带了什么设备……行吧，有点就行，交通队那边我已经安排小赵跟进了……嗯，我身体没问题，你放心吧，还是想想你怎么走不堵车吧。"

"抢头条啊记者同志？挺拼的啊。"挂下电话以后，李少君听见司机在前头说了一句。她刚才慌忙从楼上跑下来，有点供血不足，脑袋发晕，不想说话，于是她仰靠在座椅靠背上，右手开始揉肚子。

"看您这样子，身体状况好像不太好啊，您说您一个姑娘家家的何必呢？这有点太敬业了啊。要我说啊健康才是主要的，其他都是扯。您看我，原来也是，觉着自个儿年轻，身体棒，每天玩命拉活，结果落得一身病，颈椎啊腰啊肾啊都不灵了，现在我可看开了……"

李少君睁开眼，说了一句："拜托您能不能消停会儿？"

司机听到，从后视镜看了她一眼，发现她脸色确实很不好，便不再多说话，叹了一口气，踏实开车了。

车刚过手帕口桥，就已经堵得不太能动了，一路再也无话的司机小声开口道："姑娘，前边真的不能再走了，再走我可能就出不去了。能不能跟你商量一下，我在这把你放下，我盘桥调头就走了，我也不收你双倍价钱，按表给就行了，你看行么？"

李少君探头看了看外边的情况，从这里下车，走到事故现场，大概需要十分钟左右，倒是还好。而且以现在这个状态，很有可能开车二十分钟都开不到，于是她点了点头。司机合上表，显示金额三十五，李少君扔下五十元钱，没让找钱没要票，开门出去了。

下车一路走着，李少君一路和摄影师方鹏确认位置。老方比她惨，从西边过来，还没到西客站就走不动了。他扛着一个手提摄像机，背着个大包玩命狂奔。老方以为作为李大记者的御用外勤搭档，她休病假他也能跟着清闲点，结果没想到这次交通事故，她听到消息以后执意要自己出现场，这突然袭击搞得他还有点狼狈，晚上必须得让李少君请一顿羊蝎子，或者兔头也行。

李少君面露笑意，但还是在电话里批评了一句说老方缺乏媒体人的职业精神。

方鹏听了连连称是，表示只要有羊蝎子一切都好说，然后就把电话挂了。他现在的状况确实也不适合打电话。

刚把手机塞到兜里，一股子震动又传来，李少君脚步不停，一边走一边从兜里掏出手机，她看了一眼显示的来电人，给挂了。结果手机又响，陆续这么挂了三四回，对方似乎不到黄河不死心，于是李少君叹了口气，接起了电话。

"我正出现场呢，没时间说话……对我路上呢，怎么了……我好着呢，不用你操心。"

李少君本来想应付两句过去，结果对方喋喋不休，她心里火"腾"地一下就上来了，对着电话骂道："你丫到底要干什么？干涉完我的生活又要干涉我的工作，你不让我相夫教子，还不让我踏实工作，到底想让我怎么着你才满意？"

李少君挂掉电话，把手机设成静音，继续往前赶去。

此时李少君前方不远处的十字路口，场面算是相当壮观了。一辆老款凯美瑞和一辆高尔夫方向相反地紧贴着，中间是撞烂的护栏，凯美瑞的副驾驶位置已经给撞缩进去了，驾驶位置和高尔夫的驾驶位置正好对着。除此之外，有一辆奔驰的SLK小跑在前方大约五十米的马路牙子上翻着，上面还堆着公交站牌子，应该是给撞坏的。估计要是没有这站牌子，奔驰可能还停不住。

王健在路边看着这情景，把手里电话挂了，塞进裤兜里，又在身上各处兜里摸了摸，跑回车上拿出一包金桥和一个打火机，靠着车门点着，玩命抽了两口。透过烟雾缭绕，他看着不远处十字路口的惨烈场面，叹了一口气。

一个小伙子，端着个相机从那边跑过来问："健哥，能拍的都拍差不多了，我本来还想多拍点，结果让警察给轰回来了，我估摸着要不是你刚才提供了那女的的信息，估计他们拍都不让拍。"

王健点了点头。

"健哥，老大怎么说，咱们还接着跟么？"

王健平时抽一根金桥烟大概要三分钟，而这根刚抽了三四口，就把手给烫了，他一哆嗦，把烟屁股扔在地上。

"健哥你说她是不是活不成了？"看王健不说话，小伙子把相机扔在车上，也掏出一根烟点上，看着现场忙碌的警察和急救人员身影问。

"凶多吉少吧。"

"你说这人啊，真叫一个脆弱，之前还是个光鲜亮丽的网红，转眼就成这德行了，是不是挺有意思的？"

王健看了旁边的小伙子一眼，这个人是最近新招来的，专门和王健一块跟人盯车。看起来二十岁出头，年纪轻轻，说起话来如此云淡风轻，一点不像正在说一个眼看着就没命了的人，这让王健倒有些尴尬，好像自己心理素质还不如他。

"健哥你这是怎么了？害怕了？没见过死人？"

王健想点头，又想摇头，他不是没见过死人。再不济，小时候也参观毛主席纪念堂，那躺着的不就是死人？王健想说，看见一个死人和看见一个人死毕竟是两回事，但是又不想跟他多说什么，最后蹦出一句："你呢？"

小伙子笑了一声说："你不知道，我来北京之前在老家的殡仪馆帮工，死成啥样的没见过，早习惯了，比这惨的有的是。你知不知道让大卡车碾过去的尸体啥样？我跟你说那简直了……"

王健伸手阻止他继续说下去，然后说："行了行了，照片拍完了就不跟了，算是一手信息了，等回头网上有后续情况，直接拿过来发就行了。回吧。"

小伙子点了点头，然后钻进驾驶席点着火。王健走到副驾驶席车边，打开车门。临要钻进去的时候，他想再看一眼事故现场，结果却突然发现了一个熟悉的身影。

小伙子看王健开着车门却不动窝，就问："健哥，走不走了？"

"你自己先回吧，我临时有点事，不用等我。"

说罢王健把车门关上，往路口走去。

2

李少君睁开眼，发现自己躺在床上，四下望去，好像是在医院。有两个男人站在身边，一个自然是摄像师老方，另一个看着眼熟，却又一时想不起来。她定了定神，再一细看，愣了一下，然后又闭上了眼。

"我说李大记者啊，怎么着，看见老同学这么失望？"王健笑着说。

"少君你感觉怎么样，刚才你突然就晕倒了，好家伙这吓了我一跳。你说说你，做了手术就好好在家呆着不得了么，干吗还非得亲自跑这个现场？你也不跟我们说这个事，早知道你是因为这个休息的我肯定不让你出来。"

李少君听了心说，做个人流很值得骄傲么？这怎么跟人说。本来还想一瞒到底的，结果自己身体不争气，还给晕菜了，这下丢人是丢大了。

"李大记者的性子啊，过去就一直是巾帼不让须眉，争强好胜不要命。我说这位方哥啊，您跟她老同事了吧，她现在还这样呢？"

老方白了他一眼，然后假装他什么都没说，继续用关切的目光看着李少君。李少君面子上本就有点挂不住，再加上好死不死有个王健在场，更是觉得这个事太尴尬，不知道说什么好，只好想办法转移话题。

"我没事了老方。"少君睁开眼，先和老方说了句话，让他放心，然后目光落在王健身上，继续问道："倒是你，怎么会在这儿？"

"巧了，今天车祸那个女的死者，是个网红。我们发现她最近跟微景公司的老板郭徽走得很近，正在跟呢，谁知道就出了这么档子事。"王健说完，又补充道："郭徽你知道吧？做VR什么的那公司，这几年很火。"

王健是李少君的大学同学，毕业后不知怎么跑到八卦媒体去当狗仔了，当时李少君他们一干奔着大台大报去的人对于他的选择很是不齿，但是抛开道德准绳不说，这么多年下来，看着这些当狗仔的风餐露宿夜以继日，反而私下里开始佩服起这帮人来。

从王健的话里，李少君得到了一个消息，那就是奔驰SLK的车主已经身亡了，那其他人呢？作为一个正常记者，比起什么网红和大老板，李少君还是更关心这个，于是眼神又指向老方。老方心领神会，开口道："奔驰车的驾驶员，就是他说的那个网红，叫吴晗，已经宣告死亡了。凯美瑞车上一家三口，开车的丈夫和在副驾驶的妻子也都没救过来。后座的小孩，刚七岁，因为使用了安全座椅，倒活下来了，还在抢救。高尔夫的车主头部受了伤，暂时没生命危险，但是还不好说，现在昏迷着呢。"

"事故定性了么？"

"凯美瑞车主贸然违章掉头，掉到一半的时候被正常直行的奔驰撞到副驾驶侧面，因为惯性又撞上了正常排队等待左转弯的高尔夫。现在定的是凯美瑞车主负主要责任，奔驰车过路口没减速，次要责任，高尔夫无责。"

李少君点了点头，一次事故，三条人命。留下一个头部受伤的无辜人和一个不满十岁的孩子。"牵一发动全身"的悲欢离合就在电光火石的一瞬间完成。

三人还在讨论事故情况，病房门口突然出现一个人影。

"少君！你怎么样了？我就说这时候你不能出去瞎跑，你看看你……"

随着这段话，那人冲到病床跟前。

"袁帅，这里是医院，你能不能安静点？"

袁帅看了看周围，然后咽了口吐沫，身体更靠近李少君接着说："你现在感觉怎么样？"

"我没事，你不用操心。"

俩人在病床前头说话，后面的王健冲老方努了努嘴，指了指袁帅，意思是这人谁啊。老方琢磨着这人怎么还跟我自来熟啊？我认识你是谁啊我就告诉你。王健看老方不理他，也就不再挤眉弄眼地问了，其实傻子都看得出来，这位肯定是李少君的男朋友之类的。再想到李少君晕倒的原因，王健深觉此事不善，不能瞎搅和，再在这儿看着就有点尴尬了，于是凑上前一步说："不好意思啊二位，打扰一下二人世界，我就说一句话，说完我就走。少君，今天这事，你也想跟，我也想跟，但是咱俩目的不一样，不存在竞争关系，倒不如联合起来互通有无，我有我的渠道和资源，你要是想做深度调查，一定用得着我，你看如何？这我名片，你收着，回头联系。"

王健把一张名片放在小桌上，冲袁帅和老方点了点头，离开了病房。

老方一看，心说：留我一人在这更不合适了。便就坡下驴道："我去问问那俩伤员的情况。"

然后老方也走了。

病房里只剩下李少君和袁帅俩人，李少君说："你手拿开。"

袁帅看了看自己握着李少君右手的双手，听话地松开了，继续说道："你说你，刚做完手术，怎么不好好在家里歇着？你看看，闹成这样。"

"我闹？袁帅你是逗我么？你自己想想，咱俩在一块这小两年，我跟你提过什么吗？你丫一直说还没考虑好结婚的事，我问过你一句么？现在倒好，我怀上了，你说这他妈赖你还是赖我。本来我都想开了，既然如此，那就顺应天意吧，我也不再一心往工作上扑了，踏踏实实结婚生孩子也行。结果您倒好，一句不能要，就把我打发了。行，我都听您的，二话不说我就把孩子打了。完事现在您又嫌我工作太努力了。好赖话都让您给占了，还给我留条活路不留了？"

老方和王健一走，李少君想到被他们看到如此尴尬丢脸的一幕，再看着袁帅这个罪魁祸首，更是气不打一处来，一控制不住又骂开了，把袁帅噎得够呛。

"没话说了？你走吧，我现在也不想见你，你想清楚了再说吧。"李少君突然觉得现在一看见袁帅就压不住火，实在是不想动怒，脑袋往旁边别过去继续说道，"不过你听好了，我的生活，你还没权力替我做决定。"

袁帅觉得此时此刻待在此地，确实不是什么好的选择，于是缓缓站起了身，刚要转身走，老方突然进来了。

老方看了看这画面，感觉好像有点尴尬，不知道怎么着好，于是又想转身出去。

"老方，怎么了？你说。"李少君叫住了他。

"闫敬昱醒了。"

"谁？"这个声音是从李少君和袁帅两个人口中同时发出的。

老方一愣，一时间不知道该回答谁，过了两秒还是对着李少君说："高尔夫车主。"

李少君也一愣一愣的，她看了一眼袁帅，意思是你怎么也这么关心这个。

袁帅停了一下，摇了摇头，没说话。

老方说："算了，你还是别去了，先歇会儿吧，我过去问问，要是需要你，再来找你。"

老方说完转身离开了病房，而袁帅竟然也默默地跟去了。李少君本来想问他跟着去干吗，后来转念一想，本来刚才就说了让他走，现在难不成要说先别走么？还是算了吧，然后她闭上了眼睛。

3

闫敬昱睁开双眼，发现自己正处在一个大院子的门口，这个院子对于他来说是如此熟悉，以致于他一下就明白了自己是处于梦境里。这个院子无数次地出现在他的梦境里，提醒他有一些他努力想要忘记的事情，但这些事其实根本忘不掉。

院门柱子上立着一条牌匾，闫敬昱无须去看，也知道那上面写着什么。

一心福利院。

闫敬昱对自己说：快醒过来啊，快醒过来啊，不要走进去。

但是他的身体并没有听他的话，朝着院门迈出了坚实的一步。

然后闫敬昱就看到那个人正站在传达室门口，笑意盈盈地看着他，并伸出一只手来招呼着他过去。她说："快过来呀，别在外面傻站着，这么多年没见了，周老师很想你。"

闫敬昱还在不停地对自己说：不要过去，不要过去，不要再见到这个人。

周老师看闫敬昱迟迟不动，笑了笑，然后缓缓向他走来，最终站在闫敬昱的面前，那只布满了茧的手落在了他的脸上。闫敬昱下意识地躲开了她，他害怕那种粗糙的触感，害怕手在他脸上摩擦时的疼痛感，这种疼痛会让他回忆起那个让他心碎的画面。

躲开以后，闫敬昱想看看她，却突然感觉很奇怪，明明自己已经不是那个小学生了，为什么她还是显得那么高？为什么自己想要看清她的脸的时候，依旧要拼命地抬起头来？

"怎么了？这么久不见周老师了，还跟我生分了啊，当年你跟我最亲了呀，你不记得了？"

闫敬昱发现眼泪在自己眼眶里直打转，他咬着牙开口："你走开，我不想见到你，我不想见到你。"

"你这样周老师可要不高兴了，当时你不是最喜欢我么？"

闫敬昱不知道说什么好，周老师慈爱的面容充满了温暖。他觉得自己的心慢慢变得柔软了，下意识地要接纳这种温暖，可是他余光一瞟，发现远远地从教学楼里又出来了一个男人的身影。

看到那个身影的闫敬昱心里一绞，周老师的温柔目光也不再令他向往，反而显得无比虚伪，他又回想起那个时候，那个他一辈子也不想记起，却无法忘记的画面。

他指着远处那个身影，对周老师大喊："你怎么会不高兴？既然你知道我喜欢你，信任你，为什么你们还要那样做？"

对面的周老师并未因他的情绪变化所动，反而似乎对他的种种抵抗感到厌烦。她拿出那时对待顽皮的孩子的表情，这表情她几乎没在闫敬昱面前展露过。

"闫敬昱！"她大喊一声。

闫敬昱猛地睁开眼。

第二章

1

"啊,你醒了。"

闫敬昱感觉自己的心跳非常快,眼前却是一片模糊。他努力定了定神,让自己适应了这个环境,跟随而来的是强烈的头痛感和呕吐欲,此时他发现自己正身处医院的病床上。

"你刚刚做完手术不久,麻药的效力可能还没有完全过,四肢会有一天左右的时间无法正常活动,而且麻药的副作用会导致你头晕、恶心,这些都是正常现象,你不必紧张,我们会有专门的护士来照顾你。"旁边站着的医生模样的人说道,"对了,你的手术很成功,应该不会对未来造成什么影响,你放心吧。"

闫敬昱懵懵懂懂,但是此时此刻他遵从自己的下意识做了一个动作,那就是点了点头。然后他顺着医生往他身边看去,发现除了医生和护士之外,再往后还站着一个警察。

闫敬昱想着,难道自己失忆了犯了什么案子?不应该啊。

他让自己镇定一点，抑制了一下想要呕吐的冲动，然后开始慢慢回忆发生了什么。

今天开车出门跑业务，一切都很正常，一路开到马连道的红绿灯旁等左拐弯，都很正常，再然后……再然后……

啊，闫敬昱的记忆终于拼起来了，再然后他发现左边有辆车冲自己冲了过来，之后就是天旋地转的一波冲撞。

"我被人撞了。"闫敬昱琢磨过来了。

把这件事搞清楚以后，闫敬昱突然想到刚才在梦里，周老师最后喊了一声他的名字，那一声喊得如此真切，并且把他从睡梦中叫醒了。仔细想来，那声音似乎并不是来自于梦境，而且不是出自一个女人之口，怎么想都觉得好像是个男人喊出来的。

"你们……"闫敬昱一张嘴，才发现自己现在连说话都是如此困难，"你们刚刚有人叫我的名字么？"

"啊？没有啊。"医生有点纳闷，然后突然眼前一亮说道："啊对对，你刚才醒的时候正好这位警官同志开门走进来，好像门外是有人叫了你一声。不过现在外面很乱，有很多媒体记者什么的，可能是他们瞎叫的，你不必在意。你现在的身体状况不适合过多地说话，更别提接受采访了，我建议你还是静养一阵儿。你的父母我们已经联系上了，他们正在往北京赶，需不需要我们帮你拨个电话过去，帮你报个平安？"

闫敬昱想了想，摇了摇头说："你们要打就打吧，我就不自己说了。"

医生听了，想着可能闫敬昱还是很累，便点了点头，然后转身和那个警察说了两句，说完警察开口道："闫敬昱同志，根据流程，我们要对你做份笔录，不过也不着急，听大夫的，我们过一会儿再来找你吧，你先休息。"

闫敬昱又努努力，点了点头，目送着警察和医生离开了病房。门开的那一刹那，外面喧嚣的声音传入病房，是各种询问的声音和噼里啪啦的快门声，闫敬昱把头扭向另一侧，避免相机拍到他。就在这个时候，一个呼喊的声音传了进来，让他猛然睁开眼，把头转了过去。

那声音喊："闫敬昱！"

就是他。闫敬昱分辨了出来，把自己从梦中叫醒的就是这个声音。

"闫敬昱，我是袁帅！"

乱糟糟的人群中，他想寻找这个声音的来源，但是人太多了，他分辨不出那声音是从哪张嘴里传出来的。闫敬昱脑海中渐渐勾勒出那一个少年的轮廓，以及那个他以为自己好不容已经忘记掉，一回想却又如此清晰的冷酷眼神。

当然，一个十几年前的形象无论如何他也不可能在今天还能一眼识别，何况是在这样的环境下。他还没来得及再做分辨，门就关上了。

闫敬昱想着，自己可能是听错了吧，反正自己都这副模样了，还管那么多别的干什么。强烈的晕眩感让他无暇去思考什么，他昏昏沉沉地闭上了眼，让自己重新身处一片黑暗之中，他只希望不要再做那个梦。

2

与此同时，王小龙也发现自己身处在一片黑暗之中。

怎么会这样呢？王小龙回想了一下，昨天晚上爸爸妈妈回来的时候高兴地说从朋友那儿借来一辆车，说今天不用出摊了，趁着他放暑假，要一家三口出去玩。

出去玩好啊，王小龙感觉他已经好久没有和父母一起出去玩了。每天他们两个人天不亮就出去卖菜，王小龙去上学的时候他们已经出去了，等王小龙下学的时候，二人正在摊上，每天耗到十一二点才收摊回来，这时候王小龙已经睡了。如此周而复始，若不是放假，他和父母几乎都打不着照面。

王小龙怀念自己小的时候，在老家和父母过着无忧无虑的日子。刚到北京的时候，他总是问他们什么时候回去，爸爸说等攒够了钱就回去。而且在北京多好啊，在北京上小学上中学上大学，以后就是北京人了。可是当北京人有什么好的？王小龙没闹懂。

王小龙也不知道攒多少钱算攒够了，后来他也不问了。

对啊，今天不是出去玩吗，这是玩到哪儿来了？摸黑迷宫么？王小龙回忆起来早上出门的时候，一家三口开开心心的，打开后门发现上边装着个小座，爸爸说这是安全座椅，朋友的，让他坐进去。王小龙不想坐，想坐在副驾驶，妈妈却没让，说爸爸没怎么开过车，不稳当，还是坐这里好。然后爸爸就把他抱进去了，还插上了好几个带子，箍得他好难受，感觉哪儿都动不了似的。

王小龙想伸手往前探探，却发现手脚都动不了，比坐安全座椅还难受。他有点害怕，想叫爸爸妈妈，却叫不出声来。他更害怕了，哭了起来，眼泪哗哗地往下流。他也不能用手去擦，只得任其自流，满嘴都是咸味。

哭着哭着，他似乎听见远远的有人在喊他，他四下望去，都是黑暗，压根不知道声音是从哪里传来的。他停止了哭泣，尽量不让自己发出任何声音，仔仔细细去分辨那呼唤声的来源，却又什么都听不到了，只能听到自己心跳的咚咚声。

他开始觉得自己可能是听错了，于是又开始拼命想移动自己的四肢，感觉手指好像有一点反应，他加快频率地想活动它们，感觉自己就像一块待化的猪肉。

正觉得曙光乍现的时候，王小龙又听到了那个声音，这次他听得真着，是有人在叫他"小龙"，右边好像是妈妈的声音，又不太像。他想答应一声，却还是发不出声音，他只好更努力地去活动自己，好歹先把脖子活动开，能往那边转头看看的吧。

这样努力了不知多长时间，工小龙精疲力尽，却收效甚微。他感觉好累，眼睛都要睁不开了，要不然，先睡一会儿吧，睡醒了可能就好了。他闭上眼，发现闭眼和睁眼效果没什么区别，但是睡觉还是要先闭眼吧？他想起遥远的以前，妈妈讲故事哄他睡觉的时候，都让他把眼睛闭上，闭上眼睛听着故事就能看到小兔子拔萝卜了。

3

"大夫，小龙怎么没反应啊？是不是有啥问题啊？"

"你们别着急，他现在各项生理指标都趋于稳定了，应该没什么问题，踏踏实实等待他醒过来吧，急也没用。"

王小龙的姨妈和姨夫看看大夫，又看看小龙，不再说话了。

接到警方电话的时候，小龙姥姥和姥爷几乎当场就晕倒了。被家人扶到床上缓了一会儿，姥姥暴发出凄厉的哭声，夹杂着诸如"我的闺女啊，我就说不能去北京啊""我就说不能跟那小子"之类的含糊不清的骂街话，姥爷在旁边支棱着眼睛直掉眼泪。

王小龙的爸爸当年是邻村的一个野小子，从小就没了爹妈，几个兄弟姐妹为了生计也是各自为战，反正谁活下来算谁能耐吧。他四处给人包工，混成了大人，不知道怎么回事和自己的小闺女搞到一起去了。老两口一个劲儿地不同意，觉得这孩子没爹没娘的肯定踏实不了。架不住从此之后这孩子天天帮着干活，地里的事靠他一个人解决了大半。老两口此生最大的遗憾就是有仨闺女却没儿子，冷不防来了这么个壮劳力，时间长了竟然使唤着习惯了起来，最后也就认了。

俩人结婚以后，又生了小龙这个大胖孙子，老两口觉得也算是有福了。没想到没过几年这女婿不知道哪来的主意，又开始撺掇媳妇去北京，说北京哪儿都好，随便干点什么都比在家种地强。小闺女没个主意，就这么让他说动了。二老拦不住他们，本想着把外孙子留在身边，却也没留住。女婿说，小孩子在农村能有什么出息，还是得去城里上学才能混出来。二人想想也是，他们也想让小龙长成大龙，巨龙，真龙。

谁成想这刚去了北京没两年，闺女就这么说没就没了，搁谁谁都受不了。老两口的大闺女跟着女婿早已经去南方定居了，身边只剩下二女儿和二女婿。他们想亲自去北京看小龙，被二闺女拦住了，怕他们老胳膊老腿在路上再出个好歹。事情已然如此了，不如让他们去，有什么事再给爸妈打电话吧。

就这样，小龙的二姨和二姨夫出现在他的病床前。

4

小龙的二姨在屋里陪着小龙，二姨夫自己走到医院大门口抽烟。一边往外走，二姨夫一边心里琢磨：这北京首都就是不一样啊，抽个烟还不能在楼道里抽，连楼门口都不让。刚才他刚在楼门口点了一根，就让保安拦住了，说这是无烟医院，要抽得上院子大门外头去。

得，去就去吧，毕竟是北京，天子脚下，规矩多点儿也正常，人家都是大爷，牛气得很。

二姨夫琢磨着，孩子爹妈都没了，这次事故听说还得担大头，死了一个，伤了一个，车还是借的，这里外里，三辆车，一个死人一个活人，加一块得赔多少钱？这事怎么说呢，第一，他是这家女婿，算是个外人。第二呢，小龙姓王，也不算这家人，里外里他跟小龙隔着两家，这以后事怎么算？这么多钱谁赔？以后孩子谁养？多烦心。

正琢磨着，旁边过来一个男的，岁数看起来跟他差不多，说："大哥，借个火吧。"

二姨夫把打火机掏出来递给那人，那人点上火之后递回过来，抽了一口说："大哥也是来看人？"

"啊，是。"

"我也是，刚坐火车过来的。我们家孩子，开车让人给撞了，你说说这什么事？好好的，飞来横祸啊。不过话说回来了，我家孩子今年本命年，本命年啊就是犯冲，怎么都得遭点灾，幸好大夫说事不大，没伤坏了哪儿。"

二姨夫一听，想起这次车祸撞伤了的那个小伙子，大概也就是二十四五岁，心想："这位不会是那小伙子他爸吧？这他妈真是冤家路窄啊，这万一要是让他知道了我是谁，闹不好还得揍我一顿。"顿时，二姨夫不敢说话了。

那人也没等二姨夫回话，其实也不是要跟他聊什么，就是心里头不痛快，借着抽烟的工夫随便找个人吐吐心中的不快，感觉说出来，这点憋屈就好了。他继续说："你说开车那人，多不负责任，我听说车里还有他老婆孩子，一家三口啊，全家人的性命啊，就这么开车？你猜怎么着？公母俩都没了，就剩一个孩子，要我说啊还不如干脆都死了得了，留一个孩子孤苦伶仃的，更造孽啊，这以后这孩子怎么活？"

二姨夫听口风，感觉这人还挺讲理，就试探着问："是啊，那这孩子真是可怜，小小的年纪就没爹没妈了。不过这么说的话，那您说这事故咋算呢？还找那小孩子赔钱？"

"唉，小孩子是没招谁没惹谁，怪可怜的，可是我们敬昱又招谁惹谁了？看吧，看看什么情况，孩子没钱，爸妈总不能没遗产吧？爸妈没钱，孩子爷爷奶奶姥姥姥爷总有钱吧？"

"那要是真都没钱呢？"

那人看了一眼二姨夫，把抽的差不多的烟扔地上踩灭了说："有法律管着呢，看吧。"

说完，那人说了句谢谢，转头回去了。

二姨夫看着他远去的背影，犯了一阵愣，最后被烧到头的烟屁股烫了手，浑身一哆嗦，烟掉了。他回过神来，心里想着这事也只能走一步看一步了，也往回走。

往回走是往回走，不过既然跟冤家共处一楼，二姨夫开始多加小心了。他偷偷摸摸地走回小龙的病房，进门前还四下瞧了瞧。现在时间比较晚了，白天守候着的各路媒体基本上都撤了。幸亏如此，不然这么显眼，想不让人找上来都难。

二姨夫打开门看了看里面，二姨趴在小龙床前，好像是眯瞪着了，而小龙还昏迷着，情况没发生什么变化。他小声叫了二姨一声，二姨没反应，于是他悄悄走了进去，尽量不惊动病房里其他病人和家属。不过看上去，他这样的行为反倒是更显得不正常。

二姨夫拨拉了一下二姨，二姨哼了一声，没醒过来。他并不气馁，又来了一下，二姨醒了，看看他，又看看小龙，迷迷糊糊地说："我还以为小龙醒了。"

"你跟我出来一下，我跟你商量点事。"

"不行，小龙离不开人。"

"哎呀，大夫都说了他很稳定，你在这儿待着他该醒不过来还是醒不过来，一会儿不在没事，你出来我跟你说几句话。"

二姨不悦地小声嘟囔着，还是跟着他离开了病房。

走到楼道的角落，二姨夫找了一处窗台边，站定了，小声说："小龙手术治病的钱，付了不少了，白天警察还跟我说回头要咱们掏你妹和你妹夫火化的钱呢。"

"咋了，你钱还没带够？明天去银行再取点出来。"

"不是，你没明白，你妹夫这回篓子捅大了，不光是这些事，还有事故的赔偿呢。不光说这几辆车，还有一条人命啊，你妹妹他们有多少遗产你知道么？"

"那我哪儿知道？你先别管这些个事了，小龙没事要紧，后头的事跟家里再商量。"

说完，二姨转身回病房了。二姨夫听得心里发闷，又想抽一根，他从兜里掏出一根烟，刚想点着，看到墙上那个禁止吸烟的标志，想了想，还是把烟夹在耳朵上，转身往楼下走了。也正是因此，他没能看到，走回病房的二姨，双拳紧握，眼泪流下来的样子。

5

"当时是直行绿灯吧，前边有几辆车左拐弯待转，我在后面排着，然后前边好像有辆车想掉头，正好待转的车往前走把路口让出来了，我看他就一直往左掰，应该是想趁着对面直行的车还没过来赶紧掉过头去，结果没想到对面来了一辆快的车，就撞上了。'咚'的一声特别大，吓我一跳。然后我就看那掉头的车冲着我就来了，这我哪躲得开啊？就撞上了。我就记得当时一下就震得我喘不上气，然后气囊弹出来了，后来我就没什么印象了。"

警察一直在低头记录，听闫敬昱说完，停下笔开口道："好的，你说的情况和我们分析的现场还有监控记录得到的结论基本一致，没什么别的问的了，你先踏实养病吧，等调查结案以后你可以发起民事诉讼申请赔偿。"

"警察同志，那两辆车的人怎么样了？"

警察看了看他，停了一会儿，大概是在思考这事要不要告诉他，后来还是开口说："直行那个和掉头的一家两口当场死亡，掉头那车的孩子活下来了。"

"啊，那岂不是成了孤儿了？"

警察听了他的话，以为他怕找不着人赔偿损失，忙说："肇事人死亡不会对你申请民事赔偿造成影响，你放心吧。"

这时候站在闫敬昱床旁边的一个中年女子开口了："敬昱啊，这些事你先别操心了，踏踏实实养伤吧。"

闫敬昱没做表示，也没再说话，眼神呆滞地看着天花板，似乎在回忆着什么。警察和中年女子对视了一下，然后跟她交代了几句，留了个电话，便转身打开病房门离开了。

　　警察走后，闫敬昱躺在床上翻手机，中年女子还是在床边站着。她摸了摸床头柜上的一杯水，感觉有点凉了，于是打开暖壶又续上了一点热水，完事又摸了摸杯子，满意地放下了暖壶，把杯子往闫敬昱床那边推了推，一句话也没说。

　　这时，门开了，一个中年男子走进来，正是刚才和小龙二姨夫一块儿抽烟的那位。他站在女子身边，女子瞪了他一眼说："你怎么刚抽完烟就进来，浑身都是味儿，不知道这是病房么？"

　　男子听了，点了点头要出去，床上的闫敬昱开口道："没事，待着吧。"

　　"敬昱啊，我刚才问大夫了，说你情况不错，明天再观察一天，没事的话就可以出院了。完事大夫说要静养一段时间，病假条也给你开好了，你看，你要不跟我们回老家住几天，养养身子？"

　　"不用，你们别管了。"

　　两个人你看我我看你，也没说什么，他们已经习惯了闫敬昱这种态度。

　　看俩人没反应，闫敬昱又说："你俩找着地儿住了么？先去找地儿吧，天都黑了，再晚不好找了。我这儿没什么事了，要是想来你俩明天再来吧。"

　　话是冲他俩说的，但是闫敬昱眼睛却一直没离开手机。

　　俩人愣了一会儿，然后男的说："行吧，那我俩先出去看看，有事给我们打电话啊。你早点休息，别老玩手机了，你脑袋还伤着呢。"

　　"嗯。"

　　两人就这么走出了病房，打开门的时候，闫敬昱抬了一下头，目送着两个人离去的背影，表情没有任何变化。

　　门一关，闫敬昱又看回了手机，点开了下一则新闻，上面写着：马连道路口特大交通事故，知名网络红人吴晗香消玉殒。

　　唉，两死两伤四个人加一块，也不如一个网红来得轰动。

第三章

1

朝阳门外悠唐广场南边的"漫咖啡"里，工作日的下午两点多，人来人往络绎不绝，李少君看着这些形形色色的男女，心里不禁感慨，现在的人都这么闲吗？为什么会有这么多人这个点儿不上班呢？

她没时间深刻思考这个问题，往里看了看，踅摸了半天，终于看到王健远远地从座位上欠起身来向她招手。她沉着脸走了过去，发现王健桌上有个紫色的小熊玩偶。

"嚯，童心未泯啊，没看出来你还玩这个呢。"

"玩什么玩？这是这家店的特色，点完餐给个小熊，用不同颜色的小熊代表不同的单子，服务员送餐时候一眼就看出来了。这你都不知道，离你单位这么近你从来没来过这儿？"

李少君心说：我为什么要来这儿，你以为我跟在座的这帮人一样这么闲么？

李少君落座不一会儿，服务员送上了两杯饮料，并把小熊收走了。

"今天这么热，本来想着点个冰的给你，不过你身子不是不太方便么，我觉得还是喝点热的比较好。"王健示意服务员把热咖啡放到李少君面前，然后说道。

王健这句话说得李少君心里一酸，但她还是想表现得坚强一点，尤其是面对这个大学四年的同窗。

李少君和王健是大学同班同学，曾经也算得上很熟了。王健当时暗恋李少君，虽然未曾正式表白，但是李少君不是傻子，自然心知肚明。李少君一直觉得王健此人人品不坏，但是整天嬉皮笑脸没什么正形，自然是跟自己这样的学霸级人物不搭调。而两个人选择了截然不同的职业方向后，连面都没怎么再见过了。这次因为马连道肇事案偶然相遇，她一方面好奇王健手头上有什么消息，另一方面也是在和袁帅赌气，毕竟当时王健留下联系方式的时候，袁帅也在场，所以才特意高调地在袁帅面前打了电话，约见这个老同学。

"没想到你心思还挺细。"李少君领了情，却直接拿起王健面前的那杯冰饮，对着吸管一口就干下去三分之一。

"大姐，你悠着点喝，别激着。"王健震惊于一个人用吸管喝水还能喝得这么快，隐隐担心那吸管会不会炸了，然后就这么看着她，继续说："可怜你我同窗四年，我视你为女神，你却竟然都不知道我是个什么样的人。"

"你别扯犊子了，说正事吧。"

王健正了正身，摆出了一副说正事的姿态，开口道："好吧，我先说了，这个吴晗，是个网红。网红这东西你知道吧，就是也不知道是干什么的，光靠脸就能挣钱的一种生物。按理说呢，这种人在市面上一抓一大把，我们这种比较有格调的狗仔是没兴趣跟的。不过我们无意中发现她最近和郭徽好像搞在一起。郭徽这个人你应该也有所耳闻，上大学的时候创业搞社交网络，结果火了，当大家都以为他要把这玩意儿做大做强的时候，却一把卖给了知名网站，拿着钱拍屁股走了，据说是上美国混去了。这没过几年，这孙子又带着高科技产品杀回来了，创立了他现在这个'微景'公司，主要是做VR和无人机什么的，都是大热项目啊，而且他们的产品相当棒，可以说在世界范围内都是顶级的，目测身价不低。这孙子最大的特点就是花心，现在大概也三十多奔四的人了，一天到晚绯闻不断，换对象比我换衣服都勤。"

说到这儿，李少君看了看王健身上都快糟了的T恤，露出嫌恶的表情。

王健笑笑说："我们当狗仔的一天到晚鲜衣怒马的给谁看？浪费。我接着跟你说，我们是怎么跟到这个吴晗的呢？其实之前跟郭徽搞的是个二线小明星，后来她的经纪公司找的我们，让弄点报道出来炒作炒作。干我们这行的，有时候为了吃饭，不管大活小活也都得接。结果我们这还没怎么跟呢，吴晗这妞就突然冒出来了。当时小明星的经纪公司都慌了，说这咋办呢，没想到这有钱人这么不靠谱，我说这有什么的，脚踩两只船，小三上位，把那小明星说得凄惨点，咔咔往外一发，这炒作效果不是更好？那经纪公司当时就乐疯了，攥着我双手就不撒开啊，老区人民见到毛主席也就这样了吧？"

李少君叨着饮料吸管，白了王健一眼。王健讪笑两声，端起李少君面前那杯咖啡啜了一口，却还是被烫了嘴，"不行，我还是去买杯冰的吧，你等我一会儿。"

2

袁帅拨通了电话，对方很快接了。

"干什么，查岗啊？我跟老同学叙旧呢，有事回头说。"电话那头李少君用冷淡的口吻，劈头就是这么一句。

袁帅做了一个深呼吸，开口道："少君，我有正事找你。"

"正事啊？巧的是我跟人谈私事呢，回头再说吧。"

"少君，我挺着急的，就是……你，手头上有没有那个叫闫敬昱的人的联系方式，就是撞车的那个。我刚才去医院，他已经出院了，我不知道怎么找他。"

"你找他干什么，你认识他？"

袁帅攥着手机的手紧了紧，说道："是，他是我小学的一个同学，算是我学弟吧。"

"这么巧呢？那你当时怎么没说，也没去找他？"

袁帅手心出汗了，他换了个手拿手机，那只手在裤腿上抹了抹，然后顺带着擦了擦头上出的汗。他想了想说："当时不太确定，而且那会儿医院里挺乱的，我就别再添乱了。后来想想，年纪不差，姓名也相同，感觉不会错。而且，而且那天在医院我远远看到他了，虽然这么多年没见，不过眉眼还是那样，应该能确定。我觉得既然知道这事了，还是得看望看望，毕竟相识一场。"

说完这段话，袁帅又擦了擦汗，然后他感觉自己的解释是不是有点过于啰嗦了，反而显得心虚，他害怕李少君再往下细问。不过令他意外的是李少君回答得倒很干脆，马上说："行吧，一会儿我给你发微信上。"

挂掉电话，袁帅长出一口气，然后他才发现不知什么时候他已经站在楼道里了，刚刚明明是在座位上拨的电话啊。他摇了摇头，回到办公桌前，端起水杯，把里面泡的茶水一饮而尽。放下水杯的时候，微信提示到了。

袁帅看着李少君发来的十一位数字，抿了抿发干的嘴唇，可是他明明刚喝了水。他拎着水杯走到饮水机前，打开冷水的龙头接了满满一杯。刚刚接触茶叶的冷水无法释放茶叶的香气，丁点淡淡的茶味随着水流灌进袁帅的喉咙里，他突然觉得这茶有点苦。

放下水杯，袁帅盯着手机屏幕发呆，已经敲好的十一位数字就在上面。这时袁帅突然有点后悔，后悔自己那天在医院冲动地喊了闫敬昱的名字。这些年偶尔回想，他无不为自己当年的鲁莽和轻狂而自责，也一直对闫敬昱心怀愧疚，但是毕竟十几年过去了，是不是真的有必要旧事重提呢？若是继续两不相干地生活，可能对他们更好。

或许是因为刚刚和李少君争吵完，他的情绪有些失控，或许是他打心眼里还是希望解开多年前的这个节，总而言之他迈出了这一步。手机屏幕映着他的脸，不过却看不清他现在是什么样的表情。

而上一次和闫敬昱面对面时，袁帅又是什么表情？

他回想了一下，那已经要追溯到十多年前的那个校园午后了。

袁帅耳畔还能听到教学楼里学生们的喧哗声，能听到学校楼后树林中的阵阵蝉鸣，甚至还能听到微风吹过树梢时传来若有若无的沙沙声。阳光炙烤在自己的胳膊上，渐渐开始发烫，袁帅旁边的一个男生拍了拍他的肩，然后拿出一个塑料袋，给他看里面的东西。

袁帅闻到了里面泥土混杂着腐叶的气息，有些作呕，但还是强装笑了笑，点头表示满意。

然后，他和那几个人低头看了看前面坐在墙角的那个男孩子，他只有二年级，比他们这几个六年级的孩子矮小很多，再加上脑袋被他们用黑布口袋套上了，这么背靠着墙根坐着，更显得又小又弱。

袁帅吸了一口气，虽然已经不是第一次了，但是他还是有点心软。每一次这个瞬间，他都问自己，这样有什么用，已经发生了的事实并不会因此改变。可惜他得不到答案，也不愿意面对已经发生了的事实，因此他只有这么做。

他闭上眼，阳光把他眼前的黑暗晃成棕黄色，然后他看到了自己的母亲，看到了自己不成样子的家，这些景象可以让他振作起精神。

他攥了攥拳头，睁开眼，对旁边的人说："拿下来。"

小喽啰上前，一下把套在那孩子头上的口袋取了下来，他下意识地眯起了眼睛，来适应突然的光亮。袁帅注意到他那满面尘灰的脸上有两道清晰的泪痕。

袁帅没有等他说话，也没有给他反应的机会，因为不可以给，再过两秒他不知道自己还能不能保持这样冷酷的表情。他拿起小喽啰手中的塑料袋，上前照着那孩子的脑袋劈头盖脸就是一顿浇。一开始是土和沙子，再之后是裹挟着树叶的泥土，最后又是什么，袁帅也没怎么注意，只觉得自己倒得都浑身难受。一袋还没完全倒完，他赶紧把塑料袋一扔，退回到原地，然后冲自己的喽啰们比了个手势，又是几个塑料袋倒了过去。

那孩子倒在地上，下意识地颤抖了起来，似乎是想把落在身上的这些东西抖掉，但是恐惧感让他无力起身，他只好在地上打滚，像在锅上翻滚着的肉。

他这样的行为让袁帅突然感觉无比恶心，只想尽快结束这场战斗。于是他率先上去，照着他的肚子就是一脚，然后是腰上、背上、腿上，其他几个人也加入进来。由于太多拳头和脚密集，袁帅腿上都不知道怎么挨了好几下，那孩子只能双手抱头，死死地蜷着身子。

袁帅一边踢，一边默默地数着自己踢了多少下，但是数着数着就忘了。

等到这一套拳打脚踢结束的时候，那孩子依旧保持着蜷缩的姿势，似乎是一种惯性。

袁帅心生厌恶，他觉得每天这么做，已经快要忘记了它的意义，但是看着周围的几个兄弟，又觉得这样结束得有点太潦草，于是耐着性子走上前去，蹲在孩子的旁边，一把抓起了他的头发，强忍着难受，对着他的脸开口说："我劝你趁早滚蛋吧，别再让我看见你，不然我每天都会揍你一次。"

在往他嘴里塞了一把土，又朝他啐了一口吐沫以后，袁帅起身，带着他的几个小喽啰离开了。

袁帅没想到这个场景在他的心里依旧如此清晰，他想低头看看手机，却发现那串数字已经被他删掉了。

是啊，有这样的回忆存在，任谁也做不到轻轻松松一个电话打过去，然后说：

"哎呀闫敬昱啊，老同学，我是那会儿每天揍你的袁帅啊，你还记得我吗？"

袁帅在心里问自己，他原谅我了么？我原谅他了么？

3

李少君挂掉电话的时候，正好王健走了回来，手里还拿着一只小熊，这次是个黄色的。

"业务挺忙啊。"王健坐下说。

李少君笑了笑，收起手机问："吴晗和郭徽的事，你们发过报道了么？"

"没呢，这刚开始跟，还没拍什么东西，这小三就死了，你说这事闹的。这下我真憋逼了，经纪公司就算像握马克思的手一样握着我，我也不知道怎么写了。"

李少君点了点头，没说什么。

"不过我跟这事的时候捎带脚了查了查这个郭徽，倒是发现一个挺有意思的现象。"王健看了看李少君，她饶有兴致地看着他，看来是有兴趣听，继续说道，"这个郭徽啊，行事很特别。一方面，作为一个新兴高科技公司，很少有老板像他这么低调的。你看那些新科技公司，那一个个创始人一天到晚不是卖情怀就是互相撕逼，特别会搞粉丝效应，可是这个郭徽几乎从来不抛头露面。他好像都没有微博，在专业领域几乎是没发过言，我那会儿在网上查资料想了解了解他，竟然无从下手。而另一方面，这孙子嗅蜜又勤得让人想弄死他，也从来不避讳，私生活高调得很，有什么绯闻啊这那的也不澄清。你可以去网上搜搜，有不少他玩过的小明星都控诉过他，他都当耳旁风了。"

李少君作为一个女人，自然对这样的男人第一印象就很差，俗话说"男人有钱就变坏"嘛，她在媒体行业做了这些年，见过各种脑满肠肥的大老板、大官见色起意，对这也见怪不怪了。

她幽幽说道："人过一百，形形色色，什么样人没有啊。"

"不对，我觉得不对。"王健说得有点渴，但是冷饮还没到，不得不又喝了一口热咖啡，继续说道，"这明显不合常理，我觉得他这么做肯定有什么隐情。"

李少君撇了撇嘴，不置可否。

"行了，我目前知道的就这么多，你看看有没有什么有用的，要是还需要什么东西可以再找我，我的渠道里还是有很多你们拿不到的东西的。"

"算了吧，你那些渠道，我用了还不知道要不要担法律责任呢。"李少君喝完了最后一点饮料，继续说："那你呢，想从我这儿了解什么？"

王健一摊手，表示没有。

"你不是说互通有无么？"

"是啊，不过我回去这么一想，我一个狗仔记者，这次的目标就是帮着那小明星炒作，现在策划案废了，我只能按原计划随便写点出来了事，我的工作结束了，还能有什么用得着的。"

王建说完，十分惬意地把身子往后靠在沙发背上，双手抱着头，看着李少君。李少君觉得这个场景略略有点尴尬，于是说："那先这样吧，我还有事我先走了。"

"你别着急啊，我水还没来呢，再坐会儿怕什么的？"王健话还没说完，李少君就走了，只剩他一人还保持着那副半死不活的姿态。

王健自嘲般地笑了笑，这时候服务员正好端着水杯过来了。

第四章

1

郭徽的目光离开了电脑，摘下戴在眼睛上的防蓝光眼镜后，仰靠在硕大的老板椅上闭目养神，同时问对面站着的一个男子说："这事跟我有什么大牵连么？"

"网上不是都有消息了么，说那女的是您的情人什么的，还有三角恋之类的事，我怀疑是之前那个小明星搞出来炒作的，现在接着这次交通事故的事，那女的还真火了一把。俩女的连带您现在都上热搜了。您看，这个事要不要发声明追责什么的？"

"不用，八卦小报怎么写随他们去就是了，我又没什么损失。我问的是，这个事故本身，对我有没有什么牵连？"

对面站着的人开口道："郭总，那台奔驰是咱们公司名下的。"

郭徽一睁眼，说："我们名下的？"

"啊对，您忘了，那女的说从那年刚开始摇号第一期就摇，摇到现在都摇不上，您说让她先开您的车。"

郭徽一想，好像确实有这么回事，他摇了摇头，看来这个女人被撞死也是情有可原，毕竟她运气一贯不怎么样。

"警方已经联系过我们了，我代表法律部现在在和他们对接。因为吴晗是次要责任，因此关于车辆的赔偿，走民事诉讼的话有两个主体，一个是吴晗，一个是那家，俩人都死了，您看这事怎么算？要不要放弃索赔？警方等着回话呢。"

郭徽一愣，问："为什么要放弃索赔？"

那人也一愣，似乎觉得放弃索赔是一件很正常的事，继续说："听说那死的一家两口还留下一个孩子，好像挺惨的。"

"我知道，新闻里都说了。"

"那还坚持索赔，舆论会不会说咱们为富不仁啊？"

"说去吧，谁说为富就要仁的，我又没偷他们钱。你去准备材料吧，我就不亲自对接了，如果实在需要我再说。"

那人还想再提醒郭徽一句，开口道："这个当口，是不是还是应该低调点，毕竟新产品发布会再过两周就要……"

郭徽挥了挥手，打断了他的话。那人便不再说，点了点头。

郭徽这个老板很各色，这在公司甚至在业内都是出了名的。一直以来他就不喜欢抛头露面，除了每年的新产品发布会露面之外，几乎不会接受任何媒体的采访，也不参加任何公开活动。这样一个不显山不露水的老总，在如今的科技圈实在是少之又少，因为大部分这方面的大佬现在就算不踏足娱乐圈，起码也是个微博段子手。万幸的是公司的产品卖得不错，因此也就没人提需要他去公关的问题了。

但是这郭总不会来事倒也罢了，一天到晚还给自己身上招事，要不是这帮老员工大部分都是跟着他白手起家的哥们儿，估计早看不下去了。

那人走后，郭徽起身踱步到落地窗前，四下是中关村创业园区核心地带的一片楼群，稍微远一点的中关村购物中心外面大LED牌子还打着"微景"的广告，也是新产品发布会的宣传。他想，今年的发布会将是公司的一个重大时刻，用研发部老魏的话说，那是"划时代的产品"，用公司的形象来给自己的意气买单，值不值啊？

郭徽想着想着，笑了，觉得这种问题不像是他会思考的事。他掏出手机，翻了翻通讯录，与其思考这种问题，不如考虑换个对象。毕竟是花花公子嘛，形象必须得保持住。

给一个前几天在某个朋友私人酒会上认识的小歌手发去问候，歌手很快就回复并同意了晚上的约会。怎么说呢，越是声名在外，女人越是前赴后继啊。郭徽笑了笑，觉得这事值得研究一下。他收起手机，刚想离开了办公室，电话响了。

看了一眼来电显示，郭徽吸了吸鼻子，接了起来。

"喂，郭先生，不好意思啊打扰了。"

"蔡医生，啊不不，不好意思，蔡小姐，没事不打扰，我昨天还算着你也该来电话了。"

"哈哈，郭先生算得挺准的。怎么样啊最近，感觉如何？我在网上看到你的新闻了，还是在玩老套路啊。"

"嗯，还是老套路，让你见笑了。"

"您客气，我对您的私生活没什么意见。"那人停顿了一下，又问："还去么？"

郭徽心说：这还叫没什么意见？回说："去，正准备去。"

"嗯，也可以的，郭先生自己把握吧，不过我还是提醒一下您……"

"不用，我都知道。"郭徽打断了对方的话，继续说："你放心吧，我还把握得住分寸，毕竟这好几年不是白过的。"

"好的，那我不打扰您，不过以后没准儿还会定期叨扰哦，我的老师可是把您托付给我了。"

"没问题。"

郭徽挂掉电话，想了想，还是离开了办公室。走的时候跟总裁办的人说："我出去，老地方，盯着点儿。"

总裁办的小姑娘殷勤地点了点头，比了个OK的手势，显然对这句话已经十分熟悉了。

一心福利院的门口驶入一辆英菲尼迪Q70，那正是郭徽的座驾。门口的保安早已熟悉了这辆车和它的主人，还没等车开到跟前，已经把大门打开，嘻嘻哈哈地跟车窗里面的人打着招呼。他知道，这个人是福利院的大靠山，算起来，自己的工资里有很大一部分可能都是靠他的接济才发到手的。一个保安不懂得什么做慈善啊献爱心啊，对他来说这就是一份工作，谁发钱谁就是大爷，挺简单的一个道理。

下得车来，郭徽已经不是刚才那一身西服革履的行头，他换上了运动裤和纯色T恤，很普通的一身打扮。他轻车熟路地来到员工办公室，里面正坐着几位福利院的管理员。

"哎呀，郭总您又来了，工作这么忙还老抽空过来，真是辛苦。"

"李姐我说了多少次了，别叫我郭总，受不起，叫小郭或者直接叫我名字就行了。"郭徽笑意盈盈地与之对话。

"不行，让院长知道了回头会说我们不懂规矩的。"

"周院长是碍于身份所以跟我客气，您几位就不必这样了，这么一叫，搞得都疏远了，反正不管你们怎么想，我是把这儿当家看的。"

李姐笑着说好好好，但是还是不肯叫出那一声小郭。

打完招呼，郭徽看了看表说："这个点儿，该弄饭了吧？我去厨房打打下手，你们忙吧，不用跟着去了，反正我都熟。"

看着郭徽离去的背影，有个新来的管理员有些不明所以地拉着李姐，问这人是谁。李姐做大吃一惊状，好像这人不认识国家主席一样，赶紧说："这是郭徽，大老板，钱多得老鼻子了，定期资助咱们福利院。要是没有他啊，福利院都快办不下去啦。而且这郭老板不光有钱，还特别有爱心，没事就到福利院来做义工，跟小朋友们关系特别好，真是一个有爱心的钻石王老五。"

其他员工都纷纷点头附和，大姐继续说："郭老板说了，人家美国的福利院什么的，都有好多义工去帮忙，基本都不需要太多员工，靠义工干活就够了。在这方面比咱们要先进多了。人家郭老板在美国深造的时候就养成这习惯了，没事就去帮忙，但是人家想了，我一个中国人，大老远地跑到美帝国主义去给他们的孩子献爱心，我们祖国还有这么多孤儿生活在水深火热之中呢，这算怎么档子事啊？这不成了胳膊肘往外拐了？得了！一咬牙一跺脚，还不如回来呢，就这么的回国了，资助了咱们一心福利院。咱们院啊真是积了八辈子德了，让郭老板选上了。不过郭老板为人也是忒低调了，还不宣扬呢，这事要是让别的福利院知道了，还不得羡慕死哟，啧啧啧。"

大姐越说越开心，把这段所谓郭徽的心路历程编得跟真事一样，并且感觉好像郭徽资助的不是福利院，是她们本人一般。

2

牛排，红酒，烛光，刚刚在福利院被塞了一肚子包子的郭徽面对这些东西毫无兴趣，尤其是那块菲力牛排，他为了避免看见血了呼啦的东西忍不住再吐出来，特意要了八分熟的，结果还是吃不下去。默默把它们切分成小块后，他停下刀叉，用餐巾抹了抹嘴，喝了一小口酒。

"郭老板好讲究啊，什么都没吃就开始擦嘴。"

郭徽看着对面的小歌手，笑了笑说："你还挺犀利。"

"主要是没想到您这么大的老板，竟然还这么爱吃韭菜。"

郭徽这才想到在福利院吃的包子是韭菜馅的，有点尴尬，暗道不好，忘了嚼个口香糖了，便不敢再直面着她说话，半低着头回道："啊，不好意思，刚才去看个朋友，盛情难却。怎么说呢，不能太摆架子嘛，现在这舆论你知道的。"

那女子虽说不算出名，不过举手投足还算优雅，既不紧张也不做作，分寸拿捏到位，这一点挺难得的。她回道："郭老板还知道舆论呢？谁不知道您是花花公子，集邮爱好者，要是谁说您在意舆论那才怪了。"

明明举止很高雅，偏偏说出话来都带着刺，这种把人往死里岔的劲头，估计这姑娘是地道的北京人。郭徽心里这么想着，但是嘴上没说。他叉起一块牛肉，举在眼前相了半天，最后还是放弃了。

再次放下叉子，郭徽抑制住了下意识擦嘴的行为，然后说："你知道我是什么样的人，还出来和我约会，你怎么证明你和那些人不一样呢？"

"我什么时候说要证明我和别人不一样了？如果我真的不一样，就不会走这条路了。"

"那我就放心了。"郭徽从上衣内兜里掏出一张房卡，推到姑娘面前，姑娘看也没看直接收到了包里。

"我倒觉得郭老板有些不一样。"

郭徽将餐巾拿起，扔在桌上，开口道："我是不是不一样，晚上你就知道了。我现在还有点事要处理，你慢吃，吃完直接去房间等我就好。"

"要我先洗好澡，还是等你一起？"

此时的郭徽已站起身，听了这话，眯眼看了一眼眼前这个女子，然后说："看你心情吧。"说罢他微微欠身，算作告别礼，转身离开了餐厅。

"健哥你看那是谁。"一旁的小弟捅了捅在后座睡得正香的王健。

"爱他妈谁谁。"王健迷迷糊糊之中冒出这么一句，转了下脑袋继续睡了。

老板接到一条线报，说当红小鲜肉魏一凡跟女网友私会，晚上在这个酒店会面，让王健俩人去蹲点。王健觉得魏一凡这人一来没结婚，二来没女友，三来是个外籍华人，简直是天然不受干涉的约炮对象，约几个炮你情我愿的怎么了？就因为长得帅就要被拍么？再者说了，他要是长得跟赵四似的，谁跟他约？中午王健和一个同行老前辈吃饭，提起这事，前辈想了想就说："嗯，魏一凡长成那样不容易，就冲这长相，睡几个女粉丝还不是理所应当的事？那个卢汉就差点意思，卢汉要是睡女粉丝我就不答应。"

王健琢磨着，魏一凡这么一个让前辈这样的千年老司机都认可了可以约炮的男子，还有什么跟拍的意思？因此完全不放在心上，到了地方就一直在睡觉。

经过刚才小弟那么一惊动，王健也睡不着了。就这么干耗了几分钟，王健坐起身来，从边上掏出一瓶矿泉水喝了几口，然后问："魏一凡来了么？"

"没有。"

"那你刚才说看见谁了？"

"那个，咱们那会儿跟的那个大老板，女朋友死了的那个。"

"郭徽？在哪儿呢？"

"刚才从里边出来走了，你没醒我也就没管。"

王健没再问，毕竟这都是过去式了。之后又呆了大概一个多小时，还是没看到魏一凡的影子，王健觉得今天可能是黄了，不知道哪出的岔子。反正干这行就这样，听风就是雨，一有风吹草动就得出马，你也不知道哪次能赶上真事。

王健正琢磨撤不撤，看见一辆出租车停在酒店门口，一个男的下了车，是郭徽。

王健愣了一下，然后不知怎么的就打开了车门，他嘱咐小弟盯一会儿，自己小步跑到酒店跟上了郭徽。郭徽毕竟不是从娱乐圈出身，虽然绯闻不断但是毕竟没长出一张魏一凡的脸，因此很少在公共场合受到关注。没遇上过事，自然就不具备什么防范能力，王健很轻松地就跟他乘上了同一部电梯。王健站在郭徽身后，发现他的神情并不是十分自然，好像有一些小动作，就像不经控制的神经抽搐似的，只有仔细盯着才能发现，显然是他在刻意压制。另外，郭徽还一直在出汗。

到了十一层，郭徽出了电梯，王健自然不能再跟，他早就在郭徽后面按了十二层。看郭徽完全无防备，王健按着开门键不放，他运气不错，目睹郭徽进入了1108号房间。

从十二层再回到一层，王健先跑出了酒店大门，来到车上，从后备箱取出了一件西装外套，穿上扽了半天，又梳了梳头，估摸着自己人模狗样了吧，然后又返身回到前台。

"您好，我是刚送郭总回来的司机，他有份资料落在车上了，打手机不接，能否麻烦帮忙拨一下房间电话？"

"先生您知道房间号码吗？"

"1108，郭徽，我就问一句就行，我也不上去。他要是要的话就麻烦您这边帮忙送上去。"

前台没再细问，拿出一部电话拨了号，不久就通了。

"喂，女士您好，这里是前台，这里有一位找郭徽先生，请问能让他接一下电话吗？好的谢谢。"

等郭徽的声音传来，前台姑娘一抬头，面前已经没人了。

回到车里，王健脱下外套，打了一条微信发了出去。

发完微信，手机锁屏。王健看着窗外想：这年头，没话找话都得靠技术啊，真是悲哀。

3

一番翻云覆雨后，郭徽和姑娘各自坐着，姑娘抽着烟，郭徽低着头。姑娘看了看郭徽，此时的他给人的感觉，怎么说呢，好像身体被掏空。

郭徽这次的感觉很奇特，虽然在药力的作用下他整个过程都保持着很兴奋的状态，但是却觉得身下的这个女人并没有非常迎合，但也不是那种职业性的敷衍。显然，这个女人很精于此道，也非常懂得男人在这个过程中需要的是什么，让人分不清她到底是走心了，还是没走心。

"郭老板，你每次做爱都这么玩命么？"

她冷不防地一问，郭徽并没有反应过来，几乎一动没动，不过仔细观察的话，大概还是能看出来他摇了摇头。

"你是不是嗑药了？"

听了这话，郭徽抬起了头，看向了姑娘。

"你不必慌张啊，这我也不是没见过。"歌手很轻巧地说，"我没有其他意思，这是你的自由，我没必要干涉也不会举报的。我就是好奇，你为什么要嗑药？"

郭徽又摇了摇头，缓缓开口说："没什么特别的原因，我劝你也不要对这种东西感兴趣。"

姑娘把烟掐了，饶有兴致地看着郭徽，然后站起身来，一丝不挂地走到他的面前。在床灯昏黄的照射下，姑娘身上的曲线变化出了美妙的剪影，虽然她的身材说不上特别曼妙，但是青春的肉体总归是好的。

姑娘抱着如此信念，却发现自己离郭徽越近，他的反应越奇怪。他的头埋得更低了，身体也开始微微向后倾。

他这是在躲我？姑娘很纳闷，难道说这是嗑药的后遗症，还是这一发HIGH得过分，让他在短时间内产生了厌恶情绪？姑娘无从分辨，想了想也罢了，毕竟第一次见，不太适合再继续往下问深层次的问题了，万一再探讨到什么人性层面，那更是姑娘不愿意看到的一幕。这样也好，总比那些把一晚的房钱折合成次数来换算，生怕亏待了这春宵一刻的人强多了。

姑娘坐回到床上，过了半晌，郭徽缓缓抬起头来说："不好意思，有点虚，缓一会就好了，我去冲个澡。"

"一起么？"

"不必，我就简单冲一下。"

郭徽起身缓缓向卫生间走去，临进门的时候姑娘说："那么郭老板，以后请多多指教？"

郭徽露出笑容，忙称："裴雪姑娘，不敢，不敢。"

第五章

1

王小龙苏醒是在事故后的第三天。不幸中的万幸，孩子身体脏器没有受到什么大的损伤，医生表示手术后只要踏实养病，恢复期内保持良好的饮食习惯，坚持运动和复健，应该不会对未来造成什么影响。

警方的调查报告在王小龙苏醒前就已经出来了，事故三方均没有酒驾、毒驾等特殊情况，又考虑到肇事的主要责任人和次要责任人均已死亡，也不可能再以什么危害公共安全罪定罪了，事情显得简单了很多，就是个民事赔偿问题。

不过就这么一个问题就能要了王小龙家里人的命。有三辆车的折旧费、三方市政设施的赔偿费、小龙的医药费、伤者闫敬昱的医疗费、死者吴晗的丧葬费和赔偿款……这些费用也不是小龙他妈娘家这几个农村人赔得起的。至于小龙他爸妈就不说了，暂且可以设定为一分钱不花，给他俩脚上栓张饼，喊两条狗给拉走算拉倒。

不过小龙醒过来是大事，现在二姨也顾不上那么多，民事法庭指不定什么时候宣判，以后的事还是留给以后解决吧。

小龙很快就度过了短暂的虚弱期，岁数小就是有优势，医生们也为他的恢复能力感到欣慰。不过人醒了，问题就来了，该怎么跟他表达父母均已不在人世的情况呢？重任落在了二姨身上。

　　二姨非常紧张，看着病床上的孩子，还没说话眼泪就开始吧嗒吧嗒掉。这样的状态显得很不好，她赶紧让二姨夫先稳住局面，自己跑到走廊里稳定心神。

　　正在这时，两个身影出现在走廊里。二姨本来没注意，听到脚步声越来越近，下意识转头去看，发现是一男一女，男的扛着摄像机，显然这是记者。事故当天医院里拥进来一堆长枪短炮，二姨当时又在沉痛之中，自然完全不记得记者们的样貌，而今天这两位直奔她，显然是有备而来。

　　"王小龙的二姨是吧？您好，我是电视台的记者，我叫李少君，这位是我们的摄像师方鹏，我们听说小龙已经苏醒过来了，怎么样，情况还好么？"

　　二姨没有看她，点了点头，没有说话。

　　李少君看二姨情绪低落，和老方对了下颜色，又开口问二姨："他是不是还不知道父母已经不在了？"

　　二姨听了这话，转脸看向这个记者，这个姑娘凝视着她，显得还挺亲切的。二姨一下子又没忍住，哭出声来，赶忙用手捂住嘴，怕声音传到病房里去。

　　李少君没再说话，扶着二姨来到走廊旁的座椅上坐下，拦着她的肩，从兜里掏出了一张纸巾递给了她。

　　二姨擦了擦眼泪，定了定神，走廊上又陷入了沉默，空气中充斥着医院特有的消毒水气味以及住院部特有的凝重气息。

　　"大姐，您觉得，由我们来跟他说怎么样？"

　　二姨一愣，不知道这个记者葫芦里卖的是什么药。

　　"我是这么想的，小孩子这个年龄，刚刚接受教育没多久，应该对于我们这样的电视媒体有一定的敬畏感，因此在面对镜头的时候也会不自觉地表现出更坚强和自信的一面，即使心里难过，可能也不会当场失控。等到我们采访结束了，他已经接受了这个事实，再由你们家人来进行疏导，或许这个过程更好一些。当然，这么小的年纪就失去了父母，对任何人来说都不可能轻松接受，关键是方式方法要适合，您说呢？"

二姨听了李少君的话，思考了一下，觉得好像有点道理，就说："我进去问问孩子。"

二姨进了屋，李少君转头看向方鹏，老方默默冲她竖了个大拇哥。没费什么口舌就能直接独家采访到受害者，这趟来得实在是太值了。

王小龙躺在床上，二姨夫粗糙的大手抚摸着他的额头。二姨夫的手和父亲的手给人的感觉不一样，二姨夫的手更干些，上面好像有很多硬茬，搞得王小龙有点疼。不像父亲的手，虽然又糙又硬，但是摸在身上痒痒的还挺舒服。唯一好的地方是二姨夫不像父亲，手上常年有一股难闻的油腥味。那种味道不单单出现在父亲的手上，连家里也因为放货和料一直充斥着这种味道，只是稍微淡一些，稍微能忍些。最近这段时间，有时候父母回来早了，会到床边来看一看即将或者已经入睡的他，每次他都要屏住呼吸才能避免想吐的冲动，和父母肌肤相亲早已失去了儿时的那种幸福感。

这时候二姨进来了，她看了看小龙，却又不愿更多地与他对视，而是拉上二姨夫小声嘀咕了几句。其实刚醒过来那一阵，小龙就一直在问他们爸爸妈妈怎么样了，两个人支支吾吾，现在又神秘兮兮，小龙虽小，心里也能猜想到肯定有什么不可告人的秘密，却又不愿多想。可是小孩子的脑袋，哪里是说不想就能不想的。

小龙看着两个大人，开口说："爸爸妈妈到底怎么了？他们是不是也住院了？也像我一样只能躺在床上，所以不能来看我？"

二姨和二姨夫正说得带劲，听到小龙说话，愣了一愣。二姨夫心说：坏人还是让别人来当吧，我可不想让这孩子以后每每看到我，都想起这个让人心碎的画面。

"我去外边跟他们说说。"二姨夫说完，又揉了揉小龙的头发，出去了。

不过一会儿，二姨夫回来了，后面跟着李少君和方鹏。

"小龙，这是电视台的叔叔阿姨，他们想采访你一下。"

王小龙听了这话有点没反应过来，他简单回忆了一下平时在电视上看的那些被采访的人，要么是大好人，要么就是大坏蛋。王小龙想了想，自己好像也没干过什么英雄事迹，那应该只能是因为办坏事被采访了，当下就哭了起来。

二姨一看，这怎么什么都没说呢就崩溃了，想上去哄，却被李少君拦下了。她上前凑到王小龙面前，开口道："小龙你好，我不是阿姨，你管我叫姐姐吧，姐姐就是想问你几句话，没事的啊。"

小龙还是哭，李少君继续说："小龙你别怕，是不是躺在床上难受了？你知不知道你现在住在医院是因为出了交通事故，因为有人不遵守交通规则所以让好几个人都受伤了，小龙你说我们是不是应该在电视上跟大家说，让大家都遵守交通规则呢？"

小龙听了这话，哭声渐渐低了，顺便点了点头。

"那小龙你说，如果是你爸爸妈妈不遵守交通规则，应不应该承担责任呢？"

小龙想了想，又点了点头。

"小龙，你已经上小学了，也算是大孩子了，你觉得，爸爸妈妈应该怎么被罚呢？"

王小龙把身子往被子里缩了缩，他看着这个挺漂亮的阿姨，不，姐姐，突然朦胧中有种自我保护的念头，虽然他还分辨不出来这是不是一个圈套或者是陷阱，可能只能用动物本能来解释。然后他摇摇头说："我不知道。"

"小龙，那姐姐告诉你，你的爸爸妈妈这次犯了严重的错，他们不遵守交通规则，把自己和别人，其中也包括你，把很多人的生命当成儿戏了。你知道吗？不只是你，还有一个哥哥受了伤，还有一个姐姐，她已经不在了。所以出了事以后他们两个人特别内疚，最后决定用自己的一辈子去抵罪。"

说话的过程中，王小龙又是泪流满面，显然他已经明白什么叫作一辈子。

"小龙，爸爸妈妈是因为认识到了自己的错误，才做了这个选择，不然他们可能永远也不会原谅自己的过失，他们也希望你能理解，今后没有了爸爸妈妈，也要好好生活，更要记住遵守交通规则，不做危害自己和别人的事。

"小龙，我能看出来你是个坚强的孩子，我现在说的话就是你爸爸妈妈嘱咐我告诉你的。我知道你很伤心，但是你也要想想，爸爸妈妈做这个决定也是下了很大的决心，他们是要给大家做个表率，让所有人都知道破坏交通规则的恶果。这也是我们来找你的目的，我们希望你面对镜头告诉大家，制定交通规则是为了大家的生命着想，我们一定要遵守它，好么？"

王小龙几乎是下意识地点了点头，但是此时此刻他的心里完全明白，父亲和母亲真的都不在了。一辈子，就是一辈子，不是王小龙的一辈子，也不是他们两个人中任何一个的一辈子，是属于这个家的一辈子。

李少君拍了拍王小龙的肚子，对他说："小龙，你来想一想，我们都等着你。"

然后她站起身来，朝二姨二姨夫点了点头，和方鹏走出门去。二姨夫妻俩你看着我，我看着你，都觉得办事还得是文化人，真是厉害。

出得门来，李少君小声问老方："拍了么？"

"当然，这种事还用你说。"老方把摄像机暂且放在椅子上，又问："不过这有用么？"

"万一有用呢，谁知道呢。啊对了，还说约那个高尔夫车主聊两句来着，叫什么来着？对对闫敬昱，差点忘了，我先给他打个电话问问。"

2

接到李少君的来电，闫敬昱很纳闷，不明白为什么要采访他，对方解释说要做一期专题节目讲述这个故事，希望他能配合。闫敬昱心说：那关我什么事，搞得好像我不接受采访的话就对不起党和人民一样。

李少君讲："我们也是为了把交通安全教育做到实处，希望广大市民都能增强安全意识，那个肇事人的遗孤，那个小男孩都已经接受了我们的采访了。"

"那又如何？一个小孩子你们都忍心去招惹，这样撕一个孩子的伤疤有意思吗？"

李少君听到闫敬昱的回应有些不明就里，不知道为什么闫敬昱会突然这么站在王小龙的立场上想问题，一般人再怎么同情他，毕竟作为受害人，大概还是会更关心赔偿和善后工作才对吧？

正当李少君心里琢磨不知道说什么好的时候，闫敬昱突然开口了。

"我……问一下，这孩子还有家人么？他是不是要去孤儿院生活？"

李少君又是一愣，怎么突然冒出个孤儿院来，她回道："没有啊，他的二姨和二姨夫在他身边，应该会抚养他吧。"

电话那头的闫敬昱又是一阵沉默，他也不知道为什么突然问出这个问题，只是对于王小龙的这个"孤儿"身份，他脑海中蹦出来的第一句话就是：千万不能去孤儿院。

李少君不知道闫敬昱心中的隐情，自然是有点摸不清这个闫敬昱的脉，但是她还是隐隐觉得闫敬昱这个人似乎有些特别，如果能够采访到他，或许能给事件的报道增加一点有趣的东西。这东西会是什么，李少君不清楚，暂且可以把这当作一个优秀记者的直觉吧。

简单思考了一下，李少君想到了一个切入点，于是她抱着试一试的态度开口了。

"闫敬昱，你是不是有个小学同学叫袁帅的？"

李少君其实什么情况都不知道，但是她这次蒙上了，这句话击中了闫敬昱。

其实那天在病房里的时候，开门关门时听到的那两次声音，已经让袁帅这个名字在闫敬昱的脑海里再次激起涟漪，他又一次想起了记忆里那个年少的自己，泥土的腥气，腐坏树叶的臭味，以及那一下下落在他身体各个部位的痛感。

十六次，闫敬昱到现在还记得。从第一次一直到他离开那个学校那天，他一共经历了十六次殴打和辱骂，闫敬昱都记在心里。

我为什么要记得这些？闫敬昱心里想。在经历了后面发生的一切后，闫敬昱觉得这些身体上的疼痛根本就不算什么，而且后来他也想开了，那时候的袁帅也只不过是一个受了伤却无处发泄的孩子罢了。

闫敬昱问："你认识袁帅？"

"嗯，他是我男朋友。"

说完这句话，闫敬昱没了动静，李少君又继续道："他好像还挺激动的，听说你出了车祸，大概是想看看你，管我要了你的电话。当然，把关系人的联系方式未经同意私自告诉他人，这一点我做得确实欠考虑，我向你道歉。不过我想毕竟是老同学，应该还好吧，他联系过你了么？"

闫敬昱半晌没有答话。正当李少君以为打老同学牌失效的时候，电话那端传来了坚定的回音。

"好，我同意采访。"

3

离开病房的时候，二姨夫出来送，李少君握了握他的手说："大哥，这次多谢您和大姐的配合，我相信我们的节目播出以后，一定会让更多道路使用者引以为戒。您放心，后期我们节目播出的时候会给你们都打上马赛克，不会露脸的，别有负担。"

二姨夫跟着客气了客气，说实在的他之前倒没想过什么马赛克不马赛克的事，现在更觉得李少君真是专业，素质高得很，真不愧是首都的电视记者。

临走前，李少君又表达了一下对小龙命运的感慨，并表示如果今后有什么困难可以联系她，她会尽量帮忙，又给二姨夫感动得不行。

出门的时候，老方问少君："你让小孩管你叫姐姐，你又管人家姨夫叫大哥，这不整差辈了么？"

李少君白了他一眼没说话。

看着沉默的小龙，二姨夫叹了口气，然后对着二姨比画了一个抽烟的手势，走出去了。这时候二姨只能独自劝慰小龙。她坐到小龙身边，拉着他的手说："小龙啊，以后虽然爸爸妈妈不在了，但是你还有二姨和二姨夫啊，还有姥姥姥爷，大姨大姨夫，这么多家里人呢，我们不会让我们小龙受委屈的。

"等你把伤养好了，二姨就接你回家，你不是一直说不喜欢在北京么？咱们就回老家住，咱们老家也越来越好了，也有学校上呢，什么都不缺。"

二姨这句话让小龙心中闪起一丝亮光，终于可以不在北京待下去了，这是他这一两年来最大的愿望，可是这个愿望的达成却是用父母的一辈子换来的。一辈子这个词也挺有趣，用了这个词就好像他和父母只是存在某种地理上的分隔，是三维空间的矛盾，不像死亡这个词，一下就将人完全分隔了。既然大人们乐于用"一辈子"这个字眼，小龙便更不会执着于用生死的眼光看待问题了。

但是这并不能让小龙的内心有任何美好感，他开始思考，为什么会这样？如果不是他每天吵着要出去玩，如果不是他承载着父母的希望，如果他不叫王小龙而是叫王狗剩或者什么的，是不是他们根本就不会到北京来？就不会借车出来玩？就不会发生这一切?

　　是我错了吗?

　　大概是我的错吧。

　　不然的话,为什么父母都不愿意见我呢? 他们只是在惩罚自己么? 其实他们是在惩罚我吧? 是因为我才会变成这样的。

　　二姨看着目光呆滞的小龙,有些害怕,不住地抚摸着他的手和额头,想看看他是不是又发烧了。

　　"二姨,是谁错了呢? "

第六章

1

郭徽猛然睁开眼，周围虽说黑暗，但是透过纱质的窗帘，他还是能发现这里不是他的家。在短时间之内，他没法作出判断这是哪里。他的思维还停留在那一片树林里，那片远在大洋彼岸，地球另一端，但是却永远深深印刻在他脑海的树林里。

"醒了？"

这个声音，耳熟啊，是谁来着？郭徽又缓了一会，他需要一点时间，可能是梦境太真实，或者是现实太虚幻，总而言之他需要等待梦境和现实之间的壁垒在大脑中重新建立。

"做噩梦了？"

壁垒建立得差不多了，郭徽被拉回现实，他才想起来说话的这个人是裴雪。

"我怎么在这儿睡着了？"

"反正我没给你下药。"自从两个人确立了这种谁也说不清算什么关系的关系以来，郭徽和裴雪之间的约会还算频繁。裴雪发现郭徽好像也不是每次都嗑药，这个规律还没被她抓到。但是有两点挺奇怪的，一是郭徽每次都要求她不能叫得太厉害，二是郭徽从来都没有和她一起过过夜。姑娘虽不是很理解为什么会这样，不过想想这也没什么坏处，毕竟自己少忙活点儿是点儿，还不用佯装高潮，也就不去追究了。

而今天很意外，大概是郭徽有点儿疲惫吧，竟然稀里糊涂地睡着了。裴雪帮他盖好了被子，就一直在旁边抽烟，聊微信，直到他突然醒了过来。

郭徽坐起身来，感到口干舌燥，走到房间的Mini Bar里抄了一听冰可乐，一口气灌了大半，然后打了一个标准的汽水嗝。

"我没说梦话什么的吧？"

"那倒没有，不过你睡觉也不太老实，没事就抽搐两下，还磨牙。你平时压力肯定不小，而且据说老喝汽水也容易导致磨牙。"

郭徽看了看手中的可乐，略带嫌弃地把它放到桌子上，好像自己磨牙的病因真的赖它一样。

"不过以前没人跟你说过么？"

郭徽愣了一下，他确切地知道以前有人这么和他说过，但是那又有什么用呢？毕竟到现在依旧如此，他也不愿意在梦境以外的地方再去回忆那个人。

"对了，我刚才刷微博，还看到关于你的报道了。"

"什么报道？"郭徽开始一件一件地穿衣服。

"你要走了么？"

郭徽没有回话，继续有条不紊地穿衣服。

裴雪见他不回话，换了个姿势，不再靠在靠枕上，一翻身横着趴在大床上，双肘微撑举着手机做翻微博状。郭徽站在床边一转脸，正好看到姑娘白皙的脸蛋和下面露出大半呼之欲出的两坨白肉。他轻笑一声，暗道这女人不知道是存心还是无心，然后说："找着了么？"

"啊，在这呢，'知名网红香消玉殒，扒一扒其背后的男人'。哎呀呀，想不到我是在给一个死人接盘啊。"裴雪讲完，饶有兴致地看着郭徽，乌黑的长发有些凌乱，披散下来遮住了半边脸，一直落到床上。头发的黑，胸前的白，嘴唇的红，灯光的黄，而她的双腿还俏皮地交替一抬一放，一抬一放。

郭徽默默停下穿裤子的动作，像倒带一般完成了一系列穿衣服的逆向动作，然后走到了她面前。裴雪微微欠起一点身子，正好和郭徽的腰间平行。郭徽伸出右手搂住她后脑勺，不容置疑地将她的头靠向自己。郭徽感觉到了来自裴雪的一点点阻力，但是并没有费太多力气，还是把她的头揽向了自己，随之而来的就是下体的一阵温热。郭徽心想，要想把交配玩出一点情调来，大概齐不过就是心知肚明的你情我愿加上恰到好处的半推半就。

这一次，郭徽没有提声音大小的事。

2

"我说女神啊，这报道你还要我搞出多少来才算行？我们老大最近可找我了啊，说我咸吃萝卜淡操心，这还有好多明星排着队等着我们去跟呢。"

"你别女神来女神去的，高攀不起。报道发是发了，但是我感觉效果不太到位，你不是在圈内挺有号召力的么？能不能让各路八卦媒体，还有那些自媒体都跟进一下？"

"你这是图什么啊？"

"问那么多干吗，反正你本来就是搞八卦新闻的，也不算不务正业。"

"唉，我们这个圈子你也知道，干这种事都是要刷人情的。人情是什么，那都是用真金白银一分一分地充进去的啊，你以为谁白帮你呢。"

"不就是相互利用么，有什么的，早晚他们有用得着你的地方。反正我的要求很简单，就是要把郭徽和那个吴晗的事炒到世人皆知，你自己看看怎么着算达标吧。"

李少君刚说完，突然听到家门打开的声音，她转头一看是袁帅回来了。她俩同居一年多，最近因为打胎的事闹得挺尴尬，谁也不知道怎么下这个台阶，李少君干脆休息了几天以后就天天上单位加班，要么就出去跑，能不回家就不回家，尽量不给两个人打照面的机会。今天是个工作日，她想着白天回家歇会儿应该遇不上他，谁知道还是没躲过去。

不等袁帅反应，李少君赶紧从沙发上坐起来，穿上拖鞋就钻进卧室把门一关，来一个退避三舍，避避风头再说。

"你刚才说什么，我没听清。"

"我说女神啊，你跟我打电话就好好听，别一心二用的，这分明是你求我办事，怎么还弄得跟我上赶着似的呢！"

"好，我好好听，你说吧。"李少君一骨碌躺在床上，脸对着天花板。

"我说啊，你既然知道这个行业规矩，是吧，那你这么变着法地利用我，总得给我个交待吧？"

"你想干什么？"

话筒对面传来笑声，然后王健说："你别想太多，我能干什么，就是觉得咱们毕竟同窗四年，现在搞得好像除了业务没什么可说的一样，多没劲。这样吧，你踏踏实实全心全意地请我吃顿好的，然后这事我圆圆满满帮你给它办了，你说怎么样？"

王健这话倒也没什么毛病，虽然说他曾经对自己有意，但是都过去这么多年了，还因为这事别别扭扭的着实有点矫情。她其实本来就有这个打算，毕竟是让人家帮忙，要是不熟的人，人家还不搭理你呢。

见李少君答应了，那边王健十分高兴地说："好，不过时间地点我来定，你等我通知，定了就不许失约。"

"你这有点不讲理啊，我哪知道我哪天有事。"

"你放心吧，我不会临时告诉你的，一定给你打好提前量。行了，先这么着了，我得出外勤了，微信联系。"

挂掉电话，李少君躺在床上，继续看着天花板，琢磨着一会儿该怎么出这个门。

袁帅站在卧室门口，手攥着门把手，也在想这个门开还是不开。开，开完说点什么？不开，毕竟都打了照面，总不能就这么灰溜溜地走了。不管怎么说，这事起因还是在他。一开始袁帅以为李少君也是持着不着急结婚的态度在交往，毕竟她是一个跨越了年龄、性别、种族以及任何划分人类的方式的，一个彻头彻尾的工作狂，就好像她的一切都是为了成为更伟大的记者准备的。因此在她同意了袁帅的追求时，他甚至还吓了一跳。

其实在这个问题上，李少君也有种一拍即合的感觉，虽然她全身心地投身于工作之中，但是到了她这个岁数，总免不了被各路毫无关系的人催婚，她父母本来也没怎么着，架不住总有人在旁边提醒，到最后也彻底倒戈。遇到袁帅，或许于她来说是一种万分合理的拯救，一个年龄、阅历、社会地位都合适的男人，想与她在一起，又不会因为婚姻和家庭问题对她的工作束手束脚，这等好事上哪儿找去？不如就试一试吧。

这一试就是两年，期间二人相处还算融洽，并很快选择了同居。毕竟之前都是自己单住，何必浪费一间房子呢？

发现自己怀孕的时候，李少君心里突然萌生了退意，可能这种子之前在她心里曾经萌发过，但是她并没有注意到。而这根验孕棒变成了超强效力的化肥，一把就把种子催成小树苗了，论其突然性，李少君自己都有点惊讶。

后来她对自己说，何不就这样呢？反正人总是懒惰的，何必要压抑自己的天性呢？一个女人，家庭还是事业，最终总要选择的，总不能等当上台长以后再做抉择吧？那样对自己是不是太残忍了？况且她也不觉得自己能当上台长。

却没想到袁帅并没有这么认为，二人的思想第一次出现了不统一的情况。

李少君当然不忿了，她心说：老娘可是放弃了未来台长，啊不，副台长好了，副台长或许有戏，老娘可是放弃了未来副台长的职位来换这个孩子的，你竟然还不乐意，你想怎么着？

现在袁帅想来，李少君说的有道理，让她这样的女人为了家庭而低头，或许这辈子只有这一次机会。这个机会如果因为他对婚姻的恐惧而错过了，可能就永远错过了。而这种恐惧的由来，袁帅是打死也不愿对其他人，包括李少君吐露的。

那这个门，到底是开还是不开呢？

正琢磨着，门突然开了，袁帅没反应过来自己的手还在门把上握着，直接给带了进去。从屋里拉开门的李少君也没想到，眼睁睁看着这个男人朝自己扑了过来，惯性和下意识使得两个人抱在了一起。

3

郭徽睁眼的时候，时间已经指向了下午一点半。

他拿起手机，上面有一条裴雪的微信，说她先走了。

还没等他醒过味来，房间的电话正好响了，他接起来，前台非常客气地告诉他，钻石会员最晚退房的时间是两点，问他是要退房还是要续住。

听了这话，郭徽突然意识到，这是他有生以来第一次接到酒店前台催促退房的电话，之前他通常都是在深夜就先行离开了。

他回复前台马上退房，挂掉了电话。他发现了桌子上还剩下小半听可乐，走过去一饮而尽。失去了气泡的常温可乐在嘴里显得格外粘腻。他走到卫生间，刷牙洗脸，对着镜子看着自己，竟然发现自己很久都没有这么有神采了。

或许是睡得太好了吧，一觉睡到中午，这大概是学生才能有的福利才对。

穿上衣服，退了房，郭徽赶到公司的时候已经快四点了。总裁办的姑娘看到他，发了一愣，大概是没想到这个时间点他还会过来，本来准备到了五点准时开溜的她心里一沉，这下不一定走得了了。

郭徽进屋，总裁办的姑娘还是非常敬业地敲了门，跟他交代了一下今天的访客记录，简而言之就是啥事没有。

郭徽朝她点了点头，示意自己知道了。姑娘临出门的时候说了一句："郭总，今天看起来挺精神啊。"

郭徽笑了笑，等姑娘走了以后摸了摸自己的脸，看来并不是什么幻觉，确实是精神头不错。郭徽不禁开始回想昨夜的事情，细细回味每一刻的欢愉。想着想着，郭徽又突然皱起了眉头，觉得自己好像不应该去想这些，显得像一个刚刚拿到生日礼物的小孩子一样，欢欣鼓舞得令他人不屑，这些年来第一次出现的这种感觉让他有点被自己吓着了。

他想了想，还是觉得这个改变让他有点措手不及，转念再想，自己这几年的所作所为，不就是在等这一刻么？于是他决定去验证一下这个变化对于他来说有怎样的影响。

"小西，快下班了，没事你就回吧，我出去了，老地方。"

看着郭徽匆匆离开的背影，总裁办的小西姑娘发愣想：这刚到还没有十分钟啊，早想好了还来干啥？直接爱去哪去哪呗。有钱人就是任性，一会儿一个主意。她看了看手机，半分钟前她刚跟闺蜜说晚上的饭局可能要取消，还好她还没回信，赶紧来一个撤回，重新发了一条"不见不散"，然后美美地补起妆来。

离一心福利院还有几步之遥的时候，郭徽把车停在了路边。

他看向远远的福利院大门，已经可以隐隐约约看到传达室的看门保安在屋里百无聊赖地坐着，不过他还并没有注意到郭徽。

郭徽熄了火，解下安全带，双手使劲擦了两把脸。他翻下遮光板，打开上面的小镜子盖，镜子上的补光灯随着盖子打开自动开启，照在他的脸上。郭徽透过镜子看着自己的脸，被手揉搓得有一些泛红，好像一个过敏体质的人长了一脸红斑一样。

郭徽就这么一直盯着自己的眼睛，直到眼前的这个人越看越陌生，越看越不像自己。

然后，他问自己：为什么走到门口，却突然停车了？你不想进去了吗？

镜子里的人和他自己一同意识到，事情似乎真的像他想的一样，这种从内到外的改变，这种他渴望已久的解脱之感，似乎真真实实地开始发生了。

郭徽笑了，他合上小镜子，收起遮光板，然后发动车子，掉头向回开去。

4

小小的卧室被阵阵喘息和呻吟声填满，空气中略略散发着性爱特有的氤氲气息。

从性爱方面李少君能感觉到，袁帅的内心深处有强烈的被伴侣认同甚至崇拜的需求，有点类似大男子主义，但是这又和他平时表现的谦和有礼的样子出入很大，这一点反而让他又多了些神秘感。寸的是李少君也乐于接受这种状态，有的时候甚至会表演得比袁帅预期的还要过火。反正关上门来，一切都是自己的事，何必又要端着装圣女，压抑自己的天性呢？

不过今天情况不太一样，虽然刚才那巧合的一抱擦着了两个人之间压抑已久的小火苗，让两个人都在一瞬间忘却了这段时间的不快，不顾一切地要奔向快乐的彼岸。李少君此时内心确确实实饥渴，但是在这关键时刻她还是保留了灵台之中最后一丝清明，她趁着袁帅的舌头离开自己口腔的空档，压抑着喘息说："不行不行，大夫说要等一个月。"

"什么破大夫。"袁帅的嘴唇正游走到李少君的肚脐附近，一般出现这种情况的时候，就说明他对你的节奏已经有点不耐烦了，于是将会亲自到下方进行作业，想直接进入正题。李少君心知肚明，赶紧两手捧住了他的双颊，此时他的头已经处于李少君的双腿之间，二人就这样对视着，过了三秒，袁帅默默坐了起来。

"对不起，我给忘了。"

袁帅说完，站起了身，背对着床，激情稍稍退去，他想起这并不能解决实际生活中这道坎。

还没等他想好下一步怎么做，突然他感觉自己的内裤被瞬间扒掉，然后一个力量迫使他转过了身，之后是一股暖意从下身传来，那一瞬间他几乎没有站住。他低下头，这个女人一双眼也注视着他，那一个瞬间的画面让他猛然发现，他是如此地爱她。

袁帅看着这个女人，鼓了半天劲，开口道："少君，我们结婚吧。"

"你确定你想好了么？"

袁帅无语。

"你可别搞这种一时冲动，现在这样三八线画得好好的，我还心里有数，真要说结婚，回头你临时悔婚更伤人。"

袁帅想了想，开口说："那个闫敬昱你见过了么？"

"还没，没约上。不过他本来是拒绝我的，听说你是我男朋友之后，他又同意了……不对啊，我说你俩是不是有什么事啊？"李少君问完，盯着袁帅看了几秒钟，突然睁大了眼说："我去，你俩不会是搞过基吧？"

"搞你大爷。"袁帅揉了揉李少君的脑壳。

"你还搞过我大爷！果然你取向有问题啊，怪不得不想结婚。"

袁帅一把搂住李少君，李少君笑着七扭八扭，连连告饶。就这样二人又打闹了一阵，突然之间气氛又安静了。

在这个过程中，袁帅心中的思绪渐渐明朗，他发现自己并不想失去李少君，所以他必须要迈过这一道坎，否则就像李少君说的，他可能无法确定自己是不是真的想好了。

袁帅知道，那十一位数字就静静地躺在自己的手机里。

第七章

1

"大哥大姐，这个事其实也不复杂，这样，我通俗简单地给你们算一下。按照我们国家的法律规定，以及有据可查的历史案例来看，一个人的死亡赔偿金判定，基本是根据上一年度本城市人均可支配收入的二十倍。那么去年呢，北京的人均可支配收入是48458元，如果只算城镇的，那么这个数字就变成了52859元，乘以20，大概就是一百万。考虑到死者，大大小小算是个名人吧，可能会有一些溢价空间。这一点咱们暂且不讨论，算上什么丧葬费啊这个损失那个损失的，我不跟您细讲了，那算是小头。就这个案件而言呢，这个女子本身也对事故负有次要责任，那么作为一个完全民事行为能力人，她对自己的生命损害负的责任有多大，需要法官来参考判断，所以还是有一定的回旋余地的。

"然后，您弟弟借的这辆车，情况我们也了解了，保险上得不多，除了交强险，只上了个三者，还是十万的，也就是说，保险公司撑死了管赔除了这辆车和你们家三口人以外的十万块钱。但是那两辆车的修理，这里主要说那辆奔驰，它是新款的SLK，价格呢倒也算不上太贵，好歹不是法拉利啊，估摸着六七十万吧，现在看是基本确定是报废了，修理价值不大，折旧出来多少钱还不好说，咱们按四十万算。那高尔夫大概五万块钱能修好，您弟弟朋友这车年头不算短了，这下估计可以直接报废了，这块保险公司应该可以理赔一部分，他那朋友还要不要其他索赔，不太清楚，咱们也算上个五万块钱吧，加一块减去三方的钱，正好扯平，等于这块就不用您这边再考虑了。

"咱们继续说，那个高尔夫车主的医疗费用，大概几万块钱吧。然后还有就是公共设施，就那些公交站牌子啊隔离带什么的费用，反正这块钱怎么说也没用，我估计也得几万，这都是人家公家定好的价，多了少了的也就是它了，你也干不过他们。"

"黄律师啊，您还是直接说我们得掏多少钱吧。"

"大哥大姐别着急，这里边还是有一些变数。首先这次事故您弟弟不是全责，那个女的还有次要责任呢，所以这块肯定是要按比例减的。其次呢，我们也还有调解的时间，我的建议是你们主攻两处，一个是那奔驰车，那车据说不是那女的的，您明白吧，一般这种网红都傍着大款呢，大款或许为了公众形象想息事宁人，人家也不差那点钱嘛，所以这笔钱或许能私了。另外就是那个高尔夫车主，他伤得不重，如果是个善良点的人的话，能跟他好好说说的话，没准能少要点儿。"

二姨和二姨夫在心里合计了一下，感觉这再怎么说也是交通事故赔偿，谁能说给你免了就免了。二人心里也是一凉，你看着我我看着你。

黄律师继续说："大哥大姐，你们是少君介绍给我的，我肯定能帮的尽量帮，不过您二位也明白，我们毕竟是职业律师，靠它吃饭的，而且我这律师所里还养着人。您看，这是我名片，二位回去以后想一想，如果希望我替您二位出面调解并打这场官司，就给我打电话吧，费用方面我一定尽量优惠。"

二姨和二姨夫道谢着离开了黄律师的事务所。往回走的路上，二姨一直看着名片，二姨夫连连骂街并往地上啐吐沫，大概意思是还嫌钱掏的不够多，这律师还得讹一笔，而且要他也没个屁用云云。

可是骂归骂，到头来钱还是这些钱。小龙他爸妈在北京这一年多，一是刚刚站下脚跟，二是小龙的学费也占了一头。二姨来了这么一清算，发现其实压根儿没攒下来多少，充其量可能也就几万，还不够塞牙缝的。老家里头，都是务农的，能有几个钱？也只能去问问大姐和大姐夫能不能凑点出来了。但是按二姨想着，嫁出去的女儿泼出去的水，这事跟他们没多大关系，虽说是妹妹没了，按理讲这是全家的事，可是谁的日子都得过，都是出去打工的人，想想也不觉得能管多大用。

接了二姨和二姨夫的电话，李少君心里也早已有数，联系这个黄律师只是让小龙家人看清现实，顺便帮他们先免去一点咨询费罢了。虽然说她和黄律师有点交情，但是记者和律师之间的关系微妙得很，节奏对上了就是互相帮衬，对不上就成了互相拆台，总是你利用完我利用你，谁也没把谁真当回事。就像王健说的，交情都是刷卡刷出来的，等真刷透支了谁也不会管你。

袁帅在家里陪李少君，俩人上次在家里和好之后，算是转入了平稳期，这几天谁也不再提堕胎或者结婚的事了，照常过日子。

"李大记者，看不出来你这爱心还挺泛滥啊。你干纪实记者也有年头了吧，也没看你帮几个人啊。"袁帅听完李少君接电话，揶揄道。

"废话，天下那么多妻离子散你死我活的事，我看着可怜的都帮一把，你当我九天仙女下凡尘啊。"

"那你这回怎么这么积极？"

"偶尔当一回仙女也不是不行。"李少君露出一副骄傲的神色，这倒让袁帅有些高兴，因为她的这种状态只有在跟他一起气氛融洽的时候才会出现，除此之外都是高冷女魔头形象。因此，袁帅决定继续试探一下她，看看她当前的底线如何。

"啧啧啧，九天仙女别的不说，身材倒真是不赖。"

李少君一个脚丫子踹了过去，算是展示了一下"九天仙女"的拳脚功力。袁帅受教之后，不敢造次，默默爬回沙发上给"九天仙女"削苹果，并切成小丁，放在盘子上，插上了根牙签，双手捧给"仙女"作为供奉。

李少君接了苹果，大概是有感于善男信女的虔诚，拍了拍袁帅的脑袋，一边吃苹果一边开口道："主要是我想沿着这事做个系列专题，感觉如果能做得好的话还是挺有料的，而且能打动人。"

袁帅当然知道李少君这么拼目的是什么，开口道："主要是为了争副主任吧？"

"去你大爷的，怎么说话呢。不过话说回来，当然了，如果能靠它给我的职业生涯增光添彩，这也是我应得的嘛。"

袁帅自知李少君心里争强好胜的劲头，而且这事再深说下去就敏感了，因此没接这话。

李少君看袁帅蔫了，猜到他是觉得提升职这事可能会把火引到二人的关系问题上。其实自上次的意外火花之后，李少君也有点看开了，她觉得把自己的职业生涯和两个人的未来生活捆绑在一起的这种想法确实也略显矫情，毕竟自己作为一个新时代女性，还是一个新闻工作者，还是应该开放一点、先进一点，不能老钻进死胡同。因此她也做下了决定，工作还是踏踏实实做，两个人如果走到一起，那再看情况。如果不行，那谁也不耽误谁，也没什么大损失。

于是她换了个话题说道："我准备采访闫敬昱了。"

袁帅看了她一眼。

"怎么，不期待？"

袁帅摇了摇头，没说话。

"唉，你跟他儿时有什么事我也没什么兴趣，我是真的要采访他，而且我要帮小龙找他求情，看看能不能省下来点赔偿费用。回头报道下来，人间有真情，人间有真爱，舍小钱为大义，新时代的好青年！"

2

闫敬昱送父母到火车站。

待了一个多礼拜，闫敬昱的伤也好得差不多了，二老一来在这边也帮不上什么忙，二来闫敬昱也一直是横眉冷对的，着实尴尬。虽然他们俩还是想趁这机会多看看孩子，却还是抵不住闫敬昱的再三要求，最后相当于是被轰回去了。

北京站因为人满为患，这几年赶上暑运、春运，早已经不卖站台票了，闫敬昱心里松一口气，送到广场就可以算大功告成了。进安检之前，二老又停住脚步，跟闫敬昱嘱咐了一大套，无外乎又是"注意身体啊""好好养伤啊""别太操劳啊""有时间回家看看""该找个对象了"这种老生常谈的话题，闫敬昱偶尔答应一句，没往心里去。

"敬昱。"

老头子叫了一声他的名字，把闫敬昱的眼神拉了回来。

"我们知道，你不想让我们老来看你，你心里烦，我们这几年也尽量不来打扰你。这次不是别的事，你说说你出车祸了，你说我们俩能不来看看么？你不知道，警察同志给我们打电话的时候，你……你妈她高血压都犯了，真要是一个不留神，她可能就这么去了。"

说到这儿，老太太捅了一下老头，意思是这事就别提了。

老头瞪了一眼老太太，继续说："我们俩啊，没别的想法，你好好的我们也就没什么不放心的了。我俩回去了，你注意身体注意安全。我们知道你不喜欢我们老烦你，所以你没事就给我们来个电话，知道你过得好，我们也就不会再来烦你了。"

说罢，老头挥了挥手，拉着老太太转身融入了北京站茫茫人海中，没一会儿就找不着人了。

闫敬昱立在那里，想起老头刚才说的话，还有他的眼神……他发现，虽然十几年过去了，这个老人说话的口气，还有那一点点乡下口音，特别是说"来个电话"时曲折离奇的转音，一点儿都没有变。

那栋破旧的砖楼，夏天的时候外墙爬得全是爬山虎，把红砖都给挡上了，甚至有些窗户都打不开，一打开就是浓烈而潮湿的植物味道。不开窗的时候，整个楼里也弥漫着一股奇怪的味道，像是汗味，又没那么臭，像是奶味，又没那么香。那种气味闫敬昱自离开那里以后，就再也没在任何地方闻到过，大概那就是所谓的孤儿的味道。

一心福利院，那个大门口白底黑字的木头板子，闫敬昱自从进门那一次，就再也没看到过，离开的时候也不曾回头去看，却深深印刻在脑子里。实话说，在那时，那个福利院已经算是非常不错的了，还有自己的老师，不过也就只能讲小学教材，孩子们按岁数一分，一个老师从一年级讲到六年级，全拿下。

福利院也会定期组织一些出游，闫敬昱从来没跟着去过，但是他非常期待这样的时刻，因为这样一来，就没人在旁边吵闹了。闫敬昱一般会在一个留守老师的照看之下，把一本《十万个为什么》从头翻到尾再翻回来，其实什么都没看。

那个老师姓周，闫敬昱现在想想觉得也挺对不住周老师的，因为她本来可以一起出去玩，他相信没有一个人愿意在那个楼里一直待着，其实他也不愿意，只是相比较起来，还是在这待着更好一点。

那天也是周老师带着他来到接待室，这个屋子闫敬昱知道，一般有人要领养孩子的时候才会被送到这来，大一点的孩子管这叫"相亲之家"。一般只有表现特别好的孩子才会被送到这儿来。有一些人为了离开这里，每天表现得都特别对得起胸前的红领巾，只可惜这地方闭塞，没有方法让他们扶老奶奶过马路，只能想着法地帮老师洗衣服擦地。

但是闫敬昱对这事丝毫没有兴趣，他觉得自己不能走出这个门，在这里面，他不属于这个世界，也不用承担这个世界给他的罪责。他想起自己的妈妈，不知道她现在跑到哪里去了，但是以她那个样子，大概也不会觉得自己做了什么错事吧？既然如此，就让他来替母亲赎罪吧，赎罪的人不配走出这个门。

结果他却来到"相亲之家"，他没想通自己究竟是哪点好，让福利院的人给看上了。

来到屋里，对面坐着一对中年男女，看起来一副朴实的样子。

"敬昱，这是你的表叔和表婶，是你妈妈的家人。"周老师这么说。

但是闫敬昱从来没听说过他妈还有什么亲人。

"啊，敬昱，我们是老家来的。"那个被称为表叔的人满脸是笑，坐在那儿双手不住地搓着自己的大腿，开口说道，"论起来跟你妈是同辈的。"

闫敬昱不知道这句话代表了什么。

"我们听说你一个人在这边，想把你接回去，跟我们一起过，你说好不好？"

闫敬昱看了看他俩，又看了看周老师。

周老师大概觉得闫敬昱有点害怕，就说："敬昱，表叔和表婶跟你妈有同一个祖爷爷，你们是一家人，这点你放心，我们都核实过了。"

闫敬昱觉得表叔、表婶、祖爷爷这几个词和之间的关系实在有点难以理解，不知道他们是怎么核实的。

看闫敬昱没什么反应，表叔又笑了笑，看了看表婶，说："没事，敬昱，今天咱们就是认识认识，你看，这是我们从家里给你带来的吃的，还有些衣服，也不知道是不是合身，你先穿着。电话我也留给老师了，以后要是有什么事啊，都可以找我们。"

说罢，表叔指了指旁边的大包小包，闫敬昱一眼也没看。周老师看有点尴尬，笑着应下来了，表示一会儿帮着他拿回宿舍。

到他离开"相亲之家"，闫敬昱也没有开口说任何一句话。

离开后，周老师又和表叔表婶在楼道聊了一会儿，大概就是说这孩子比较内向，可能多来几次，熟悉了就好了。表叔表婶也表示认可，毕竟和陌生人没什么两样，孩子从小没爸，他妈也那个样子，要是天天高兴得没心没肺，见谁跟谁走才见了鬼了。老师表示一定会多劝导劝导孩子，让他敞开心扉。闫敬昱当时坐在屋里，听得最真着的一句话就是表叔临走时候跟周老师说："有事就来个电话。"

3

"你好闫敬昱，我是电视台的记者李少君，你能抽时间出来跟我聊聊实在感谢。"

"没事，我只是不知道我能跟你说些什么。我就是老老实实开着车，停在那儿，然后被撞了，就这么简单，还有什么可说的么？"

"嗯，对于事故情况确实没什么可说的，你完完全全是受害者，我主要是想问问你，关于民事赔偿，是怎么想的。"

"这还要怎么想？"

闫敬昱对这个问题，好像并不是十分配合，反而一直盯着着李少君，这让她感觉有点尴尬，于是硬着头皮继续问："方不方便透露一下，你打算要求多少索赔？"

"就修车和看病的费用，你还非得要准数么？我又没打算讹人。"

"我也没这个意思，你也知道肇事者一家的情况，夫妇二人都死了，后座的孩子成了一个孤儿。"

李少君说话的时候注意到，她提到"孤儿"两个字的时候，闫敬昱的表情微微一变，转瞬即逝，她难以确定闫敬昱这一反应是基于什么。再想到上次打电话的时候，他也是对这个词有些敏感，想着这两个字是否是激起了他的同情心。

"闫先生，我们当记者的，主要工作是报道新闻，给观众一个真相，但是工作了这么多年，在很多时候我发现，越是接近真相，我们有时候越觉得很无力，很多悲剧都是我们无法想象的。就像那个孩子，王小龙，还没有好好地认识这个世界呢，父母就都不在了。虽然说他老家也有亲人，但是那种感觉显然是不同的。在医院那天我也看到了，你的父母也从大老远赶来，一直守着你，虽然你也经历了这一幕惊魂，但是我觉得，不管怎么说你比他要幸运得多，毕竟你们还是团圆的一家。"

说到这儿，李少君感觉情绪还算到位，深情凝视着闫敬昱，希望从他眼里看到点反馈，结果发现好像和预想的有点出入，他似乎并不感冒，这倒让李少君蒙了。其实闫敬昱觉得这些话很讽刺，好像是专门针对着他说的，搞得他特别想笑，不过他也知道这个记者是不可能在短时间内做足功课，了解到他的那些事的，还是尽力忍住了。

"闫先生，所以我今天主要不是来做采访的，是来当说客的。"李少君定了定神，还是决定硬着头皮把话说完。

"你觉得，因为那个小孩的爸妈死了，我就应该放弃索赔？他家里就没有家人了么？他父母就没有遗产了么？这个世界现在这么充满爱，已经开始需要大家不顾一切地放弃自身利益去同情一个所谓的可怜人了么？"

李少君连忙摆手道："不不不，我不是这个意思，我只是把情况告诉你一下，看看你怎么想，毕竟我们做这个工作，还是希望可以多宣扬正能量。"

"你们可以去搞募捐啊，每天不是有那么多慈善家大庭广众之下摇头尾巴晃的么？让他们去掏钱啊，我作为一个受害者又有什么义务去做这件事。"

李少君本来以为可以动之以情，没想到还没来得及发力，就被闫敬昱给怼回来了。她也很奇怪，看起来闫敬昱是一个整体素质比较高的年轻白领，一般情况下这种人会碍于面子，或者说起码是出于礼貌而做出一种模棱两可的态度，即使没真的打算同情小龙的遭遇，也不会反应这么激烈，这让她有点措手不及。

另一方面，闫敬昱对于王小龙前后两种截然不同的态度更让李少君十分不解。她开始发现自己一开始的解读可能出了错，但是又不知道问题在哪儿。

闫敬昱看李少君有点语塞，拿起桌子上的饮料喝了一口。饮料放的时间太长，里边冰都化了，感觉比刚上的时候还满，他就着吸管喝了几大口，一下下去了半杯，然后把杯子放了回去。李少君注意到，闫敬昱放回杯子的位置比刚才更靠近了她一点，原来的位置还有一圈明显的水渍。

根据经验判断，这是一种拉近关系的举动，这或许意味着他心里有一些更私密的话题想要跟她聊。她马上就想到了能够拉近二人关系的那个话题，她想到这个闫敬昱或许一开始接受她的邀约的时候，就不是打算配合采访的，而是另有所图。

这个话题，袁帅一直不愿正面启齿，闫敬昱也不愿打开天窗说亮话，李少君察觉这显然不会是什么哥俩好的东西，但是可以确定的是，闫敬昱对于袁帅的情况，应该比较有兴趣。

怎么开口好呢？李少君在心里快速遣词造句，结果还没等她展现一个职业记者的优秀素质，闫敬昱先开口了。

"其实我在孤儿院待过两年。"

"什么……你是孤儿？不对啊，那天在医院的……"

"那是我养父母。"

"是这样啊。"李少君接受了这个设定以后，才突然发现刚才自己一番慷慨激昂的长篇大论在闫敬昱面前显得多么可笑，赶忙说："刚才的话实在不好意思，我真的不知道。"

"没事的，其实按理说，有过相同经历的人应该更能换位思考的，是吧？"

"也不能这么说，毕竟这也不是什么好的体验，你做出什么样的反应都是合理的。"

闫敬昱对李少君这句话不置可否，开始摆弄起面前的那杯水。李少君也拿起来喝了一口，然后也把杯子放在更靠近闫敬昱的位置。

"那你和袁帅呢，难道他和你的经历有关？"

"怎么这么说？"

"我总觉得你们俩好像有点说不清道不明的关系，他那天在医院，听说伤者是你的时候，反应很……怎么说，别扭。"

闫敬昱笑了笑，开口道："他没跟你说过？"

李少君也笑了笑，摇了摇头。

"他对你怎么样，你们俩考虑结婚了么？"

面对闫敬昱突如其来的转折话题，李少君只能用套话回答："挺好的，我俩也是奔着结婚去的。"

闫敬昱点了点头，然后把目光转向别处，若有所思。李少君更纳闷了，感觉闫敬昱问的这个问题似乎意有所指，却又不知其所指。她内心深处开始疑问，难道他俩搞过基？于是开始很仔细地打量闫敬昱，又觉得他的举手投足不像是一般概念中同性恋该有的样子。

闫敬昱用余光感受到了李少君目光的不同寻常之处，笑了笑开口道："你也别瞎猜了，我跟你讲讲吧。"

4

袁帅的父亲把离婚协议书拍在桌子上的时候，袁帅并不在家。

袁帅的母亲早已经料想到这个画面，但是当它真正出现在眼前的时候，这真实的情景不由得使她颤抖了一下。回想到最近半年多的争吵、哭诉、殴打甚至以死相逼，换来的还是相同的结局，她突然意识到之前的每次争执，对于这个男人来说都不过是给原本已经向外倾斜的天平上继续加重砝码。就好像跟一个比自己重两斤的人玩跷跷板，一开始还觉得挣吧挣吧有点机会，结果架不住人家一边玩一边吃，最后比自己重两百斤，一屁股下去，不但赢了，还一把把自己甩飞了。早知道如此还不如当时就认输得了，起码面子上还过得去。

母亲冷笑了一声道："真是日防夜防，家长会难防啊，你说说你也挺棒的，开个家长会都能跟人勾搭上，也不怕帅帅被学校里人笑话。"

"现在跟我说这个还有用么？签字吧，帅帅归你，家里攒下来的钱和东西都归你，对你够不错的了。"

"哟，对我们娘俩这么好，那狐狸精没意见啊？"

父亲瞪了她一眼，没说话。

母亲悠悠地拿起那张协议，尽量控制住情绪以及颤抖的手，想在此时此刻显得没有那么失败，大概浏览了一遍以后，她看到了最下面他的签字，是如此苍劲有力，大概齐中美英代表签《波兹坦公告》也就这劲头了吧。

想想这半年，从一开始的有所怀疑，到后来的板上钉钉，其实也挺快的。只是让她万万没想到的是，他竟然在给袁帅开家长会的时候跟一个低年级学生的妈对上眼了，这得是倒了几辈子霉才能赶上这种不着调的绿帽子。是不是学校也得对这事负点责任呢？本来一个教书育人的地方，生生成了搞破鞋介绍所了，这都怎么话说的。

想到这里，母亲竟笑了出来，结果这情绪一流露，就容易控制不住，笑着笑着眼泪就出来了。母亲觉得实在太丢人，赶紧一手擦着眼泪，一手在模糊中把字签上了，然后把协议书往前一扔，赶紧走到里屋关上了门，把头埋在了枕头里。

客厅里的父亲缓缓拿起这张协议书，镇定地把他放在公文包里，然后掏出挂在裤带上的钥匙链，缓缓地取下与这个房子有关的一切钥匙，一一放在桌上，然后拎起地上早已经打包好了的衣物，打开了大门。

在关上门的最后一刻，他又上上下下地打量了一下这个房子，不知道以一种什么样的心态，关上了它。

5

"也就是说，袁帅他爸爸和你母亲好上了，就和他妈离了婚，那后来呢？"

"后来，听说我妈又把他给踹了，不知道上哪儿野去了。反正那个女人一直以来都那样，风评很差，我爸死了以后更是无所顾忌了。邻居那会儿都私下里传，说其实她自己都不知道我真正的父亲是谁。"

"那你妈就再也不管你了？"

"她之前也没怎么管过我，我小时候她每天晚上都去舞厅玩，怕我瞎闹，还经常把我锁在大衣柜里，后来我很长时间都不敢关灯睡觉，这几年才好点。"

说完，闫敬昱似笑不笑地看着李少君，却发现李少君并没有表现出特别惊讶的样子，想了想毕竟是多年的记者，什么混账事没见过，估计也见怪不怪了。

"所以袁帅是恨你母亲的。"

"与其说是恨她，不如说是恨我，毕竟比起一个连轮廓印象都没有的女人，一个活生生的每天出现在周围的人更适合拿来复仇吧。"

"那……你们之间后来发生了什么？"

闫敬昱想了一下，摇了摇头，他觉得那些事并没有什么跟李少君吐露的意义，他说："后来我就去孤儿院了。"

李少君点了点头，她心里突然明白了为什么袁帅一直迟迟不肯下决心结婚，或许父母的离异对他的打击很大。在他眼里，婚姻这件事大概并不值得向往，反而有些失败的烙印。她同时也发现，自己并没有那么了解袁帅。

第八章

1

《肇事·孤儿》特别节目第一期如期播出，在网上引起了不大不小的反响，主要集中在对王小龙处境的担忧和对其父母不负责任行为的讨论上，并不算多热烈。想来，毕竟偌大的北京，偌大的中国，哪天不出点幺蛾子事，大家也都见怪不怪了。不过有另一件事倒是有点让人哭笑不得，就是王小龙同款儿童安全座椅销量飙升，上某宝一搜安全座椅，热销排名里十个有八个借了这个新闻的报道文字，剩下两个直接上了截图。国内口口声声喊了好几年的普及安全座椅，最后还得靠血的教训来达成。不过还有些吃饱了撑的的人表示，光孩子没事也不灵，跟这出似的，父母都没了，光留一孩子，还不够窝心的呢，不知道是悲还是喜，因此买家频频询问有没有可以装在驾驶座上的安全座椅。

李少君浏览着网上关于这次专题节目的议论，一边看一边直嗑牙花子，流露出一副不满意的表情，老主任经过她身边，拍了拍她的背。

李少君一回头，看到这个即将退休的老人家，想站起身来说话，又被主任按回座位了。

"主任，找我有事？"

"我能有什么事，路过而已。"

李少君点了点头，然后发现主任也在注意她电脑屏幕上的内容。

"这期节目做得不错，听说从前期采访到后期制作，整个过程都是你亲自跟的。要我说啊，你也该从一线上撤下来了，还跟着起什么哄啊。"

李少君笑了笑说："多跑跑腿当减肥了。"

主任也笑了笑，把一旁的转轮椅拉了过来，坐在李少君身边，稍微凑近了点儿说道："你啊，不用跟我藏着掖着，我知道，等我退休以后咱们部门会有一系列的人事变更，你在台里时间也不短了，能力也是有目共睹。趁这个机会当上咱们部门副主任我觉得还是没问题的，而且组织上也希望领导班子里能多点女性同志，以免让人家说咱们搞歧视嘛。"

李少君觉得主任说这话本来就有点"搞歧视"的意思，也不做回答，默默点了点头。

"你这次想做一个有点轰动性的系列专题，从台里角度讲，这个选题还是挺有意义的。不过要是我个人说，在现在这个裉节儿上，不求有功但求无过，对你可能更好。"

李少君看着主任的眼睛，她觉得这种看似关切的眼神实则透露出来的不过是对女性的轻视。说台里希望领导层有个把女性确实不假，但是那说白了也只是追求个花瓶效应，或者说叫作"强制优势"，她并不想成为台里出于某种所谓政治正确的考虑因素而坐上副主任位置，然后让下属当着面"嗯""啊""是"，在背后指着她的屁股说"你看那个女人"。

李少君点了点头说："主任你放心吧，我有把握。"

主任走后，李少君接到一个电话，是王健打来的，说给她带来了一本新发行的

《超级娱乐》，让她品鉴品鉴。

2

小龙被二姨二姨夫带回了老家，一来他已经出院了，原本父母租的房子也正好快到期，没有什么续租的必要。二来他们也要回来给小龙的父母办丧事，不管人是怎么没的，最后一路还是必须得好好送一程，也不能真的喊两条狗给拉走，不然以后乡里乡亲的说起来，脸上也挂不住。

按法律讲，小龙和姥姥姥爷都是父母遗产的第一继承人，二姨属于第二继承人序列的，说白了其实就是没她什么事。姥姥姥爷也是小龙的法定抚养人，这些二姨夫之前是问清了王律师的。

他想了半天，这里头怎么算，都没他们什么事，此时此刻小龙在他眼里倒像一个累赘，让他每天都有点喘不上气。不过二姨夫不傻，他合计了一下，二姨很疼小龙，如果他不跟着疼，那就是和媳妇对着干，这叫不忠；姥姥姥爷对小龙有抚养义务，但是又老了，心有余而力不足，他们作为儿女若是不帮忙，这叫不孝；小龙还是个孩子，若是他对个孩子都这么狠心，这叫不仁；小龙再怎么说现在跟他们也算是一家人，若是不管不顾，这叫不义。这家伙一个不留神就容易把自己落到"不忠不孝不仁不义"的地步，二姨夫这步子是万万迈不开的。

二姨已经联系过了大姐，得到的消息是孩子要上大学了，还有他们最近跟风炒股，结果直接赶上大跌，已经赔得够呛了，实在拿不出钱来。

"什么叫拿不出钱来，瘦死的骆驼比马大，不让他们出钱，难不成咱们要卖房卖地？"

听着二姨的抱怨，姥姥姥爷也说不出话来，毕竟都是自己亲闺女。想来想去，二老拿出了最后一招，叫作转移话题。

"小龙的身体怎么样了，有没有后遗症啊？"

"大夫说基本都是外伤，但是一个月后要去复查呢。我们想着到那会可能官司也该打起来了，回来歇些日子还得上北京去。"

姥姥捅了捅姥爷，这大概是某种事先约定好的暗号，于是姥爷点了点头，走回里屋，过了一会儿拿出一个布裹着的东西，走到几个人跟前坐好，一点一点把它打开了，里面露出了两个存折。

"老二，我俩眼睛不太好使，你给看看这俩存折里头还有多少钱。"

二姨和二姨夫面面相觑，这两个存折他们有所耳闻，据说是老两口存的老本。俩人从来没说过这事，但是家里三个孩子都知道。也不知道是怎么传出来的，按常理推论，肯定是大姐先知道的，但是大姐死不承认，说是听她们说的，这事就成了悬案。这两张存折也成为了家里的一种图腾，类似于民间传说一般的存在。

二姨小心地接过存折，打开翻看，二老虽然说眼睛不好使了，但是也跟着看，还指指点点意思是得往后翻，好像除了他俩没人见过存折似的。

二姨夫也很好奇，不过他自我定位很清晰，这种涉及家族传说的大事，还是少掺和为妙，因此跨出门槛，坐在屋外的小椅子上望着天抽烟。

过了一小会儿，二姨走出来，坐在二姨夫身边，然后从二姨夫手中把烟拿了过来，自己抽上了。二姨夫吓了一跳，瞪了二姨两眼，自己又掏出来一根点上。

"咋了，钱不够？"

"差那么多，卖房卖地都不够，本来也没指望他们钱够。"

"那你这么苦闷干什么？"

"我就是发现，这俩老油条啊，也是真能攒。"

说完话，夫妇二人共同抽着烟望着天，天色并不好，大概快下雨了。

3

钻石王老五郭徽在塞舌尔海边与新欢亲密嬉戏，光天化日大庭广众就解衣服扒裤子的照片在杂志上赫然出现。照片虽然不是很清晰，但是还是满园春色关不住，广大网民们最爱看这个，比看那些停车场里头偷拍的戴口罩的各路明星带劲多了。

"可以啊，这都能拍着。"

"当然了，这就叫'你找他，苍茫大地无踪影，他抓你，神兵天降难提防'，我们狗仔容易么我们。"王健笑道，"这还是因为出版审核，你去搜搜，现在网上已经流传出来尺度更大的套图了。"

李少君白了王健一眼没接这话，又说："话说回来，你们那儿福利倒是不错啊，连塞舌尔都能跟着去。"

"跟屁，这是寸劲，赶上我们老大去度假，撞枪口上了。"

"就是清晰度差了点儿。"

"你不知道拿多长的长焦调出来的，闹着玩的呢。"

"你们老大出去度假还带长焦？"

"职业操守嘛。"

"可以可以。"李少君又欣赏了一遍图片，然后把关注点放在了后面的文字上：郭大老板前任吴晗遭遇车祸，尸骨未寒，转脸他就跟新欢（疑似是新出道的女歌手裴雪）在人间天堂滚沙滩，简直是惬意自在。

然后文章历数了郭老板的各任女友，着实拉了一拨仇恨。文章最后又提到了网红吴晗之死，并表示车祸发生时吴晗的座驾——那辆报废的奔驰，正是郭老板的公司财产。后面有张郭徽发布会时微微一笑的照片，旁边配的对白是：一个小奔驰，废就废了，就当听个响。

最后，文章里还表示，记者联系了裴雪的经纪人以及郭徽的公司，双方均不置可否，不做表示。

这事捅出去，下一步就等着看舆论是否会按预期发酵了。而再之后郭徽会怎么出手，是李少君关注的重点。若是他在舆论的压力下放弃索赔，李少君一来又可以渲染一番人间真情，二来还能落得个救命恩人的名头，毕竟她已经跟王小龙一家交底，赔偿的事一定尽全力帮忙，到时候淡淡地把功劳一揽，良心媒体人的名号怎么也算是坐实了。当然，这事肯定不能跟他们完全交底，狗仔的事就不必提了，就说是斡旋了斡旋。

倘若是郭徽不放弃索赔呢？这事也有意思了，起码专题报道是有的说了，而且作为官媒，效果一定比八卦杂志好得多，到时候舆论风向一把握，效果可能更好，这叫两头堵。

"你别觉得这事有门，我跟你讲，郭徽这个人不一般。"王健有点看透了李少君的心思，继续说道："这个郭徽啊，别看在男女关系问题上有点随意，但是形象保持得一直都还不错，从当年的社交网络，到现在的科技产品，一直挺受那些青年学生热捧的，也算是个'80后'创业梦的代表吧。而且他长得不赖，在创业圈里大小也可以称得上是个男神级的人物。这样的人，显然不是那么容易搅和到这趟浑水里的。"

"我当然知道，只是想给他施加一点压力罢了。经你这么说，郭徽的形象这么正面，那事情应该会往好的方向发展，社会正能量又将得到弘扬，我们作为传声筒也感到很欣慰啊。"

王健笑了笑，没说话。这会儿李少君手机震了一下，她拿起手机，回了条微信，然后开始收拾东西，看来是要走了。

"诶，李大记者，这是几个意思？都这个点儿了，赏光让我请你吃个饭呗。"

"不用了，我男朋友做好饭了，等我回去吃呢。"

"啧啧，行，李大记者驭夫有术啊，自己在外头忙事业，让老爷们儿给你搞后勤，佩服佩服。"

"你别扯了，该干吗干吗去吧，你看你那衣服上好几个油点子，也不知道洗。"

王健低头看了看，还真是，这衬衫上不知道什么时候滴了几个油点子，这还是知道要约李少君，特意从家里找了半天找出来一件不太脏的。

王健目送李少君离开，感慨自己大概真是应该活得稍微细致点儿的同时，心里同时泛起了一些暖意。

袁帅把菜摆上桌，坐在椅子上又给李少君发了条微信，点上一根烟刚抽没两口，门就开了。

"还挺快啊。"

"离着不远。嚯，这菜不赖啊。"李少君换着鞋，看着桌上的几道菜露出了垂涎的神色，袁帅不禁想起了那天在床上的情景。

从那天后，两人的关系有所缓和，平时也可以正常沟通了，不过倒是没再做过爱。一是因为两人都挺忙，聚少离多，二来两人也是还有点情绪没纾解开。情之所至是一回事，真说找个晚上，沐浴更衣后，两人四目相对，规规矩矩从从容容地来一次，还都有点抹不开面儿。

今天袁帅刚出差回来，中午落的地，想了想没什么必要再去公司了，就直接回了家，心血来潮弄了点饭。准备饭菜的时候他看看都有点沾灰了的锅碗瓢盆，回想了一下，已经记不清上次在家开伙是什么时候的事了。

吃饭的时候，李少君提及了闫敬昱的事。

"啊，你们见过面了。"袁帅静静地说，筷子没有停地继续夹菜。

"真是想不到，你俩还有这么一段往事。"

"嗯。"袁帅低头夹菜，情绪略略低沉。

"后来呢，你还见过你爸么？"

提起他爸，袁帅抬起头说："你要是不告诉我，我还以为他跟那女的已经白头到死了呢。"

"你这么盼着他俩死呢？"

袁帅想了想，说："也不至于，小时候不会这么想，现在更不会了，若是他俩能有个好结果，也不枉费他死活要抛妻弃子走向新生活。结果弄成这样，估计他心里也不好受吧。"

"这么多年，他也没回来找过你们？"

"他不是那种人，他特别要脸。"

"要脸还跟其他家长搞婚外恋，这人丢的多大啊。"

"我又没说他要我的脸，反正不是他跑了，丢人的是我们娘俩。"

李少君略微沉吟，扒拉了几口菜，然后又说："嗯，你和闫敬昱都挺苦的。想不到他还在孤儿院待过。"

说到这，李少君感觉袁帅整个人定住了。她看向袁帅，发现他的反应显然是完全不知情的样子，这倒让她没想到。

"你不知道么？"

发现袁帅用一种发蒙的眼神看着她，李少君又说："他从小没爸，他妈跟你爸跑了以后他就没人管了，勉强上了一阵学，但是因为没有经济来源，最后还是上不下去了，只能去孤儿院了。最后是被他妈的远方亲戚带走抚养长大的。这事你不知道？我还以为都传开了。"

"不对，他不是因为家里没人管上不下去学，他是因为天天挨我打才上不下去学的。"袁帅在心里这么说到，并没有把这句话讲出来。不过他没想到的是，闫敬昱也没有把这些事讲出来，是想留给他自己说么？还是觉得往事随风，不提也罢。袁帅拿起手机，他觉得，自己也不能再耗着了。

第九章

1

"师傅啊，我们真是校友，我是99届的，他是02届的，就是想回母校看看。"

"不行，学校规定不让外人进。"

"不是，我们不是外人啊，都是自己人。您听我跟您说，您看看我说的对不对，我班主任姓张，张淑荣，一老太太，教语文的，他班主任……你班主任叫什么来着？"

"我就上到二年级就退学了，我怎么记得。"

"你们两个人啊，倒是把词对好了再来啊，这刚没说几句就露馅了，你刚才不是说他是02届的么，怎么又光上到二年级了，瞎话都不会编，赶紧滚蛋吧！说不让进就不让进。"

袁帅一看这看门大爷逻辑思维可以啊，这么快就找到了其中的漏洞。他还想再务努力，又说："不是，这一日为师终身为父啊，别说上到二年级，就是只上了一天学，那也是校友啊，您不能区别对待啊。"

"我没区别对待啊，没说么，你俩都不能进。"

大爷这句话有理有据让人信服，袁帅无话可说。

一旁的闫敬昱说："算了吧。"

闫敬昱选择在母校见面，袁帅心里还是挺打鼓的，毕竟这不是一个留下美好回忆的地方，尤其是对于闫敬昱来说。但是后来想了想，大概闫敬昱的这个选择，是想向他表态：过去的事已经过去了。正因为他已经把这个坎迈过去了，才会坦然地约在这个地方吧。

当然，闫敬昱也有可能想在曾经被伤害的地方报复袁帅。对于这点可能性，袁帅也已经做好了准备，大不了就是挨顿揍什么的，原样奉还呗。都是成年人了，还有什么委屈受不住的。

不过可惜，无论是哪种情况，都被公事公办的看门大爷扼杀在摇篮里了。

两人在学校门口的小卖部买了点饮料，坐在外头的台阶上喝了起来，袁帅这会儿倒不知道说什么了，只想着看看闫敬昱会不会先开口，最终他没有令袁帅失望。

"你女朋友挺不赖的。"

"啊？"袁帅早该想到，两个男人。打开话题的最好方式就是女人。

"看起来不错，长得好看又大方。"

"啊，还好吧。"袁帅喝了一口可乐，然后两人又不知道说什么了，女人只能帮助打开话题，却无益于话题的深入开展。

这时候，马路对面楼房里出来一个倒垃圾的老大爷，倒完又回楼门里了，袁帅看了半天，突然说："啊，你看那人，那人是那会儿学校边上书店的老板！对对对，就丫的，我记得那会我偷了一本《七龙珠》被丫抓着了，为了不让丫给我告老师，我赔了丫整整三十块啊，那本书就卖五块钱其实，生生要了我一个月的零花钱啊！"

袁帅指着楼门，义愤填膺地说完，看了看闫敬昱，只见他漠然看着自己，然后开口说："我连班主任都记不住了，还能记得他？"

袁帅一想也是啊，低头笑了笑。

过了一会儿，闫敬昱又开口说："那件事，我已经不在意了，劝你也不必在意。"

袁帅扭过头问："哪件事？"

"你这不是明知故问么，你我二人见面，还能有哪件事？"

"不是，那其实是两件事。"

"我知道是两件事，两件事也是一件事。父母的问题不该成为你我的负担，因此而生的仇怨自然也大可化解，毕竟我还活着，而且活得凑合。"

"你不恨我？"袁帅问。

"你不恨我？"闫敬昱问。

袁帅想了想，说："要不找个地喝点儿吧。"

"喝白的喝啤的？"

"我先来一瓶啤酒吧。"闫敬昱道。

"一瓶？你怎么跟个上海人似的，来二两啤酒一醉方休？先来半打吧，你喝啤酒我也不喝白的了。"袁帅道。

"不行不行，我酒量特别差，顶多三瓶。"

"好吧，不强求，先来三瓶喝着吧。"

叫了啤酒，袁帅给闫敬昱和自己都倒上，俩人先碰了一个。结果闫敬昱喝了一口，袁帅干了。看着袁帅那空空如也的瓶底，闫敬昱有点尴尬，赶紧猛地灌进去了。

"没事，你随意。"

闫敬昱咽下啤酒，自己给自己倒上了，然后说："看起来你酒量不错啊，什么时候练就出来的？"

"从……小学的时候，偷我妈的酒。"袁帅回想起那一阵儿偷母亲的酒喝，嘴上泛起笑意。

"啊，是啊。"

袁帅看闫敬昱有点尴尬，不由想了想，其实说起来闫敬昱比他的情况更悲惨，自己好歹还有母亲可以相依为命，而他呢，彻底失去了父母，还平白遭受自己的羞辱。

在袁帅当年幼小的心里，大概认为勾引自己父亲的女人是狐狸精，那么自然而然的，狐狸精的儿子也不是什么好东西。这种逻辑大概就是小孩子的正确逻辑，就好像在网上看到的那些指爹骂娘的键盘侠一样，幼稚得可怕。

等长大了再回来看，他也一样是受害者，但是作为一个懵懂的孩子，父母在自己眼里就像天一样，父母犯了错，便自认为是自己也犯了错，父母没有受到惩罚，那就自己代为受惩罚吧，如果能因此抵消掉父母的过失的话。

也正是因此，闫敬昱并没有更多地记恨袁帅，反而会觉得袁帅会欺负他，才是正常的表现。

袁帅不自觉地干了眼前的酒，他感觉自己当年是利用了闫敬昱毫无根据的愧疚心理，一次又一次践踏他的尊严，却自认为有理走遍天下。要是反过来，如果闫敬昱说袁帅他爸勾引他妈，把他妈拐走了，然后天天揍袁帅，感觉也是合情合理啊。

说白了还是袁帅岁数大。想了半天得出一个结论，自己是以大欺小。袁帅觉得这个结论还挺在理的。

想到这里，袁帅一口干了杯中酒，又倒了一杯，如此往复连干了三大杯。对面的闫敬昱有点蒙，不知道袁帅这打的是哪路拳，想跟着喝，又觉得名不正言不顺，而且一下再干一杯，他也有点扛不住，只好愣愣地看着。

干完第三杯，袁帅打了一个酒嗝，然后说："小时候那些事，我实在是不敢说跟你赔罪，这么着也挺累的。你当我年幼无知也好，当是往事随风也罢，我先自罚三杯，算你原谅我了，你看怎么样？"

闫敬昱又愣了一下，然后笑了。他一笑，袁帅也跟着笑了，这时候服务员正好上菜，看着这俩人有点不知所措，放下盘子赶紧走了。

笑完，二人又对着干了一杯，不知不觉已经没了两瓶了。袁帅拿起第三瓶，开口道："就没了啊，再来点儿吧？"

闫敬昱说："不要。"

"不喝了？"

"不要普啤，来纯生吧，冰的。"

袁帅哈哈大笑，一边倒酒一边斥责闫敬昱不地道，还说什么这不能喝那不能喝，结果开口就是纯生。闫敬昱回说他没骗人，真的不能喝，不信等着看三瓶以后他是个什么样。

袁帅一听这意思就是三瓶起喝啊，赶紧叫来服务员说来一箱，结果被闫敬昱拦住了。

"怎么，又怕喝不了？"

"先来半打，要不酒不凉了该不好喝了。"

2

郭徽晚上回来发现法律部经理给他发了个消息，不过现在这个时间已经是深夜了，郭徽不知道该不该回信。他想了想，还是发过去了一个视频通话申请，没想到几乎第一时间就被接听了。

"啊，你还没睡啊？"

"我算了时差，打算等您到四点，还不错，这刚不到一点。"

郭徽点了点头，琢磨着今年年终奖是不是应该多给他分一点。

"有什么事？"

"你们度假的照片被八卦杂志拍了。"

郭徽往旁边的卫生间看了看，裴雪正在里面泡澡，没什么动静。他起身走到阳台，点上一根烟，眼前乌漆漆的，耳边海浪声滔滔。

"怎么了，她也有经纪公司要炒作？"

"不太像，感觉是在围绕您做文章。"

"我有什么文章可做？"

"没想通，感觉可能和吴晗的车祸有关。我怀疑有人知道你不打算放弃索赔，而且现在还是咱们新品发布会的当口，所以各方势力都在利用这个机会想黑你。"

"这有什么可黑的？"

"树立一种唯利是图的小人形象呗。现在市场竞争这么激烈，盯着咱们的人挺多的，只是现在还不清楚是谁在主导。"

"啊，这是一个问题，先是绯闻再是发布会，那这么说的话，会不会还有人觉得我是自己给自己炒作啊？"

"呃……可能也会有人这么说吧，您有这个顾虑？"

"没有。"

"那要不要我们把您资助一心福利院的新闻放出去，反正怎么也有人说是炒作，不如自己真的炒作，咱们趁着这阵东风，也得说点正面的。"

"不用不用，你别给我出主意了，按我之前说的来。"郭徽说着，余光看到裴雪穿着浴袍从卫生间里走出来，于是说："后天我就回国了，到时候再细说，你赶紧睡吧，明天还要上班呢。"

"啊，我还以为您会跟我说，让我明天不用上班了。"

"别他妈想美事了。"郭徽笑着关掉了视频通话。

郭徽放下手机，听到后面有动静，发现裴雪裹着浴巾也走到阳台，点上一根烟。她走到郭徽身边，手肘撑在栏杆上，侧过脸笑意盈盈地说："啊，趁我不在跟小姑娘激情视频呢？"

"激情个屁啊。"郭徽走到歌手身后，伸出双臂环住她的腰，把头靠在她肩膀说："都工作上的事，等这次休假回去以后要开始忙活一阵儿了。"

"啊，有多忙活啊，比你昨晚上在床上还忙活么？"

郭徽没说话，趁她不注意一把拉开了她浴巾。虽然说天黑了，而且每个独立套间阳台的私密性都做得很好，但是露天毕竟是露天，这种胴体一下暴露在风中的感觉有些特别，裴雪轻轻叫了一声。

郭徽只当这叫声是一种调情，正面搂过她来，双手环在后面捏住她的屁股，开口道："这样顶撞老师，老师要打你屁股的。"

郭徽说完，正打算吻上去，却发现裴雪的脸色不对，表情僵在那里，也不说话。郭徽纳闷，但是脸还是往她脸上靠了过去。突然一阵钻心的痛，他连忙退开，发现自己的胳膊被裴雪用烟头烫出了一个黑圈。

郭徽吸着凉气抬头看裴雪，正要责问，却发现她还是那样失魂落魄地站着，烟头也已经掉在了地上。不过一小会儿，她好像缓过神儿来，捡起地上的浴巾胡乱往身上一搭，跑进了屋里。

3

袁帅和闫敬昱两个人喝得迷迷糊糊，袁帅在酒瓶子里扒拉了扒拉，找到一瓶没倒完的，给自己杯子里续上，然后看了看表，已经夜里一点多了。他又向周围看了看，小饭馆里还三三两两的有几桌人，这不是周末不是假期的，现在的人还真是闲啊，袁帅不知不觉间发出了和李少君那时在咖啡厅里同样的感慨。

闫敬昱喝吐了好几回，一开始还不太好意思，以上厕所为借口出去，速吐速回，假装没事人。到后来就不行了，变成不顾一切地吐。好在啤酒这东西没那么上头，吐完了，肚子里得空了还能接着喝，且喝不倒呢。

喝了一口酒，袁帅看着对面的闫敬昱，解开了彼此的心防之后，在袁帅眼中，他们两个其实是同病相怜的人，都在最需要父母的年纪遭到了父母的背叛。他不知道闫敬昱是怎么接受这个事实的，他只记得这些年来母亲虽然总是失魂落魄，却又坚强地背负着两个人的生命往前走去。这两年，每当看望已经步入老年的母亲，他都会问自己：婚姻是什么？如果说婚姻都无法保护和维系两个曾经相爱的人的关系，那么还有什么才能做到这一点？

所以在和李少君谈到婚姻问题时，袁帅退缩了，他不敢提到结婚这两个字，在他眼里这两个字不再具有任何的神圣的幸福感可言，取而代之的是未来生活的不确定性，以及造成悲剧的可能。他不知道自己这样是不是太过偏激，也不知道该向谁询问，只有在今天这个酒后的晚上，面对这个同样悲情的人，他才有机会解开自己的心结。

袁帅问道："我问问你啊，你现在还恨不恨你妈？嘿！嘿！跟你说话呢嘿！"

"啊？"闫敬昱拖着长声，慢慢醒转过来，双手撑着椅子把自己从"京瘫"的状态下恢复原位。

"我说，你还恨不恨你妈？"

闫敬昱想了想，突然一个定神，说："哦，你说我妈啊。"

"是啊，没问你二姑。"

"唉，你说的这个人，我好像好长时间没见过了，你容我想一想。"

闫敬昱说完，也开始从旁边的酒瓶子堆里扒拉，一边扒拉一边念叨着怎么都空了，眼瞅着就把桌子上一个瓶子给碰倒了，啤酒"哗"地洒了一地，其实这是唯一剩下的一瓶。

服务员挺和蔼，估计是对这情况屡见不鲜了，赶紧过来说别动了别动了，然后拿来个笤帚把瓶子碎片扫了。袁帅没说话，把自己杯子里的酒倒了一半给闫敬昱。

闫敬昱拿起酒，喝了一口说："要说过去吧，其实不叫恨，那时候叫惶恐。虽然说我爸没了以后，她一直也没怎么在意过我，但是毕竟每天住在一块，好歹算是个家。突然她人就不见了，我是害怕的。那种害怕，比起你们欺负我的时候，还要害怕。其实你们每天欺负我，我没什么感觉，那会儿我觉得挺正常的，既然我妈是个这样的人，那就属于我活该。后来那事被学校知道了，我以为学校会找你们让你们停手，结果没有。他们找我说让我退学，我觉得这就坐实了我活该的想法，这是你的错，为什么要让我走，你说是不是？"

袁帅觉得点头也不是，摇头也不是，他原来以为闫敬昱是不堪受辱主动退学，李少君告诉他是因为没钱上学所以退学，这两种情况他觉得都能说服他，万万没想到竟然是学校发起的。但是不管怎么说，客观上来讲，闫敬昱确实是因为袁帅的存在，才无法在学校立足的。

"后来我没地方去，被街道送到了孤儿院。你说孤儿院就孤儿院吧，还叫什么福利院，有什么福利？这不是见人就叫爷爷——装孙子嘛。我去了孤儿院以后，觉得还不如在学校，那里面有股味，我说不上来，反正很难闻，我每天什么都不想干，就想一个人待着。"

"后来呢，你被人收养了？"

"啊，被人收养了。其实我很厌恶他们，我觉得他们只是可怜我，我觉得我不应该被可怜，我就应该一个人在那儿待着，谁来也没用，我妈来了我也不会走，那味道再讨厌，那孤儿院名字再自欺欺人，我也不想出去了。"

"可是你还是选择了出去。"

说到这，闫敬昱突然站了起来，喊道："酒呢？怎么就没了？还能不能干买卖了？"

一个服务员跑过来说："两位大哥，我们这儿得关门收摊呢，真的不卖了，刚才老板已经走了，走的时候把酒柜冰柜都给锁了。"

袁帅听了，赶紧起来拉住闫敬昱，从兜里掏出一把钱来说："你看看够不够。"

服务员数了数，说还得找他五十多。袁帅一摆手，意思是罢了，拉着闫敬昱走出饭馆。夏日的夜晚，不比白天凉快多少，俩人一出门，马上就开始出汗了。

"哎呀，你急什么？"

"我急什么了？"

看着闫敬昱一脸茫然，袁帅觉得大概他是忘了刚才的事了，于是说："没什么，我叫个车送你回家吧。"

大半夜的，还挺好叫车，只叫了一回就到了。司机来了一看，皱着眉头说："喝成这样啊，能行么还？"

袁帅知道司机是怕他吐，弄脏了车，赶紧说："没事师傅，他胃里已经吐干净了。"

"是啊师傅，您放心吧，我保证一路老老实实的。"

司机也挺没辙，不过没再说什么。袁帅打开后车门，把闫敬昱塞进车里，然后也要跟上，却被闫敬昱推出来了。

"你干什么？"

"你干什么？"

"送你一道啊。"

"用不着，我清楚着呢，你自己走你的吧。"

袁帅无奈，叹了一口气，准备把门关上，结果又被闫敬昱顶了一下，门又开了。司机在前面通过后视镜看着他俩，显得有点不耐烦。

"你又干什么？"

"没什么，刚才你问我的话我还没答呢。我不恨她，但也不会当她是我母亲。这两点都是为了我自己，她的生活是她的，跟我没关系。"

话说完，闫敬昱自己把门关上，出租车扬长而去。

4

过了不知道多久，独自蜷缩在床上的裴雪那边传来了轻微的呼噜声，半躺在躺椅上的郭徽胳膊上的痛感已经不那么强烈。他抬头看一眼床上，发现裴雪被子没有盖好，便站起身来走到她身边，一边帮她掖被子一边暗笑自己为什么这么犯贱。

他看了看裴雪紧闭的双眼，眼前又浮现她那时看向自己的表情，他知道裴雪一定有什么事隐瞒着他，他想知道那是什么。但是转念一想，自己又有什么资格要求裴雪对他坦诚相待呢？他摇了摇头，双手拉住被子，把它提到裴雪肩膀以上。

这时候，郭徽的手却被裴雪伸手握住了，他一怔，看向裴雪，不知什么时候她睁开了双眼，看着他，不是平时常见的冷艳，也不是刚才那种惊慌和凝滞，而是迷蒙而温柔的目光。

"对不起，我……不是故意的。"

"我知道。"郭徽把胳膊受伤处给她看了一下，"你看，没什么事。"

裴雪点了点头，想说些什么，被郭徽打断了，郭徽开口道："先睡吧，有什么话明天再说。"

说罢郭徽伸过头，在裴雪额头上轻轻吻了一下，裴雪没有躲避，她闭上了眼，不过多会儿又发出了均匀而深沉的呼吸声。

郭徽本来在躺椅靠着也有些睡意，结果现在反而清醒了。他坐在裴雪旁边陪了她一会儿，然后下床到浴室冲了个澡，擦干身体。走到阳台点了根烟，拿起桌上的手机翻看，发现一心福利院的周院长给他发来一条微信，内容是问他最近这段时间怎么都没过来，小朋友们很想他。

郭徽笑了，他想了想，打下一句：最近比较忙。

刚要点发送，他顿了一下，又加了一句：下周抽时间过去。

5

袁帅回到家，发现李少君并没有回来，想着估计又在台里加班了。本来想问她一句，一看已经三更半夜了。问吧，人家说都这会儿了你才想起来我，要是不问呢，反而可能没什么大事，过去也不怎么常问的，于是干脆算了。袁帅盘算着回头她要是问起来再解释吧，就说跟闫敬昱喝多了，反正他跟闫敬昱的事她也知道个八九不离十，不会再深问了。

想到这儿，袁帅放下手机，换下衣服冲了个澡，躺上床想赶紧睡觉，结果却翻来覆去睡不着，耳边都是闫敬昱最后那句"她的生活是她的，和我没有关系"。

袁帅坐了起来，走到外头从冰箱拿出一听可乐，打开喝了两口，结果可能是因为胃里之前喝酒太刺激，一下激得他直颤抖。

袁帅放下可乐，点了一根烟坐在客厅，然后开始回忆他父亲第一次去给他开家长会时回来的情景。

袁帅的家长会基本都是他母亲去，袁帅印象里他爸只有因为他妈实在请不下假来去过两次，结果第二次就跟闫敬昱他妈不知道怎么勾搭上了。

而第一次呢。

他爸回到家，他妈和袁帅两个人已经在饭桌前等着了。他爸一落座，他妈就问："怎么样怎么样，老师说没说什么？"

"说什么？你自己问他吧。"他爸没什么好气，看着袁帅。袁帅赶紧低下头猛扒拉饭。

"老师说,有几个同学,一上课就睡觉,一下课就醒了,上课时候困得跟二百年没合过眼似的,结果下课玩的时候比谁都欢,完事直接就点名咱们家袁帅了。"

袁帅扒拉着饭,听着这话心说:老师自己讲得催眠,还怪我睡觉,真是没天理。

他妈听了,跟着他爸指着袁帅说:"你说说你这浑小子,我们送你上学是让你去补觉吗?"

"我也不是什么课都睡。"

"嘿,你还有理了你,我知道了,你谁的课都不睡,就等你们班主任的课的时候睡,成心让他看着,等家长会的时候让我下不来台是吧?"

袁帅没回话,他妈又冲着他爸说:"先不说这个,老师还说什么了?"

"啊,后来我眯瞪着了,说什么就不知道了。"

想到这块,袁帅本来喝着可乐,"噗"地一下就喷了,弄了一脸,洒了一地,赶紧放下可乐,跑到厕所去洗脸。洗完脸,他抬头看着镜子里的自己,想起印象里那个男人,突然觉得自己长大以后越来越像记忆里的那个他了,尤其是皱眉头的时候,和印象里那个皱着眉头呲儿自己的人,像是一个模子里刻出来的。

唉,就这张讨人厌的脸,是怎么做到第二次去就勾搭上一个女的的呢?抛开别的不说,这撩妹技能,简直是让人佩服。

第十章

1

李少君盯着屏幕前的文档，浏览完了第三遍，感觉没什么问题了，看了一眼电脑右下角的时间，已经是早上五点半。其实她不看也知道个八九不离十，因为外头天色已经开始发亮了。

李少君站起身来，颇为不雅地上上下下抻了抻僵硬的身体，搞得套裙都抽抽上来了，她三两下把它抻下来。虽然台里二十四小时都有人，但是在这个地方这个时间，也没人有心思看她是不是走光了。

她走到过道，对着咖啡机看了看，最后按了一杯巧克力奶。这个咖啡机李少君也曾细细研究过，上面有多种选择，但是她到现在都没有喝出来其中的"摩卡"和"拿铁"区别在哪儿，还有"巧克力奶"和"美禄"的区别在哪儿。后来她找了个机会盯着保洁阿姨往里面续粉，发现里面加的东西竟然真的是不一样的，无解的她只好认定是自己的味蕾有问题。

李少君基本不喝咖啡，所以每次她只会从"巧克力奶"和"美禄"中做选择，后来她一想，既然喝起来是一回事，为什么还要选择呢？

她也答不上来，反正至今为止，她每次点的时候，还是会在两个按钮之间犹豫一两下。大概她心里觉得，选择这件事，必然是有对错或者好坏之分的，虽然直接蒙一个没有区别，总归还是提供了一种可能性。或者说在她心里，世界上不可能存在结局一模一样的两种选择，她并不愿意放弃任何一次做选择的机会。

拿起热巧，回身时，李少君差点跟一个走过来的同事撞上，幸好俩人都刹住了。

"哎呀，少君姐，不好意思不好意思，莽撞了莽撞了。"

"啊，没事。"

"姐，你怎么还在这儿呢？你也没早间节目啊。"那人打着哈欠问。

"哦，整理点稿子。"

"姐，你说你这么拼，未来姐夫不在意啊？"

"啊，他呀，他也挺忙的，我俩是谁也别说谁。"

"啧啧，你们这是强强联合啊，以后绝对是精英家庭。"

李少君笑了笑没说话，她觉得每次加班的时候，都有人来问她男朋友乐意不乐意之类的话，她总有一种莫名的烦躁感。她总想反问，你们男的遇到这样的女友不是应该欢呼雀跃才对吗，因为她们名正言顺地不粘着你，给你大把的时间可以用来寻欢作乐，这不才是你们男人最想要的么？

看不惯女人这么拼命工作，不想自己的女人太抛头露面盖过自己的风头，同时又不想女人成天在家鸡毛蒜皮碍着自己的眼，男人啊，矛盾又幼稚。

李少君回到自己的座位上，喝下热巧以后，打算稍微眯一小会儿。再过一个多小时，主任就要来上班了，择日不如撞日，她需要将赶制出来的策划案第一时间给他。

2

与其要彻底忘记，还不如记住更多美好的回忆，经过了一夜的思考，袁帅觉得闫敬昱给了他关于如何面对过去、面对父亲的一个很好的启迪。或者说，闫敬昱的态度消除了袁帅多年的一个心结，如果不能敞开心扉面对闫敬昱，那么他就一直也没有迈过去这道坎的力量。

很显然，袁帅对于自己父亲的美好回忆要比闫敬昱对他母亲的美好回忆要多一些，但是现在不是讨论"好人变坏"和"坏人坏到家"这两件事哪个更伤人心的时候，起码袁帅的父亲还有一些好的回忆能留给自己。

袁帅打开笔记本，登上了收藏夹中的一个网站，给销售顾问敲下了一串问题：您好，我想要这个款式的戒托，请问钻石我应该怎么选？

很快，对方就回话了：先生您好，很高兴为您服务，请问您的预算大概是多少？对颜色和净度有什么要求吗？

袁帅一脸蒙，打了一句回话：我也不太懂啊，您给推荐一下？

回复：如果您只是作为求婚或结婚信物来用的话，其实没什么大区别，能达到宝石级别的钻石，其中的差异肉眼都是几乎无法分辨的。当然，大家都想买品质更好一点的，那么说性价比高一点的话，我们这儿有一款现货是3个EX，H色VVS1的，价格大概是十五万出头，您觉得可以接受么？

袁帅想了想，回复道：还可以，请问刻字的话，有什么规定么？还有，大概多长时间能发货？

袁帅等着回复，起身拉开了房间的窗帘，发现这是一个北京少有的好天气。他走到客厅，点上一根烟，端着烟灰缸往屋里走的时候，听到了新回复消息的提示音。他走过去，看了看回复，笑了。他又打开电脑的日历，算了算日子，心里盘算了个大概。

把订单支付出去的刹那，袁帅觉得自己像开学前一天晚上十点终于把暑假作业全都补完了的小学生一样，内心充满了满足之情。

3

中午时分，李少君回到了家，正坐在沙发上看电视的袁帅一愣，显然是没想到这个时间点她会回来。

"咦，你怎么在家？"率先发问的是李少君，她也没预料到两人能在家里碰见。

"我前些日子不是在项目上么？一期完工了，最近太累了，我申请了项目组集体调休几天，昨天下午我在单位交接了文档就没事了。"袁帅答，目送着李少君把笔记本电脑，还有一大摞材料扔到了书房的桌子上，然后继续说："你一宿没回来啊，事这么多？"

"啊，我本来昨天值了个晚班，结果半夜刚要走来了个突发情况，我赶了赶稿子，赶完稿子就又快上班了，我一想，择日不如撞日，等主任来了把稿子给他看看，跟他讨论了半天，稀里糊涂的就这会儿了。"

"哦。"

李少君从书房出来又进了卧室，再回到客厅时，已经换好了一身居家服，她从冰箱里取出一桶橙汁，倒了一杯，端着走到袁帅跟前，挤眉弄眼地说："说到这个突发情况啊，跟你还有点关系。"

"啥意思？我们公司做的项目出事了？"

"什么跟什么啊，你满脑子都是项目那点事。"李少君喝了一大口橙汁，做出一副"爽得飞到了半空"的表情，然后继续说："是闫敬昱，他半夜给我发了个短信，说他决定不发起民事诉讼索赔了。"

"啊？"

"昨天半夜两点多钟给我发短信说的，我刚要走，本来还想着专题没什么料呢，这下这期又有事可说了，想想还有点小激动呢。"

袁帅听了一想，正好是头天喝完酒他回去的时间。这小子不会是因为喝多了哪根弦没搭对想起来当圣人了吧？袁帅不禁有点为闫敬昱担心，别等酒醒了看见自己的所作所为，心疼得直哭才好。

"啊，毕竟同病相怜，同是天涯沦落人，面对多变复杂的世界，以一颗同理之心对待另一个自己，在力所能及的情况下给这个世界增加一丝温暖，真是好人啊，社会主义好青年，正能量小王子，一定得大书特书啊！相比之下那位姓郭的土豪可真是不咋地，也不知道回馈社会，又花又抠门，啧啧啧。"

李少君在那儿品头论足，袁帅还在琢磨闫敬昱当时是否清醒这一问题上，一时间没反应过来。李少君看他不予置评，也没在意，反正正在兴头上，说给自己的，说出去就是爽，不是为给别人听的。

过了一小会儿，袁帅醒过味儿来，问李少君："你刚才说什么？"

这会儿李少君已经拎着浴巾往厕所走了，正好在关门的一刹那，然后里面喊道："你说啥？一会再跟你说吧，我得好好洗个澡，一身臭汗。"

随后厕所里传来喷头出水的声音，袁帅愣了一下，细细一想，她刚才好像是说，要把闫敬昱的童年身世报道出来？

4

闫敬昱自己坐在"相亲之家"的凳子上，门开着，外边传来周老师和表叔表婶说话的声音，是周老师说："这孩子内向，这孩子不爱说话，这孩子不表达想法，不一定代表他不想跟你们走，就是认生。"他听不真着，也不想听。

过了一会儿，脚步声，关门声。闫敬昱低着头，双手搓来搓去，渐渐搓出一坨体积比较可观的泥出来，他拿在手里把玩了一会儿，然后扔到地上。

"敬昱啊，你为什么不愿意跟他们走呢？虽然他们是农村来的，但是老师看得出来，他们很喜欢你的，跟他们一起生活肯定比在福利院好啊，而且在福利院上学不如找个真正的学校，出去得越晚你会越跟不上社会的呀。"

闫敬昱跟自己说：她不是跟我说话，她不是跟我说话。

眼前伸来了一只手。

"唉，算了，你自己好好想想吧。走吧，回去了。"

闫敬昱看着这只手，略微粗糙，还挺胖，跟母亲的手相比，简直不能称之为一个女性的手。但是母亲的手，他有多久没有碰过了？闫敬昱想了一想，没什么印象。

那抓还是不抓呢？

闫敬昱想着，为什么要被周老师拉着？自己又不是不会走。他又看了看那只手，突然发现它不一样了，变得又小又白又嫩，这不是周老师的手啊。

闫敬昱抬起头，发现眼前的人是她。

"走不走呀，不等你了啊。"

闫敬昱还没反应过来，那小女孩好像生气了，哼了一声收回了手，转身就跑出去了，那身小碎花连衣裙在透过窗户的阳光斜射下，散发出诱人的光芒。

闫敬昱心里那个着急啊，赶紧要从椅子上起来去追她。

"你别跑啊，不要一个人跑走！"看着那身碎花连衣裙往走廊深处跑去，闫敬昱在心里大喊，他不能让她独自一人，因为走廊尽头黑漆漆的格外可怕。

闫敬昱此时此刻却发现自己怎么也站不起来，好像浑身都被绑住了一样。他更害怕了，不单因为连衣裙逐渐消失在视野中，更因为"相亲之家"里又只有他一个人了，还不如刚才直接跟着周老师走了就好了。闫敬昱不喜欢这里，他不喜欢每一个企图成为他的新的父母的人。他走了，他妈妈的错谁来赎？他妈妈之所以称之为他妈妈的最后一点联系，就要断掉了。

闫敬昱不再挣扎，他哭了起来。

然后他醒了。

待强烈跳动的心脏稍稍缓过来一点儿后，闫敬昱擦了擦头上的汗，他看了看外面，早已大亮，一看表，下午了。

他躺在床上定了一会神，然后回忆了一下，想到头天和袁帅喝酒，回到家稀里糊涂就睡了，竟然一睡睡到这个时候。唉，这个病假不能再休下去了，再这么下去生物钟全都乱了，还怎么回去上班？他打定主意下周就去上班，反正平时活也不太忙。

闫敬昱起身接了杯水喝，然后走到厕所刷牙洗脸。对着镜子看到自己，眼前闪现了一幅画面，是那身白色的小碎花连衣裙。

闫敬昱狠狠地把脸搓了搓。

5

李少君从厕所走出来，接触到外面凉爽的空气，一瞬间舒服得要死，此时此刻只想倒头睡一觉。往外走了两步一看，袁帅不在客厅了。她拿起茶几上剩下的半杯橙汁，一口干了。放下杯子，四下看了看，却发现袁帅正在书房里看她拿回来的材料。

"别瞎看啊，这可都机密文件。"

袁帅抬起头，看着李少君问："这些东西，你公布出去经过别人同意了么？"

"当然。"李少君十分纳闷，"我采访前全都说清楚了，他说的每一个字都是采访里的内容，当然是同意了。"

袁帅没说话，低头又翻了翻李少君写的稿子。在"丧父""失母""福利院""领养"等等这些字眼以及媒体人专业的遣词造句的烘托下，勾勒出了闫敬昱一个凄凉的童年。

袁帅想起就在昨天晚上，那个坐在他对面的小伙子，从面貌上已经分辨不出来和他的那三四年的年纪差，站起来比自己还高。能看得出来，他还是很低调内向，这显然和他的童年经历有很大关系。袁帅能感知，这个人已经非常努力地把自己适应到这个社会里，起码看起来与他人无异。

真的要用宣扬正能量这种冠冕堂皇的理由去揭人家的伤疤吗？

"唉，不过你别说，要没有你这一层关系，他是肯定不会跟我说这些事的，这得算是独家深度报道了，帅哥，不赖啊！"

这话袁帅听着更别扭，好像这事是他给捅出去的一样。

"他也挺有意思的，我采访的时候问他有没有意向放弃索赔，他还劈头盖脸呲儿了我一顿，说我在博取同情。"

对于一个已经几乎失去了一切的人来说，唯一还能死死守住的东西，就只有尊严了吧？袁帅的思绪回到童年，脑补出每次他们走了以后，闫敬昱默默站起身来，掸掉身上的土和死虫子的画面。他可能还要尽力避免同学的注意，偷偷跑到去厕所里冲干净，然后像没事人一样悄悄回到班里。当校长找他谈话让他退学的时候，他强忍着内心的委屈，尽力表现得很自然，甚至微微一笑点点头说：好，那我就退学吧。

袁帅把头低下去了。

"这么一报道，不仅社会上对小龙境遇的关注度上来了，而且还会唤起大众对于整个孤儿群体的关怀。多好的事啊，有点有面，棒极了。"

袁帅终于忍不住发话："你就不想着他以后被别人怎么看吗？"

"哎呀，我们会用化名的。"

"那管个屁用啊，你他妈当人都是傻子啊！"

袁帅突然一嚷嚷，让李少君也有点意外，她看着袁帅问："你这么激动干什么？"

李少君不知道袁帅曾经校园暴力过闫敬昱，再加上前一天闫敬昱的从容面对和推心置腹，不但一笑泯恩仇，也给了袁帅放下过去、追求自己幸福的勇气。这让袁帅对闫敬昱的态度更加复杂，有愧疚，有感谢，也有敬佩。袁帅张不开嘴说这事，心里更憋得慌，开口道："不为什么，这种事涉及个人隐私，你应该慎重。"

"你怎么知道我不慎重？"

"反正我觉得你这样不合适。"袁帅不知道说什么，干脆甩出一句片儿汤话，放下那几张纸想往外走，却被站着的李少君拦住了。

李少君折腾了一天，上午和主任进行了很久的沟通，才最终让主任同意了这个选题和角度，并且当场改稿子又拿去给主任看，一口气工作了超过三十个小时，有种身体被掏空的感觉，结果回来冷不防被袁帅骂了，也是无名火起。

"我跟你说袁帅，不要对我的工作指指点点的，这次我就不说你什么了，因为你们俩小时候有瓜葛，你可能觉得不合适。"

"呵呵，有什么瓜葛？没瓜葛。"

袁帅冷脸对她，李少君又急了："对啊！有什么瓜葛？不就是你爸跟他妈跑了么？我知道了，这么论的话，你俩还得算得上干弟兄呢吧？怎么着？替你弟弟打抱不平是吧。"

"你有病吧？"

"你有病吧！你知不知道我辛辛苦苦熬了多久写出来的稿子，你一张嘴就不行，你算老几？我们主任都没说不行。我跟你说，咱俩的事还没完呢。"

"你疯了吧，这事跟这个有什么关系？"

"没什么关系，我跟你也没什么关系。赶紧给我滚蛋，老娘要睡觉。"

"这他妈是书房啊，要睡你去屋里睡去。"

李少君没说话，俩人这么僵持了十几秒，她一把推开袁帅，跑到屋里去了。袁帅只听到重重的关门声。

坐了几分钟，袁帅自己走出书房，坐在客厅的沙发上叹了口气。

然后，他突然想起来什么，掏出手机登上一个网页，点开联系客服，然后敲下了一行字：不好意思，我之前下的单，请问还能取消？

第十一章

1

二姨和姨夫从地里回来，正看到小龙坐在小板凳上，就着小饭桌写着什么，姥姥在一旁拿着个扇子给他扇。

"妈啊，热就开空调，你这个小扇子管什么用。"

"小孩子吹太多空调不好，容易着凉。那会儿我就跟你们说电扇这东西不能扔，就算装了空调也有用。你看看现在，要是有个电扇多好，再加上这穿堂风，一点都不热，也省得我给小龙扇扇子。"

"行行行，您有理，我来吧，您歇会儿。"二姨一把抄过了姥姥的扇子，开始给小龙扇。手上闲下来的姥姥嘴上还不闲着，在旁边一直指导，太快了太慢了，扇大了扇小了，都是事儿。二姨大概用了两分多钟，才算成功"出师"，把姥姥挤到一边去了。

饶是母女二人这样你一言我一语，探讨技巧和手法探讨得如此热烈，小龙一直纹丝不动在那儿写，二姨夫看了觉得奇怪，都说了不打算回北京上学了，难不成还在写暑假作业？怨念如此之深吗？他琢磨着，探头过去看了看，发现小龙好像是在写作文。

"小龙都会写这么多字了啊，这是在写什么呢？"

"写爸爸和妈妈。"

一听这话，二姨也不扇扇子了，凑上来看小龙写了些什么。小龙认识的字不太多，好多都是用拼音代替的，还有个别地方画了些小画。二人看了看，内容都是小龙父母和他日常生活里的一些事。

"我怕我以后就把他们忘了，所以把能想起来的事情都写下来。"

二姨听了，没说话，一个劲猛扇扇子，把脸别过去悄悄抹眼泪。二姨夫拍了拍小龙的头说："真好，真好，小龙你好好写，有什么不会写的字可以问姨夫。"

二姨一听，眼泪还没擦干净就噗哧笑了，还带着哭腔骂道："你小学文凭，还跟这儿装什么大头蒜。"

"你小学都没毕业。"

二姨刚要反驳一下，二姨夫的手机突然响了，他拿起一看是李少君来的电话，连忙接了起来，二姨也就没有机会再对自己的受教育情况做出有效的反击了。

电话打完，二姨夫把二姨叫到门外，留下小龙一个人在屋里继续写着，扇扇子大权也交还给姥姥继续把持。

李少君这个电话是向他们知会一声关于闫敬昱打算放弃索赔的消息，二姨倒是很乐观，表示说这是好事啊。

二姨夫却无法展露任何喜悦之情，他觉着面对可能上百万的索赔金额，这小小的几万块钱实在是有点太不起眼了。

二姨不以为然，说道："少一点是一点吧，有几个人跟钱过不去的。对了，人家李记者多好的人啊，跑前跑后地帮着跟人说，以后得好好谢谢人家。"

二姨夫听了表示肯定："当然要好好谢谢人家了，毕竟素不相识的。"

"李记者还说问我们要不要在网上发消息，让好心人给募捐钱什么的。"

"好啊，要是能有人捐钱替咱们还债，这多高兴的事啊。"

二姨夫却略略摇头说："我老感觉着要是这么干了，就跟跪着要饭似的，矮人一头。"

"哎呀你个死老头子，这都屎堵屁股门了你还顾得上回家拉，有个没人的草垛子就不错了，你是真没遇上过事啊。"

二姨这句话给二姨夫带来很大的打击，因为他真的是遇上过事。

想当年上学的时候，二姨夫曾经被一帮小混子给截住了，硬拉着他去喝酒。二姨夫这人特别要面子，虽然在学校里不算什么有头有脸的人，但是总觉得自己挺能耐，属于四面八方都能混得开的，跟这几个比他大不了多少的混子偶尔打个照面，还点点头，完事还挺美，意思是你瞧瞧哥多吃得开，他哪知道这帮人早就打了他的主意。这回独自一人，跟他们遇上了，毕竟不是一路人，心还是虚，又不敢反抗，结果半推半就去了。也搭上他这什么都往外说的嘴，口风不严，透露了刚拿到每月的零花钱，被狠狠宰了一顿洋荤不说，剩下的钱和自行车全都给劫走了。他这顿哭啊，一边哭一边往家走。十几里地啊，就这么愣走，路上黑得连个鬼影子都没有，他这劫后余生还有点紧张，结果肚子就不行了。按他这个要面子的劲头，往常还真是得奔回家再说，但是这个时候也管不得了，跑到路边解开裤子就拉，那个臭啊，给他自己熏得哭得更厉害了。

好死不死，本来一路上都没遇上个人，结果一拉屎感觉全世界的人都来了，还都认识他，看见他这模样，不知道的还以为他便秘了半辈子，终于拉出来了，感动得直抹眼泪。他又不好解释，只能强忍着屈辱往肚子里咽。

这儿时的一幕，二姨夫至今记忆犹新，并且列为了此生最丢人的三件事之首。至于另外那两件事，不提也罢。

这事平日里他也不会想，结果被二姨这一句话，又给带出来了。正伤心呢，二姨见他有点愣神，又追问了一句，二姨夫肯定不能往外说啊，嗯嗯啊啊地搭了个茬，没再细提。

二姨夫和二姨各怀心事，二姨夫为了自己儿时的遭遇痛心疾首，而二姨却觉得上网募捐这个事靠谱。

2

李少君给二姨夫打完电话后，又拨通了一个号码。

"喂，您好，请问您是闫敬昱的父亲吧……叔叔您好，我是北京电视台的记者，我叫李少君，我们之前应该是联系过的……对，后来您二老离开北京了，我也一直没得空拜访……哈哈哈，您太客气了……是是是，我前几天刚和闫敬昱见过面，他气色还不错，看来已经是基本恢复了……您二老也担惊受怕不少日子吧，真是飞来横祸啊。不过我看闫敬昱还是挺乐观的，他前两天跟我说打算放弃对肇事人的索赔了……啊您还不知道啊？他没跟您说么这事？"

听闫敬昱的养父说他没提放弃索赔这事，李少君也是有点吃惊，她本以为这事一家人肯定会商量一下。联想到这二老来去匆匆，都没有在北京多陪陪他，李少君感觉他们养父子的关系或许并不是十分亲密。

李少君转念又想了想，这也很正常，毕竟没有血缘关系，而且收养这件事，本身就或多或少带着一点怜悯的色彩，若是赶上自尊心比较强的孩子，可能随着年纪增长，抵触心理会越来越大。

"叔叔啊，这个事倒没什么，因为对敬昱的采访中，我们也大概了解到了他的童年遭遇，我想大概就是因为他有过这种经历，所以才会对同样成为了孤儿的肇事者的孩子产生了同情心，进而影响了他的决定吧。这一点我作为一个记者也是觉得很感动的，所以我们打算以敬昱为正面典型做一些报道，呼唤社会的爱心嘛……啊对对，所以我这边也想对您二老进行一个简单的采访，大概就是聊聊敬昱成长的经历，没什么别的意思，就是想把人物形象丰满丰满……啊好，您二老考虑考虑，如果您这边没问题，我们可以直接去您家里的……您别客气，一点都不麻烦，我听说老家那边景色可美了，我们也当作连工作带玩了嘛，哈哈哈……好好好，我等您电话。"

挂掉电话，李少君在记事本上又记了几笔，这时候有一个男同事走了过来，在她桌子上放了一杯饮料。

"来来来，猜猜这是热巧还是美禄。"

李少君一听就知道是老同事在调侃她的选择强迫症，笑了笑，拿起杯子喝了一口，说："热巧克力。"

"猜对了啊，难不成真的有区别？"他看了看李少君，又看了看杯子里的液体，弄不明白她是怎么猜出来的。

"没区别，但是机器上热巧的按钮在美禄上面，一般人都不假思索会点那个的。"

"哎呀我们的李大记者啊，真是观察入微，佩服佩服。"那人说完，话锋一转又说："跟你说正事，你让我帮你打听的附近的房子，有门了，一室一厅带装修，挺新的。房子是我一朋友的哥们的，小两口本来准备结婚用，结果刚装修完还没住，家里老房子拆迁了，现在已然看不上这儿了，抱着钱买了个大HOUSE。所以说啊，这可是百年不遇的好房子，六千一个月，划算得很，钥匙我都给你要来了，一会儿下班去瞧一眼？"

李少君看了看表，想了想说："我今天还不知道什么时候下班呢。"

"唉哟我说李大记者啊，您少忙会儿工作能死啊？你知不知道你这几天天天住单位，我们这些大老爷们都很有意见啊，出出进进的很尴尬啊！"

"唉哟，你们还好意思说是大老爷们儿，我都不尴尬你们有什么可尴尬的。"

"你多牛啊，巾帼英雄，当代花木兰，再世穆桂英，我们可比不得。听我的吧，一会下班去看看，也不远，走道十分钟，看了合适就定了，人家还等着回话呢。你要是觉得合适，这事也就算了了，也省得你再操心啊。完事你要是有点人性呢，就请我吃个饭当谢谢我牵线，要是觉得不好，你接着回来加班，不耽误你多少事，行不？"

李少君想了想，感觉也是有理，毕竟天天在单位睡觉也有诸多不便，还是早找到房子为好，便答应了。

3

这一天，闫敬昱像往常一样躲在楼道的角落里，坐在窗框的下沿，然后盯着透过窗户射在地上的光随着时间慢慢移动。

多亏了福利院略显松散的课堂制度以及紧缺的人手，闫敬昱才能经常性地在上课或者集体活动时间这么偷偷溜走，自己一个人待着。

然后他突然觉得累了，每次他这样躲着都会觉得有点累，然后就稀里糊涂地睡过去，直到老师找到他，把他拉回课堂或者宿舍。

而这一天他并没有睡，而是选择站起身来，趴在窗户口向外张望。

关于那一天，那一瞬间，闫敬昱的那一个选择，可以有很多种解释，比如说可能那天阳光正好，打在闫敬昱身上的时候恰好比他的体感高出0.5摄氏度，不多不少，如此合适，而他呢，恰好穿了一件白衬衫。

闫敬昱趴在窗户口四下张望，因为正是上课的时间，因此操场上一个人都没有，一直看到福利院大门口都没有看到任何肉眼可见的生物。

然后闫敬昱突然看到周老师从楼门口出来，一颠一颠地走向大门口，与此同时，一辆汽车出现在门外，停住了。

从里面走出来的，正是那一身碎花小裙子。

看着周老师领着她一步一步地往里走，还是不知道为什么，这次就不去找什么理由了，总而言之闫敬昱突然冒出了一个想法，那就是她好像一个天使，降临在他的身边，一定是基于某种冥冥之中很确定的理由。

那个时候闫敬昱觉得自己的身体轻飘飘的，而心却跳得格外有力，那心跳声在他身体里撞击着，似乎对他有所催促。然后等他回过神来的时候，他已经站在窗台上了。

可惜的是，或者说万幸的是，福利院的所有窗户都部署了防盗网，闫敬昱就像一个笼中动物一般隔着网向外探手。

而导致闫敬昱回过神来的原因，是周老师发现了他。

"啊呀啊呀！你干什么呢？快下来啊！"

周老师松开了小女孩的手，慌忙地往楼里跑，而闫敬昱乐得天使身边不再有碍事的人，继续这么盯着她看。而她，显然也无法不注意到这个站在窗台上的人，也盯着她。三层楼的纵向高度，十几米的横向距离，已经足够一个视力正常的孩子清晰地分辨对方的面庞。

然后，那姑娘竟然笑了。

闫敬昱也笑了，直到他被周老师一把从窗台上拽下来。

手机铃声响起，打断了闫敬昱的思绪。他醒了醒神，自从上次喝完酒梦到了她以后，时不时他就会想起那一段往事，即使他极力地控制自己不要再去想，但是记忆的闸门一旦开启，这些事也就由不得他了。

闫敬昱看了眼手机，是养父打来的。

"喂。"

"喂，敬昱啊，干啥呢，还没上班呢吧？"

"没呢，什么事？"

"啊，方便说话吗现在？"

"嗯，什么事？"

"啊，就是啊，电视台那个女记者刚才给我打电话了。"

"女记者？李少君？"

"对对对，就是叫李少君。"

"给你打电话干什么？"

"说要采访我们俩。"

"采访你们干什么？"

"还说呢，说你不管那家人要赔偿了。对了，说到这个，这么大个事你怎么也没跟我们提啊？你自己钱够不够啊，要不要我们给你打点过去？"

"不用管，我有数，采访你们干什么？"

"哦哦，记者说要立你当正面典型呢！说你特别，特别怎么着，我也学不上来，反正就是大好人啊，说要在节目里好好夸夸你。然后就说采访采访我们，让我们说说你小时候的事。"

"我小时候的事，你们知道么？"

闫敬昱一问，养父有点哑口无言，不知道说什么，最后小声说："我们想着这怎么也是个好事啊，本来你……你妈说要答应，我想了想说，还是先问问你的意见。"

"别理她。"

"啊？"

"你不是问我意见么，我意见就是别搭理她，以后她电话也别接。"

"可是我觉得李记者说得挺好的啊，你想想你这加一块，赔偿也不少啊，说不要就不要了，还不兴让大伙知道知道你这人心多善。"

"你是听我的还是不听？我说你别搭理她，你爱怎么着怎么着吧。"闫敬昱没听养父说完，把电话挂了，扔在手边。

过了几分钟，手机震了，闫敬昱拿过来一看是养父发来一条短信，内容说：我们听你的，不搭理她了。

4

李少君看了房子，还别说，真的是相当不赖，装修新，家电全，小区好，位置佳，对于她的要求来说几乎没有任何不符，而且每个月六千的价格，就这个地段和这个平米数的房子来说，真的不算贵了。总而言之，得此好房，夫复何求啊！李少君差点就要问这房子卖不卖了，她感觉这房子，买了也没什么后悔的。

因此，这事非常顺利地就成了，房东小夫妻也很高兴，他们觉得李少君这样的高级白领住他们的房子，也算是比较踏实，让人搞得乱七八糟的自己看着也是糟心。

李少君也挺痛快，最后双方又把价格定了下来，一次付一年的，成交价聊到六万五，不用押金，这算是又占了个便宜，双方都挺满意。谈得差不多了，小夫妻提出要请她和同事一块吃饭，被李少君和同事双双婉拒了。李少君是觉得没什么必要，同事的意思是这顿该是李少君请他，这是说好的事，回头可以单约他们。

李少君笑笑，然后就被同事拉着去吃饭了。

席间，李少君察觉到同事一直有点欲言又止。她知道他想问什么，俩人在台里也算同期的老战友了，这次李少君突然找他，想也知道是感情方面出了问题，作为兄弟，好奇是自然，不好开口问也是自然，李少君觉得这个状态没什么不好，她并不想说这件事。

这时候，李少君手机震了一下，她打开一看，是王健发来一条微信：你换男朋友了？

李少君微微皱眉，这哪儿跟哪儿啊，没搭理他。过了一会，又震了。

都开始看房子了？

李少君愣了，有点生气，回了一句：你跟踪狂啊！

很快回复来了：在你眼里我就是这种人吗？

李少君回：你可是狗仔啊，不是这种人是哪种人？

王健回复：啊，有道理啊，我竟无言以对。

李少君也无言以对了，她脑海中突然冒出来王健非常猥琐地蜷缩在附近的一个小汽车里，端着一个长焦相机嘿嘿嘿地笑。她打了一个激灵，不再想了。

又过了两分钟，微信又来了：不跟你开玩笑了，你今天看那房子，对门住的就是我。

李少君一看，蒙了，恍然间说出一句："真的假的？"

同事一听也愣了，停下手中的筷子看着李少君，以为出现了什么突发新闻呢，问她什么真的假的。

李少君摇摇头表示没什么。

"你不是又有什么一手劲爆消息？我说李大记者，这可不是头一回了啊，我又不跟你抢，你老藏着掖着的多没劲。"

李少君曝了一下牙花子说："我说你这人啊，思想怎么这么龌龊，真没事。"

同事觉得玩笑开到这里正合适，也就不再追问，二人继续吃饭。

饭后，李少君作别同事，独自往台里溜达。走着走着突然想起了什么，拿起手机拨出了一个电话。

"喂，李大记者，说不回复就不回复，太冷酷了啊！"

"我跟人吃饭呢，没完没了发微信不礼貌。"

"我看出来了，反正就我禁得罪，纯屌丝不好混啊。"

"你丫别废话了。"

"还是说正经的。"王健口气变得严肃，"到底怎么回事，怎么看上房子了？我今在家里刚睡醒，就听见外边有说话声，怎么听怎么耳熟，没敢出去看。介猫眼瞧了一眼，还真是你啊。"

"你丫真猥琐，不会开门看啊。"

"那多尴尬啊。你别转移话题，说说吧，那男的谁啊？"

"没谁，同事，介绍看房的。"

"怎么想起来看房来了，跟你相好的一块住着不挺好的么？"

"掰了。"

"真掰了？"

"我骗你干吗。"

"哎哟，这真是大快人心啊！那怎么唱的来着？大快人心事，揪出四人帮，揪出四人帮昂昂昂……"

"你有病啊？"

"不是，我女神恢复单身，我当然得敲锣打鼓了，一会我得买点鸭脖子和啤酒自己庆祝一下。"

李少君发现王健近来跟自己说话越发地贫嘴，似乎是回到了大学时期的那种熟络状态，刚打算反击一句，突然听筒响起了滴滴声，李少君把手机拿到眼前看了一眼，是一个陌生的号码来电。本着记者的职业素养，李少君跟王健匆匆了结了话题，转接了这个电话。

电话是小龙他二姨打来的。

听着二姨的表达，李少君嘴角泛起一点笑意，不过她想了想，还是严肃地问了一句："大姐，我白天跟大哥说的时候他有点模棱两可，你俩商量清楚了么？别回头产生什么矛盾。"

"哎呀没事，那老头子脑瓜子有点死，我跟他说清楚就行了。不过李记者我问问你啊，这事管用么？别回头忙活半天没人捐钱。"

"大姐啊，这个我保证不了，但是您一定要相信，这个世界上还是好人多的。"

"行行，我信得很，只是我们家小龙啊真的命太苦了，我们也是走投无路，总不能让孩子没爹没妈了，还从小背着一屁股债过日子吧。"

李少君点了点头表示理解，然后又对二姨宽慰了半天，挂掉电话以后，她存下了二姨的手机号，起名为"王小龙二姨"。存好后，看着通讯录里上下挨着的"王小龙二姨"和"王小龙二姨夫"，她思索了一下，决定以后万事找二姨，就把二姨夫的号删了。

5

二姨本来是想趁着二姨夫出去抽烟的工夫，偷偷打这个电话，可是她哪知道二姨夫忘了拿打火机，又走回来了，这下站在二姨背后从头到尾听了个真真着着。二姨夫很生气，质问二姨说："你从哪儿来的李少君电话号码？"

"上回她给你留电话的时候我偷偷记的。"

"好家伙你可以啊，适合搞地下工作啊。"

"你这不是还偷听我打电话呢，咱俩谁也别说谁。"

"这怎么叫偷听，有本事你别背着我打啊。"

二姨夫话音刚落，突然一个黑影向他蹿过来，他脑袋向边上一侧，躲了过去，那物打在墙上，"啪"的一响，落在地上。二姨夫心有余悸，定睛向地上望去，发现那竟是二姨的一只拖鞋。二姨夫虽然刚才嘴上逞能，但是其实一直以来在家里地位是不太高的，一个大老爷们，不说带着媳妇出去闯荡，虽然说都是一个村的，农活都是两边干，但是他一直是跟着媳妇一块住在娘家，这说难听点儿跟倒插门也没什么区别。

身为一个半吊子倒插门女婿，二姨夫一直以来深知二姨的脾性，基本上拖鞋一出肯定是谁与争锋了，他也不敢再说什么，想了半天最后出口了一句："其实还是应该咱们自己再想想办法。"

　　"有什么办法？你有办法么你？没办法就靠边待着去，屎堵屁股门了都，还这个那个的。"

　　二姨夫听了这话，气又不打一处来，嘟囔了一句："怎么又提这个。"

　　然后二姨夫从桌子上抄起打火机往门外走去。

　　二姨一头雾水，心说：我提哪个了？

第十二章

1

郭徽把车开进一心福利院大门的时候，注意到院子墙外有一个老头在那儿来回来去地溜达，还不断往里张望。那老头穿得挺体面的，不像是个捡破烂的或者流浪汉，但是举止做派却很奇怪，不像是个心智正常的人。郭徽有点奇怪，问了一下保安，保安也一头雾水，说这人在这儿好几天了，好像还认识院长，没事就找他们保安打听福利院的情况。他们觉得这人好像精神有点问题，就去问院长要不要给他轰走，院长说别搭理他，但是也别让他混进来。

郭徽点了点头，没再细问，把车开进去了。

这个时间，正巧有一个班的学生在操场上体育课，看到郭徽的车开进来，其中几个孩子都远远地跑过来。体育老师和其他老师一样，非常与时俱进，对于大金主的态度很包容，知道那是郭徽的车，也不去阻拦。

郭徽从后视镜看到那几个小孩子过来，怕车开着有危险，赶紧顺边停了，反正偌大的操场也不会有人说他什么。

停车下来，郭徽发现周校长也从教学楼里往这边走，看来也是一直在等他。还没来得及跟校长打招呼，小孩子们已经围上来了，郭叔叔郭叔叔地喊着。郭徽笑意盈盈，蹲下身来胡撸胡撸这个脑袋，掐掐那个脸蛋，一个一个回应着。

"婷婷你不是一直说想郭叔叔吗，郭叔叔来了还不亲他一口？"周校长此时也走了过来，冲着其中一个小女孩挤眉弄眼。

小女孩听了做恍然大悟状，大概是才想起来，冲到郭徽眼前就要上去亲。郭徽突然神色一变，想躲，结果没蹲稳，一屁股坐在了地上，营造出了一种被推倒的场面。

小朋友们见状笑开了花，纷纷扑上去打算踏上一万只脚让他永世不得翻身，郭徽紧躲慢躲各种招架。周校长见状况不对，赶紧上去把孩子们分散开了，说道："你们看你们给郭叔叔弄的，身上都脏了，赶紧回去上课去吧，一会吃晚饭的时候再跟郭叔叔玩。"

小朋友们还是挺听校长的话的，一个个的都跑回去上课，只留下郭徽躺在地上狼狈不堪。

周校长拉郭徽站起身来，帮着他掸身上的土，一边掸一边问："郭总，今天感觉和小朋友们不太亲啊，是不是太长时间没来了，有点生分了？"

郭徽讪笑着点头，他心里其实也没想到最近这段时间会有这么大的变化，看到这些小孩子们过来的时候，他反而有些抗拒与他们接触，不知道这种情况是可喜还是堪忧。

身上的灰掸得差不离了，周校长便拉着郭徽说去教室转转。郭徽便一路跟着走。每到一个教室外，校长便拉着他从后门的窗户口向里望望，这么看了四五间教室，郭徽便明白了周校长的用意。

"校长，课本又不够了吧？"

"哈哈，郭总眼睛真毒，今年福利院又进来不少学生，一下子不光是课本，桌椅啊床铺啊乱七八糟的都有点捉襟见肘。你说说，也不知道这年月是怎么了，怎么这么多孩子没人养。"

　　郭徽点了点头说："我知道了，回去我就安排财务跟你们联系。"

　　周校长听罢眉头一展，说道："实在是感谢郭总啊，这三天两头管你要钱，我这个老太太啊脸都快不要了。"

　　"周校长别这么说，您能坚持把福利院办下去，就很值得社会对您尊敬了，该说谢谢的是我们，现在这个世界对小孩子太不公平了。"

　　周校长听罢也叹了一口气，摇摇头不再说什么。

　　二人说着话，走到了校长室，进到屋里，周校长冲了两杯茶递给郭徽，一时间屋里弥漫着茉莉花茶的香味。

　　"周校长这喝高碎的品位还是没变啊。"

　　"哈哈，是啊，每年'张一元'出新茉莉花的时候，我都去抢高碎去，这几年得亏跟他们经理混熟了，每年都给我留点，要不真抢不着，这都成习惯了。"

　　"您在咱们福利院也有些年头了吧？"

　　周校长想了想，说："你不说不要紧，这么一算，得有二十大几年了。我从刚参加工作那会儿就分配到这来了，那会儿院里孩子也不多，老师人手也少，一开始也是想着凑合干着，结果一干就扎下根来了，见惯了人情冷暖世态炎凉，我估计我也不会再适应其他工作单位了。而且那会儿跟孩子们、跟这个地方都有感情了，又稀里糊涂就当上了院长，就再也离不开了。"

　　郭徽听了点了点头，喝了口茶。

　　"哎呀，说这些个干什么，都没什么用。一会就该开饭了，郭总你今天就别去后厨帮着忙活了，跟这儿歇一会儿就直接吃饭吧。我们这新来的师傅，做香河肉饼一绝，你来巧了，一定得尝尝。"

郭徽想了想，点了点头，但是这么干坐着又挺别扭的，于是就说站起来参观参观。虽说郭徽经常过来，但是这校长室还是头一次这么仔细瞧。一看不要紧，发现还挺有意思的，挂着各种锦旗奖状自不必说，还有些活动照片，大合影什么的，郭徽开始一个一个分辨里面那些熟识的孩子们。

　　这些合影从近几年的一直到十几二十年前，从彩色到黑白，背景一直是这个福利院的大楼，光影中也看到了福利院这么多年来的变化，郭徽还挺感慨。看到一张照片，郭徽发现里面一个青年女子很眼熟，细细一看这不就是周校长么，虽然看面相比现在年轻很多，但是模样基本没怎么变，身材也比现在敦实，一看就是个有干劲的人。

　　郭徽叫来周校长，校长看了还有点难为情，开口道："哎呀，这些年我都没仔细看过这照片，没想到让你把我给逮着了。"

　　郭徽也笑笑，接着往旁边看去，结果看到周校长旁边的一个中年男子，突然愣住了，感觉非常眼熟。细细一想，这不就是刚才在门口看见的那个徘徊的老头么。

　　"周校长，这位是？"

　　"啊，这是福利院之前的校长，王校长。"周校长口气突然有点紧张。

　　"我刚才在大门外……"

　　"啊，你看到了啊？"

　　"真是他？"

　　"嗯，是的。"

　　"这是怎么回事？"

　　"哦，嗨……"周校长咽了口吐沫，说道，"是这样，王校长啊，那会突然得了病，精神上的那种，也不太严重啊，就是有点弄不清事，糊涂，有点老年痴呆那种意思吧。于是后来就退下来去医院疗养了，我就是这么接的班。最近这段日子，他突然经常出现在福利院周围，我也跟他家人打听了，说是已经治好病出院了，但是还是有后遗症，家里人管也管不住，让我们尽量不要惊动他，以免刺激到他。我想着毕竟院子里都是孩子，也不认识他，我怕王校长的病情反复，再吓着孩子们，不敢放他进来。但是想想，估计他也是心里头惦记这个地方，存着个念想，也就不敢轰他，就这么没去管。"

郭徽感觉周校长的话有点难以自圆其说，但是又看着她似乎有难言之隐的样子，也便不再深究，点了点头。

突然楼里响起了铃声，校长看了一下表说："啊，要开饭了，走吧郭总，香河肉饼管够。"

郭徽笑着点头，临走的时候又看了一眼合照上的那个王校长。

2

李少君头天搬进来，花了一晚上时间打扫了一下，发现这屋子真是不错，还挺干净，里里外外打扫一遍也不怎么费事，感觉这价钱真是挺值。

正在沙发上歇着的时候，手机震了，李少君拿过来一看，是一条微信信息，是袁帅发来的。

刚要琢磨怎么回复，"叮咚"，门铃声响起，吓了李少君一跳，她想着头一天搬进来，怎么会有人来找？李少君放下手机，蹑手蹑脚走到门口，通过猫眼一看，舒了一口气，打开了门。

"哎呀，新邻居啊，幸会幸会，以后多照应照应。您家缺油盐酱醋么？随时找我要啊别客气。"

"别跟我废话了，有事么？"

"你这话说的，没事就不能看看你？毕竟是新身份嘛，重新认识一下不好么？"

"好好，幸会幸会，可以了吧。"

"不邀请我参观一下？"

李少君白了他一眼，"啧"了一声，王健认怂道："得得得，有正事，真的有，让我进去说吧。"

李少君想了想，侧身把王健让进屋里。

"说吧，什么事。"

"先给我弄口水喝呗。"

李少君嘟囔一句"事真多"，从冰箱里拿出一听可乐放在王健面前。王健打开可乐，结果"砰"地一下喷了，给俩人都吓一跳。

"大姐你这可乐什么情况啊？"

"哦，刚才刚从超市买回来的，可能给晃荡了。"李少君拿来桌布擦了擦，看了看王健的衣服上面也溅了不少，说道："你这衣服又有日子没换了吧？甭擦了，凑合着吧。"

王健点点头说："得，听您的。"

"行了，说吧，有什么事。"

王健喝了一口可乐，开口道："内部消息，这个郭徽你别看面上是个浪荡公子，实际上一直在暗中资助一家叫'一心福利院'的孤儿院。"

李少君听闻心中一动，感觉这名字好熟悉啊，仔细一想，这不是闫敬昱当年去的福利院名字么，她想起来了解闫敬昱背景时查到的那些资料，"一心福利院"院子的那张照片，那个招牌，出现在她的脑海里。

"你怎么知道的？"

"唉，干我们这行的就是路子野呗，郭徽他们公司总裁办公室的一个女的，叫什么小西的，她闺蜜是我一哥们的女朋友，有一次一块吃饭的时候那女的说出来的，说不光是一直出资，还经常亲自过去呢，啧啧啧。据说那姑娘说这事的时候一脸的崇拜。热心公益的钻石王老五啊，谁不爱？"

120

李少君心里更是疑惑不解了，按理说这种搞互联网高科技产品的公司，为了吸引年轻消费者，老总都挺重视个人形象塑造的，这个郭徽办了好事藏着掖着，倒天天让人看自己风流成性的样子，不知道怎么想的。

　　"怎么样，有点意思吧？"

　　"嗯，有点意思是有点意思，不过我不关心这个。"

　　王健点了点头，感觉热脸贴了个冷屁股，怪尴尬。两人沉默了一会儿，王健看了看四周，想找个话题，找了半天终于开口说："你东西都搬完了？有没有什么体力活要我帮忙的？"

　　李少君想了想，说："大后天有时间么？"

　　"大后天？这日子是怎么定的？有吧，我工作时间弹性大着呢，说有就有。"

　　"哦，大后天我搬东西过来，有时间的话来帮我收拾收拾吧。"

　　"没问题啊女神，随叫随到！"王健笑答。

　　"行了行了，你还有啥事不？没有了就回去吧，我还得干活呢。"

　　"好家伙，这离单位近了就是好啊，不加班了，开始SOHO了。"

　　"赶紧回去吧你。"

　　"我可乐还没喝完呢。"

　　"拿着喝拿着喝。"李少君拿起可乐，放在王健手里，做了一个请的姿势。王健无可奈何，只好走了。

　　把门关上，李少君回到沙发上，拿起手机又看了一眼那条微信，内容是：我后天调休结束，晚上飞机去上海。

　　然后李少君回了一条：我大后天去搬东西。

　　在空空荡荡的家里坐着的袁帅收到李少君的回复，气不打一处来，心说，这是什么意思？后来转念一想，那我是什么意思呢？是说让她想着把水电费交一下？

　　袁帅也没想通自己到底想怎么样。

3

郭徽放下筷子，一旁的周校长很是疑惑，问他："郭总这就不吃了？往常你来我们这儿都很能吃啊，今天怎么战斗力下降了？"

"啊，可能最近胃口不太好吧，公司的事有点忙，过两天该开新产品发布会了。"

"郭总你忙就早说啊，没必要特意过来一趟。"

"没事，我也换换脑子。"郭徽又拿起筷子，夹了一沿肉饼，如同表演一般地在周校长面前把它给吃下去了，连醋都没蘸。

食堂里教职工用餐区和孩子们的用餐区是分开的，单独一个小屋，落地大玻璃隔断，目的是让除了看着孩子吃饭的老师之外的其他人能随时注意用餐区的动向，如果出了什么意外情况便于集体出动。因此，教职工用餐区里有什么事，孩子也是一目了然。虽然说这是一个孤儿福利院，大多数孩子都经历了失去父母或者被遗弃的命运，内向沉默的居多，但是毕竟是孩子，到哪都少不了闹腾的，用餐期间就有好几个孩子一眼看到了郭徽，冲进来要来找他。

周校长看出今天郭徽心不在焉，便让老师把小屋的门关了，不让孩子进来，郭徽感觉有点尴尬，又不好再说什么，就假装沉默没这回事。

吃完香河肉饼，再来碗小米粥，一来解腻，二来溜溜缝。郭徽出了点汗，感觉还挺舒服，本来吃不太下，结果最后稀里糊涂又吃了好几沿，可能是这师傅手艺确实正宗吧。

往回走的时候，郭徽问周校长："周校长你回家么？我送送你吧。"

周校长想了想，"那就有劳郭总啦。"

车子开出院门口的时候，突然一个声音喊："啊，小周！小周！"

郭徽一看，是那老头远远地在喊周校长，郭徽心说：你别说这老头虽然说脑子不好使，眼力倒还不错啊，一眼就看见我们了，这说话中气也挺足的。

周校长透过车窗看了看那王校长，郭徽感觉她的身体明显地往后靠了靠，不知道是在躲还是什么。不过那个王校长倒是根本没有往这边走的意思，一只手往后背着，另一只手举着挥舞，跟首长慰问似的，郭徽相信了这人绝对是当领导出身。

"呃，要打个招呼么？"

"你等下啊。"

周校长把车窗按了下来，冲王校长说道："王校长，您快回家吧，天都黑了。"

"好好好，那明天我再来看你们。"王校长笑意盈盈地点了点头，然后又说，"小琳最近怎么样啊？"

"都好都好。"周校长听王校长说起这个名字，脸色一变，随口答了一句，便迅速地把车窗升起，跟郭徽说："走吧。"

"他说的小琳是？"周校长脸朝向外，郭徽没有看到她的表情变化，但是对王校长口中的这个名字还是不免产生了兴趣。

"哦，一个过去的老同事，早就不在这儿干了。我没说么？他老年痴呆了，脑子不行了。"

郭徽点了点头，脚踩油门，汽车和后面王校长的距离越来越远。

第十三章

1

马连道交通肇事案的特别报道节目《肇事·孤儿》第二期播出以后，社会反响比第一期大了很多。节目中除了突出了闫敬昱放弃索赔的好人好事，还介绍了闫敬昱的身世，呼吁社会对于孤儿人群的关爱之外，还含沙射影地表示了对"某些坐拥巨大财富"的有钱人的诘责。

虽然节目中对于闫敬昱的真实姓名以及他的出身，还有一心福利院的名字并未提及，但是一经播出，闫敬昱周围的人显然知道这说的是谁，这让刚刚回到工作岗位的他略感尴尬。这在他知道李少君去找了他的养父母之后，就已经有心理准备了，不过真的身处此情此景，还是有点不适应。

当然了，作为一个从纷乱中走出来的人，闫敬昱还是练就了一些屏蔽闲言碎语的本事的，即使公司里有个别女员工在茶水间里对他的讨论音量不可谓不大，比如：

"怪不得平时不怎么说话，这么不合群，原来是孤儿来的。"

"我见过他入职材料，里面填了父母啊。"

"那应该是养父养母，我见过他们来找他，一看就是乡下人，看面相明显就不是亲生的。"

"那么些钱说不要就不要了，看来他也挺有钱的啊。"

"怎么样？有车有房，父母双亡，你是不是有一点动心了？"

"你怎么知道他有房的，你去过？"

"你滚蛋。不过说真的，他好像一直也没搞对象呢。"

"会不会是有童年阴影？"

"不至于吧，既然你这么有兴趣，要不你去勾引一下他试试？反正你岁数比他大，或许他作为孤儿，恋母情结比较严重呢。"

"你丫滚。"

"嗯，为什么这俩姐们不管说什么话题，最后都会终结在八卦上呢？"闫敬昱觉得她们也挺神的。不过话说回来，怎么听起来这事对于他的个人问题好像还有点小帮助呢，闫敬昱笑了笑，假装不知道地悄悄走了。

收到了一条微信，来自袁帅。

袁帅：节目看了？

闫敬昱：看了。

袁帅：唉，为这事我跟她都闹掰了，我说这种事不该提，她非要播。

闫敬昱：没事，无所谓。

袁帅：你别没事啊，你这一没事那我跟她闹掰了不是白闹了么。

闫敬昱：你俩要是没别的矛盾，也不至于因为这事闹掰。

这句话刚发出去，闫敬昱就后悔了，他觉得这话看起来特别别扭，好像他和袁帅很熟，熟到可以对他的私生活指手画脚了一样。闫敬昱打算点下撤回，但是想着袁帅应该是看到了，若是再撤回更显得刻意。好在袁帅再也没有回复，不至于越聊越尴尬。

闫敬昱把手机放下，突然笑了，感觉自己好像一个爱情大师一样给人指点迷津，但是其实他长这么大，一次恋爱都没谈过。

要不算有过一次？

周老师把闫敬昱叫到办公室训了一顿，其实她也吓得不轻，这要是那防盗网年久失修承受不住闫敬昱的重量，有个三长两短的可怎么办？虽然说闫敬昱是个孤儿，但是就算他是个什么亲人都没有的孤儿，她也担不起这责任。

好在没出什么问题，周老师虚惊一场，自己的心放下了，自然就要责备闫敬昱一番。

"敬昱啊，你说你平时看着挺老实的啊，怎么还玩这悬乎的？那窗台上是有钱啊还是有什么啊，你就非得爬上去玩才行呢？你说你怎么不能让老师省点心，老师平时对你不好了？老师招你惹你了？你这要是给老师吓出心脏病来可怎么办。"

闫敬昱听着也不说话。

"你说本来今天事就多，来了个新同学我还得带她办手续……哎，不对啊，新同学哪去了？哎哟我天哪，不会还在操场上站着呢吧？哎哟，我天哪我天哪！"周老师猛然想起还有一位被她晾在操场，赶紧往门外跑，跑到一半又觉得也不能这么扔着闫敬昱，冲他又补一句："你，赶紧给我回教室上课去，一会还得欢迎新同学呢，要是等会儿在教室里看不见你的话，看我怎么收拾你。"

闫敬昱一听，知道这个小碎花裙子竟然将会和自己同班，顿时来了精神，前所未有地想去教室上课，哪儿还用得着周老师来威胁，点了点头就往教室跑去，比周老师跑得都快。

赶到教室，班里人正在上课，老师看到闫敬昱站在门口也很诧异，因为他不怎么上课，老师压根不认识他是谁。"同学，你是这个班的么？"

闫敬昱没答话，座位上有个小胖子倒站起身来说："老师他是我同桌。"

"哦，那快去坐吧。"老师也不多说什么，毕竟身为这样一个地方的老师，也谈不上什么对孩子严格要求，踏踏实实过日子就完了。

闫敬昱的同桌外号叫"安西"，源自于动画片《灌篮高手》，不过这部动画片只有今年新来的一些同学有幸在电视里看过，闫敬昱这样的"老同志"进福利院之前没赶上看，福利院里又没给配电视，自然是看不到了。

对于这种所谓"外来势力的入侵"，福利院的老师们也很头疼，好多孩子没事就缠着他们说要看电视看影碟，他们给王校长说了好几次，王校长的意思是："书都快买不起了，还买什么电视啊，把这当五星级大酒店呢？"

因此，虽然小朋友们外号众多，比如"安西""运气""魔人布欧"等等，但是其实大部分孩子并不知道这些名字背后的真正形象是如何，在当下只能靠看着带着这些名号的同学的样子去猜测了。

安西长得又白又胖，任谁看了都会觉得这是个养尊处优的小少爷，实在没有点儿所谓"孤儿"应该有的样子，但是可惜造化就是如此弄人。一般来说，长得胖的孩子，大多数天生就带有很强烈的温暖属性，待人也都很和善，安西也是这种人。本来闫敬昱觉得安西还挺好的，只可惜一到了夏天他就没完没了地出汗，坐在他旁边那股汗味和粘腻的感觉让闫敬昱十分难受，不由自主地想远离他。福利院又没法保证他每天能洗澡换衣服。话说回来，即使能保证一天洗一次，闫敬昱也怀疑这对安西来说有没有用。

但是今天闫敬昱坐到安西旁边，却没有闻到这股味道，并且也没有躲着安西。安西还以为他的挺身而出感动了闫敬昱，心里还挺美。

其实闫敬昱脑子里什么都不存在，只有那身小碎花裙子，而且甚至还闻到了一丝若有似无的香气，他觉得这大概就是天使的味道。

没过一会，周老师果然带着"小碎花"站到了门口，她跟讲课的老师点了一下头，带着她走进来了。男同学们看到这一幕，集体发出了"哇哦"的声音，闫敬昱看了看周围，连安西都一脸呆滞，看来天使就是天使啊，一来就俘获了这么多人的心。

安西用他那如同刚洗完的大白萝卜一般的胳膊捅了捅闫敬昱问他："你快看啊，这个应该是新来的吧，长得好漂亮啊。"

"嗯，是啊。"闫敬昱心里说，我早知道了，比你们都先知道，也比你们都先认识她呢。所以他要装得淡定一些，以示与众不同。放到现在来看，这大概就是所谓"高冷"吧。

闫敬昱假装不跟别人一样往死里盯着她看，而是东张西望，然后在每次视线转移的时候扫过她的脸，看看她是否注意到了他。

然后，他发现，她竟然一直在盯着他看，而他也顿时忘记了变换视线。

闫敬昱和"小碎花"，就这么互相看着对方，笑了。

周老师开口道："同学们啊，这是我们新来的同学，她的名字叫叶一琳，从今天开始就和大家一起学习一起生活了，大家鼓掌欢迎吧。"

热烈的掌声在闫敬昱耳旁响起，尤其是旁边的安西，那俩大胖手拍起来咔咔的，震得闫敬昱耳朵直难受。

闫敬昱突然从回忆中走出来，发现不是耳朵在震，是手机在震，他拿起来一看，袁帅打来了电话。

"我晚上要飞上海了，一会儿一块吃个饭么？"

"找我吃饭？有事么？醉酒可不让上飞机。"

"你请我吃饭，算是为导致我分手的导火索而道歉。"

虽然闫敬昱觉得这简直莫名其妙，但是他还是答应了。

2

"声称划时代新产品发布在即，整个业内翘首期盼，就在这个关键时刻，微景公司总裁郭徽却被指在前些日的马连道交通事故中因自己的车辆被毁，不肯善罢甘休，向失去双亲的肇事者遗孤索要天价赔偿。微评论：做人还是要大度点。[新闻链接]"

郭徽看着这一篇热搜微博，下面的评论已经过了十万，其中点赞数最多的那些评论基本都是在骂他的。有的人还算理智，说虽然这事听起来顺理成章，但是作为一个不差这点钱的人，何必把事做得这么绝，这是要逼死人的节奏啊。还有的就直接骂开了，什么资本家剥削完劳动阶级就拿血汗钱玩女人，结果出了事不说老实待着，还不依不饶，简直是丧尽天良。还有一些凡事都上升到民族层面的人说什么中国的有钱人都一个德行，归根到底还是巴依老爷，当初搞土改的时候怎么没把这种DNA一块掐死算了。再往后看，还有一排排整齐的队形：我某某某人在此庄严发誓，今后再也不会买微景的产品。

"郭总，我怀疑这里有同行业的人在推波助澜。"

"这不显而易见么。"

"但是咱们定好的明天的发布会，现在因为网上的这些谩骂搞得有点被动啊，我怕效果会大打折扣。"

"这不显而易见么。"

郭徽的态度很无所谓，这也是显而易见，于是说话的人也不提了，他想了想问："要不要取消明天发布会后面的记者提问环节？"

"别取消，我们之前发邀请函的媒体基本都是科技媒体，他们不会关注这么多八卦新闻的，还是要把产品宣传好。不过这样吧，明天发布会提问环节换魏总来，我不直接答问题了。"郭徽心说：本来我就不想答，很多技术问题不如让负责开发的老魏来抵挡，这下正好借机会撒手了。

"不过魏总没做准备啊。"

"要什么准备啊？产品参数他了如指掌。一会儿我给他去个电话，你整理一下产品宣传方面的材料给他，让他过一遍就行了。放心吧，前边我能说明白的都会说明白的。"

人走以后，郭徽马上给老魏打了个电话，对方有点心领神会的意思，立马答应了，什么旁的都没问，这让郭徽再一次产生了对这几个老战友的愧疚之情。

交待完毕，郭徽靠在老板椅上望着天，虽然在下属面前表现得云淡风轻，但是这次的新产品对于他和微景公司来说都是一次重要的考验，如果营销能够成功，即使在国内外竞争激烈的VR市场无法一举夺魁，起码短时期之内应该是无人能敌了。这样的产品，如果因他的负面新闻影响而导致失败，那么公司上上下下这么多人的努力，他也无法承担。

正琢磨着，电话响了。

"郭先生您好，是我。"

"哦，蔡小姐你好。"

对方轻轻一笑，声音恰好可以被郭徽听到。"郭先生，您终于可以熟练地不称呼我为蔡医生了。"

"啊，你嘱咐了这么多回，我总得有点进步啊。"

"好的好的。是这样，我看到了网上关于您的一些传闻，虽然我认为以您目前的状态已经完全可以应对这样的心理压力，但是出于老师对我的嘱托，以及您支付我费用，我还是想问一下您，感觉如何？"

"没什么问题，很好。"

"好的郭先生，不过我还是再提醒您一下，根据老师在一开始对您的创伤程度以及心路历程的判断，我们认为您还是需要适当的心理疏导和辅助的药物来治疗。我知道您有自己的治疗计划，而且根据您的反馈，停止诊疗期间表现得非常平稳，但是我依旧建议您定期跟我聊一聊，以防……"

"以防走火入魔是么？"郭徽见她词穷，自己帮她续上，"我知道你们觉得我是在玩火自焚，但是你的老师也说过，现在行业内都没有有效的治疗办法，那我为什么不能按我自己的办法去做？"

"我知道您对自己很有信心，我们也对您很有信心，但是是否可以请您对我们也有点信心呢？"蔡小姐辩驳道。

"蔡小姐，我对你们很有信心，这一点从我在美国接受你们老师的治疗时起就毋庸置疑。"郭徽停了一下，把领带松了松，"这样吧，我这段时间确实很忙，下个月我会抽时间和你见面，到时我们一起做下一步的安排，如何？"

"好的郭先生，期待与您见面，那不打扰了，再见。"

"再见。"郭徽挂断了电话，把领带直接解了下来，放在桌子上。

3

袁帅和闫敬昱菜过五味，谁也没有提袁帅和李少君闹掰了的事，好像这顿饭跟这件事并没有什么关系似的。

其实袁帅也想不通为什么会脑袋一热来找闫敬昱吃饭，只是与李少君的当时争吵发生得太突然，以致于之后几天他都没有想通问题出现在哪，只好安上一个"因为闫敬昱的出现"这么一个理由。实际上仔细想想，抛开袁帅自己的童年阴影以及这次与闫敬昱的碰巧相遇，他和李少君本身也不一定能走得下去。李少君是个强势的女人，她在台里的工作状态袁帅不用想也能猜出个大概。虽然李少君在家的时候已经尽力地收敛，但还是免不了把工作上的派头带到家里。而袁帅的父亲离开家的时候，他已经快要小学毕业，人格开始走向成熟，在家里逐渐开始掌握大小事务的支配权，不喜欢受制于人。母亲本就有点软弱，早已习惯了父亲的安排，现在换一个人来让她有所依靠，倒也自然接受。

袁帅后来听到一个说法，说凡是从小和母亲一起长大的男孩子，免不了都有点娘，这一点似乎挺有道理，但是袁帅觉得自己并不是这样，大概也是因为成熟得比较早得缘故。

总而言之，袁帅和李少君的性格上冲突点很多，即使未来生活在一起，也很难非常和谐。看透了这一点，袁帅便也不再执着于和她一定要有个什么结果，之前的种种美好在现实面前更是如过眼云烟，与其顽强坚持，倒不如早早放手，彼此还落得一个好印象。只是二人，尤其是李少君，已不再是二十出头的年轻男女，年近三十，对于爱情上的每一次选择都会变得非常小心，这一次的失败经历或许意味着更多。

袁帅想，若不是因为选择时的谨慎，也必然就谈不到此时下决定的艰难，毕竟连戒指都差一点买下了。

想清楚这一些，此时再去谈论什么，已是没有必要。坐上了饭桌的袁帅，此时此刻对于闫敬昱的闭口不谈，还有些心存感激，不然的话他就丢了大脸了。

三言两语的对话，俩人都闷头吃饭，闫敬昱的手机突然响了，他看了一眼号码，按了一下锁屏键不再去管它。

没过一会，手机再响，闫敬昱皱了皱眉头。

"老板催你加班啊？"

"不是。"闫敬昱对着手机相了一会面，还是接了起来。

"喂，敬昱啊，下班了么？啊，我们也没什么事，今天你……你妈她出门遛弯的时候，见着村头王婶，王婶说电视上讲你来着，我们才知道那节目已经播了。你看那节目了么？上回我们都听你的了，可什么都没跟那记者说。"

　　老头一上来先赶紧把俩人给择出来，他们生怕闫敬昱误解自己接受了采访。不过电话那边的闫敬昱好像对此并不在意，只是说："知道了，还有没有别的事？"

　　"也没什么事，就是问问你最近怎么样，身体是不是都没事了，大夫说得多观察。"

　　电话那头的闫敬昱表现出了与平时无二的非常不耐烦的口气，表示什么事都没有，边上的老伴一脸着急，拽着他的袖子小声说："你问问啊，你问问啊。"老头很不知所措，摊着手表示这怎么问，正当俩人还在沉默中你来我往的时候，电话被挂掉了。

　　"让你问啊你怎么不问啊，你看看，给挂了吧。"

　　"这怎么问啊，他都说没事了。"

　　"唉，都赖你，当时人家记者找你的时候你就应该让她别说这些事，现在你受不受采访，敬昱都觉得咱俩跟记者是一头的了，该不高兴了。"

　　"哎呀不会的，人家记者想报啥咱们能管得了么？敬昱不会那么想的。"老头心说，你以为没这事他就能对咱们有好气么。

　　老太太叹了口气，本来她一开始也觉得电视台要夸夸敬昱高风亮节什么的是好事，结果今天听了邻居说，让人帮着上网找那节目看了看，看完也觉得说不上来的别扭。老太太心里着急，非让老头给闫敬昱打个电话问问，老头觉得没什么必要，却拗不过老太太，就打了一个，结果不出所料，又贴了一次冷屁股。

　　"是你的养父母？"闫敬昱挂下电话，袁帅问了一句。

　　"嗯。"

　　"感觉你跟他们的关系不是很好啊。"

　　"还行吧，就那样。"

"哦。"

"他们是我母亲的远方亲戚，当时听说我在孤儿院，就来把我接回去了。"沉默了一会儿，闫敬昱像是突然上了弦一般说出这句话，末了还补了一句："他们对我挺好的。"

"哦。"袁帅应了一声，然后随意地问了一句，"你在孤儿院生活了多久啊？"

"不到半年吧，没多久，没什么印象了。"

袁帅点了点头，看看表说："我得去机场了，谢谢你请客啊。"

闫敬昱笑了笑，挥了挥手说："你赶紧走吧，一会我买单。"

袁帅走后，闫敬昱依旧这么坐着，眼底又浮现了那"没什么印象"的一心福利院。

第十四章

1

王健在楼下抽着烟站着，远远望见一辆小货车从远处开来，估计应该是了。走近了定睛观瞧，果然见李少君坐在副驾驶上。

停到楼下，李少君开门下车，货车后面也下来两三个小伙子，长得倍儿黑，还精瘦精瘦的，一看就是干体力活的。

"干吗愣着？过来帮忙搬啊。"

王健连忙答应着，把烟踩灭了走了过去。李少君跟搬东西的师傅说："师傅，他跟着你们搬东西，我上去开门啊，就这楼门8楼802，我先上去开门等着您。"然后李少君走到王健跟前，又小声道："你不用动手，在这儿帮我盯着点儿，别让他们磕了碰了什么的。"

王健点了点头，目送着李少君走进楼门，然后拿了半块砖头把楼门顶住了。他转身看着工人们在那儿搬，也没什么家具，全都是一个一个大纸箱子，看着相当沉，估计都是些书本什么的。王健摇了摇头，感觉这李少君的家当也是比较各色。

还得说是搬家工人，专业干这个的就是不一样，虽然说没什么大件，就这七八个纸箱子要是让王健搬，估计搬一天也搬不上去。这还是建立在他半途不会死掉的基础上，但是哥几个你一背我一抬的，动作又麻利又稳当，而且都是些巧劲。王健不由感慨真是隔行如隔山，卖油翁也就这个意思了。

随着最后一批货送完，王健跟着工人一块儿上了楼，一看李少君已经在那开始拆箱子了。

"大姐，这最后一个了，都搬完了。"

"好好好，多谢多谢，钱我就放桌子上了，你数数，应该跟之前说好的一样。"李少君指了指桌上的一沓钱，然后又指了指地上的一箱可乐，"还有，我这有一箱可乐你们拿下去给兄弟们喝着玩吧，辛苦你们了。"

"不用不用，我们用不着，再说这一箱也太多了，我们几个人也喝不了。"工头在那儿一边数着钱一边客气着。

"你们就拿上吧，你们大姐有的是钱，别跟她客气。"王健搬起那一箱可乐，端到工头面前，工头数完钱，都给揣兜里了，看着王健在他对面端着可乐，有点不好意思拿。

"快点接啊，我比不了你们，我快不行了。"

工人只好接了过来，连连说："这怎么话说的，那就谢谢大哥啊。"

"别别别，别这么叫，好像我跟他有什么关系似的。"

"对对对，我不是大哥，我是住隔壁的，姓王，你叫我隔壁老王就行了。"

"对，你就管他叫老王吧。"

王健一不小心当了长寿龟，斜视了李少君一眼。工头也不知道接什么话，搬着可乐点头哈腰地就走了。

"不错啊李大记者，这一招'刁买人心'用得可以。"王健把门关上以后开口道。

"昨天台里当防暑降温费发的，我又不喝这玩意，送出去正好。"

"你不喝我喝呀，你怎么不说给我送去啊？"

"你还是别喝了，你的智商今后也就告别可乐了，到时候又弄一地。"

王健心里说怎么李少君现在也开始耍贫了？不知道拿什么话顶，看着李少君从纸箱子里往外拿一摞一摞的书和文件夹。他有点好奇，蹲到旁边拿起一个文件夹打开看了看，发现都是一些文档和材料，而且时间都不新了。他又合上文件夹，看了看夹子脊上，贴着一个"2004"的标签。

"2004年，大姐你那会儿大学还没毕业吧？"

"是啊，咱俩不是一届的么，你自己哪年毕业的你还不知道么？"

"这些都是什么玩意啊？"

"那会儿我就已经在实习了啊，有一些实习报道的材料，还有学校的大作业什么的，乱七八糟什么都有，觉得有用的我都留着呢。"

"不是，这玩意儿你在家扔着就完了呗，你还一直带在身边啊？这有什么用啊？再说了，你觉得有用就扫描一份存电脑里看不是更好，这躺老沉的。"

"扫描件我也有啊，不过看扫描件和看原件感觉不一样。这些东西都是宝贝，很多当年查的资料啊数据啊现在再找都很困难了，留着点儿没坏处，比电脑上的文档靠谱。"李少君低着头一个箱子一个箱子地拆，继续说道："你别在那儿说风凉话了，先帮我把这些按年份放到屋里书架上。"

2

郭徽在掌声中走上了宣讲台，适应了一会儿闪光灯的光亮和快门的声音后，他长出了一口气，用手上的遥控点开了第一页PPT。

随着投影展开，微景公司全新一代旗舰无人机产品"遨游4"正式对外揭开了它的面纱。虽然其外观和各项技术参数在发布会前早已经通过各种渠道不胫而走，但是当郭徽一项一项去介绍它的参数时，在座的记者和技术发烧友们依旧对它惊叹不已。

全新一代视觉定位系统，加入了可选装的红外热感探头，即使外界环境是光照不充足的夜晚，它也可以在15m/s以下的飞行速度下稳定工作。并且在视觉定位系统工作时，垂直和水平悬停精度均达到0.1米以下，云台的控制精度也达到了前无古人的正负0.01度。就以上这几个参数所代表的意义，让这个产品已经可以和军用无人机相提并论。

更强的电池容量，更具兼容性的相机卡口，以及信号范围覆盖更广的遥控设备，让这架无人机在硬件上对前代产品，甚至是对市面上的竞争对手形成了近乎碾压的打击，几乎达到了其名字的意义——海阔天空，任意遨游。

宣讲完以上内容，郭徽继续推出下一个产品，新一代虚拟现实装备"微景6"，这个和微景公司同名的系列虚拟现实套装，是郭徽杀回国内科技业后的立足之本，也是微景公司的核心产品。而自从第一代产品发布，微景系列VR设备从此也成了国内，甚至全世界VR业界的标杆产品。

在介绍完微景6的技术参数以及观看完体验短片后，郭徽定了定神，他要给在座的人一些消化的空间。然后他继续开口道："想必在座的各位朋友对于今天发布的两款产品已经早就有所了解，没有什么新鲜感了。因为，几个月前，各类谍报就已经在网上甚嚣尘上，虽然大部分都是无稽之谈，不过也确实基本勾勒出了我们公司这两款产品的先进性。说实在的，看了那些新闻我都不想开发布会了，反正你们都知道了。"

台下对于郭徽的老套玩笑发出了一些非常客套的笑声。

"但是万万没想到的是，这次发布会还是如期举行了，这主要是因为最近我有一些绯闻，大家可能都听说了。所以觉得还是应该给大家一些跟我见面和提问的机会，刚才的产品介绍其实是可有可无的。"

望着台下的沉默，郭徽继续说："这句是真的玩笑话。"

台下又出现了一些笑声。

"好吧，我不卖关子了，下面是真正的重头戏。"郭徽往侧面走了几步，把后面的幕布墙整个暴露给台下，"请大家屏息以待。对了，刚才我说的都是玩笑话，我的绯闻今天谁也不许问啊，谁问跟谁急，并且发布会礼品我都收回。"

台下的人本来都真的憋着气在等着看投影，结果被郭徽这句话给说泄了气，会场气氛一下子轻松了不少。

郭徽看准台下的人精神最松弛的一刹那，点开了幻灯片。

"'遨游4代'新选装模块——'游景'，数据图像处理及转码模块。"郭徽一句话介绍完，看到下面没什么反应，继续道："我相信已经有聪明的朋友大概明白它是做什么用的，我也不给你们玩猜谜游戏，咱们直接看一段演示视频，大家就都明白了。"

画面变为一段录制好的视频，视频分为左右两部分，左边是一个人拿起无人机遥控器，指挥无人机升空，右边是一个人戴上VR眼镜，左右手操作游戏手柄。眼镜启动的一刹那，画面变成了一个第一人视角的飞机座舱，而座舱的前景即是无人机摄像的画面。

随着视频进程，又有三五个无人机升空，与之成队的是一个又一个玩家加入游戏，这两个人就如同双人战斗机的驾驶员以及操作员，一个驾驶飞机进行闪转腾挪，另一个则操作武器击打敌人，而战斗场景就发生在真实的北京郊野，伴随着一首Rhapsody乐队的《Emerald Sword》，你追我赶的一场空战显得格外振奋人心。

随着战斗结束，游戏玩家收回战机，摘下眼镜，获胜方的队友击掌相庆，兴奋无比，画面暗了下来。

不过几秒，一个新的画面亮起，依旧是一人操作无人机，一人头戴VR眼镜，这次游戏的主人公化身为著名超级英雄"钢铁侠"，在接受了来自Javis的一系列任务说明后，钢铁侠升上高空，画面中的现实场景上多出来了很多虚拟的敌人，感觉有点像近期红极一时的游戏《Pokemon GO》，两个玩家互相配合地消灭一个又一个敌人，最终干掉了隐藏在前面水库大坝上的BOSS堡垒，整个画面异常真实，而且敌人的刷新也是根据无人机拍摄的地形和相对位置出现的，场景十分真实，就好像他们真的把北京的密云水库给炸了一样。

视频播放结束，郭徽重新站到宣讲台的中央，看着台下的观众都是一副意犹未尽的模样，笑着等了几秒钟，然后开口道："现在，大家可以鼓掌了。"

3

"哟，李大记者，这你也留着呢啊。"王健饶有兴致地翻完了2004年的档案盒，又打开了2005年的，首先映入眼帘的这一份材料让他很是惊喜。

李少君凑过来看了一眼说："这个啊，这个案例分析挺成功的，当然要留着。"

王健回道："我还以为是因为这是咱俩合作搞的，你才特意留个纪念。"

李少君白了王健一眼，然后也凑上去看那份大学时期的小组案例分析作业，二人跟着回忆的翅膀似乎又回到当年那个时期。

这是基于当年美国的两件真实案件整合而成的报道。第一起发生于田纳西州的范德比尔特大学，一名黑人学生在醉酒后强奸了一名白人少女，最终被判二十年有期徒刑。而几乎是同一时间，发生在加州斯坦福大学的一起白人学生醉酒后强奸华裔女学生的案件，最终判罚的结果是六个月监禁，外加缓期执行。

抛开美国州与州之间的相关法律条文有区别这一客观条件，单纯地拿出"黑人""白人""华裔"这三个敏感的词汇来与案件对号入座，黑人强奸白人入狱二十年，白人强奸黄种人跟无罪释放差不多，傻子都能推断出一个明显得不能再明显的结论：这是赤裸裸的种族歧视。这两起案件也确实激起了美国当地的黑人群体以及华裔群体的愤慨。而案发之后，由此引发的另一件悲剧更加重了这种情况，那就是那名被强奸的华裔女子似因不堪忍受压力和屈辱，自杀了。

李少君当时作为一名大学生，自然对这种事很敏感，而且做美国的新闻案例有另一个好处，那就是政治倾向上不怕出问题，没什么太多沟沟坎坎，不用怕用词太敏感，可搜索的资料也比较多。最终，她和王健一并制作的这期案例报道还得到了老师的高分。虽然王健这样吊儿郎当的学生不在意，但是李少君还是将它认为是自己记者生涯的一次成功预热，就把材料全都保存下来了。

"啧啧，这个案例找得真好啊，拿到今天来聊都一点也不过时。李大记者真是三岁看老啊，一看就是个搞媒体工作的材料。"

"你别老拍我马屁，其实当时你找资料也找得挺辛苦的。"

"嗯，毕竟是一个同胞因此失去了生命啊，我记得当时还真的挺愤慨的，有一阵真觉得这个搞出来能带来什么变化似的。现在想想，真是皇上不急太监急，咱们国家这点事还没弄利落呢，还替人家国家的制度操心。"

王健一边品头论足，一边一行一行地看着资料。当他看到一则当时的新闻报道的打印稿的时候，开口说："哎，你看这个啊，受害人，这个……这个Bai Jing，大概叫白静吧，不知道是不是这么读，今年26岁，是斯坦福大学的一名研究生，当天和同一学校的博士在读的男友Guo Hui一起参加学校的酒会……巧啊，这男的好像也叫郭徽，跟那大老板同名同姓。"

"你等会儿的。"李少君突然叫住王健。

王健一愣，看着李少君，两秒钟后说道："不会这么巧吧？"

"我记得郭徽当年就是去斯坦福读的博士。"

"真的假的？"

"你等会儿我搜搜。"

李少君走到电脑前敲敲打打，不一会开口道："郭徽，2004年突然卖掉了让他声名鹊起的'你我网'，在创业的最高峰前往美国斯坦福大学攻读计算机专业博士。"说完，她继续在浏览器里键入了"郭徽 白静"，却没出现什么像样的结果。

"嗯……时间、地点和姓名基本都对得上，不过关于他女友的关系信息找不到，也不能百分之百断定。不过……"李少君转过桌子，对着王健说："可能性非常高。"

王健点了点头。

"接着念，后面呢？"

"据郭徽的证词，那天酒会进行到深夜的时候，他发现白静不在周围，他想着时间不早该回去了，就四处找她，却没看到她的踪影。后来他问起了白静的同学，有同学说看到她和那个白人学生在一起往哪里去了。郭徽一路跟随目击者的线索找，最终在学校的一处僻静草丛里听到了声音，等到他走过去的时候，发现那个学生正在奸污白静。"

"我去，等于这个郭徽亲眼看到过程了？"李少君两眼放光。

"应该是这样，郭徽也是这个案件非常重要的人证。"

"啊，对对，你这么说我有印象了，这个华裔女子的男友，从相关报道上看，这货简直就是洋相百出啊，先是说什么当时喝得也很多了，腿脚不听使唤，再加上受到很强烈的刺激，看到当时那一幕的时候精神濒临崩溃。后来想上去制止却摔在了树林边上，因此给了那个强奸犯可乘之机，抄起一个板砖就把他打晕了。等他醒过来的时候不光那个强奸犯跑掉了，连白静都已经偷偷离开了。"

"对对对，基本就是这个情况。"王健浏览着材料，内容跟李少君回忆的基本是一致的。

"要我说没准都是借口，他可能就是被吓坏了，以致于后面的行动都笨拙不堪，还不够让人笑话的。"

王健想了想说："毕竟人在异乡为异客，很多国人在美国还没等人家歧视你，自己就觉得自己矮人一头，所以在面对这种情况的时候，他有所胆怯，也算是情有可原。我想后面白静的自杀一定给他带来了更大的心理刺激。你想想，那个白人和白静肯定已经发觉了郭徽的靠近，结果他竟然丝毫没有阻止到那个强奸犯，反而最后造成的结果是白静在自己的男友面前就这么生生地被人侵犯了，这失身事小，丢人事大啊，你说要是没人看到则罢了，搁哪个女的能受得了这份屈辱？"

"如果你的推测属实的话，那么白静的自杀可能不仅仅是因为被强奸这一件事。自己被人强奸，而最能给自己带来安全感的男人在自己受到伤害的时候虽然在身边，却没有起到一个男人的作用，这或许给她的打击更大。"

"这种推测也能够解释为什么郭徽现在会变成一个如此花天酒地的人，因为他心理的阴影，他不愿意承认自己曾经是如此懦弱，所以选择用不断地更换女伴这样的方式来证明自己作为一个男性的强大。"

"这样的男人算什么强大？"李少君撇了撇嘴，"自欺欺人，不过就是个跳梁小丑罢了。"

4

"以上内容就是今天的产品发布环节，相信这样的介绍已经足以让大家直观了解我们这一套产品会给业界带来怎样的推动。让无人机、VR和AR走到一起，这才是我们定义的、真正属于这个时代的体感游戏。"

郭徽停了一下，继续说："但是，今天我还不想这样结束我的宣讲，下面我也打算跟个风，聊聊情怀。

"大家都知道我是搞互联网起家的，那会儿啊，其实说是创业，只不过就是把人家美国的Facebook拿过来抄一抄罢了，算不得什么，但是它却让我思考了很多。

"其实无论是互联网，还是我现在做的电子科技产品，说白了都源自于我们内心的孤独，或者说是为了孤独的人准备的，而我就是这样一个孤独的人。

"我从小被我父母管得很严，可能是你们都无法想象的那种严格。他们每天逼着我学这学那，不让我跟同学出去玩，我的所有时间他们都已经给我安排好了。当然我父母的这些做法只是想让我在人生的起跑线上站在比别人离终点更近一些的地方而已，而我现在这样，似乎也证明了他们对于我的严格是有成果的。但是我发觉，在很长一段时间里，我很孤独，直到我长大，上了中学、大学，开始有了可以自己安排时间的机会以后，我都没有什么朋友，也不知道怎么和别人打交道，用现在的话说，我有点社交障碍。

"但是我也渴望与人交往，就像小时候的我，每天在做各种功课的时候，偶尔看着窗外，看着那些满院子追跑打闹的同龄人们，都如此地渴望成为他们之中的一员。所以，我一直以来的梦想，就是想知道像我们这样渴望交流又不懂交流的人该如何与人交流，而我思考的结果你们已经知道了，我开始做互联网社交。而到了今天，大家也看到了，互联网社交已经空前繁荣，社交软件已经如此多元化，甚至它们已经根据社交的目的划分出了不同阵营，这是何等的高效啊！让探亲的归探亲，约炮的归约炮，各自有各自的一片土壤。我在想，这是不是进一步证明了，我们生活在这个世界上的大多数人，在其内心深处，都是孤独的。

"但是新的社交方式并不能治愈我们的孤独，因为我们面对的依旧是冷冰冰的屏幕，我们的心依旧得不到解放。请朋友们原谅我们是这样矫情的一帮人，因为我们不是社交大师，社交大师根本不需要这些东西，他们只需要敞开怀抱去和周围的人打交道就能轻而易举地赢得胜利，他们就靠说说话聊聊天，就可以把生活变得非常充实。而我，或者说你，我，他，我们。我们真的做不到。

"所以说，如果要让有社交障碍的人来参与社交，让对社会恐惧的人来加入社会，在远离人群的所在来绽放自己，我们的目标就只有星辰大海，以及蓝天和虚拟现实了。

"但是，这件事是否可以真的帮助我们？说实在的，我不知道。因为这些技术的发展，它们一方面充实了我们这样逃避社会的人的生活，另一方面更是在将我们推向远离人群的深渊，当我们被它们牢牢俘获，我们所得到的所谓'充实'的感觉，是否只是一种虚幻的自我慰藉？就像一个痛苦不堪的病人打了一针吗啡，他自己也知道，这一切只不过是暂时的麻痹而已。各位朋友们，我无法回答我自己提出的这个问题，我只能说，自己的病还得自己去治，就像自己是个不想起床的人，就千万不要嫌被窝太暖和。

"我最后想说的一句话就是，你玩得不亦乐乎以致于女朋友要和你分手的时候，可千万别怪我们的产品太棒了。"

郭徽言毕，用眼神扫视了整个会场一圈，然后开口道："以上，就是我今天要说的全部内容。"

场上响起一片掌声。

郭徽鞠躬下台。

5

李少君凑出来一大堆材料，让王健不得不咋舌佩服，就靠一个人名，一个学校，就这么在网上愣搜，竟然能搜出来这么多零零碎碎的东西出来。

郭徽，2004年离开中国进入斯坦福攻读计算机专业博士学位，2009年拿到了博士证书，此后又在美国工作了四年。2013年回到国内，成立了微景公司，专研于虚拟现实产品和无人机。郭徽的商业嗅觉很敏锐，那时这两个产品别说在国内，就算是在硅谷也基本只是一个概念而已，没有什么商业化做得很好的产品，在这一点上，微景可以说走在了全世界的最前列。

郭徽回国以后的情况就很了然了，而他在美国的这几年，尤其是毕业后的情况，基本是一片空白，不过应该也是在硅谷做一些研发之类的工作，并没有什么有意思的事。

引起李少君和王健注意的，是他在斯坦福修学的第二年，也就是强奸案发生之后，根据学校的慈善交流会的记录，他一直在捐助当地的孤儿福利院，并且长期在福利院做志愿工作，这一点让他成为了那几年斯坦福的"慈善之星"，屡屡登上学校校报和网站，从记录和照片来看，确定是这个郭徽无疑。

王健沉吟了一会开口道："这个倒是和他回国以后一直在暗中资助这个一心福利院的举动对上号了。"

"嗯，我觉得是不是可以理解为他对女友的死心里有愧，因此希望做一些善举来让自己好过一点。"

王健不置可否，说："这也不过是我们的猜测罢了，但是我能确定的是他暗中资助福利院和他张扬地换女友的行为有点矛盾，为什么他不把做慈善的事也张扬出去呢？这对他有百利而无一害啊。"

"或许他是怕强奸案那事败露？"

"这谈得上败露不败露么？当花花公子上八卦小报就不怕败露？退一万步讲，他又没有罪，而且毕竟是过去的事，又远在地球的另一端，即使被公众知道了，他也有一万种理由可以解释过关。"

"这你问我我问谁去？"李少君摇了摇头，"可能他心里边还是对白静过意不去呗，觉得毕竟是为了赎罪，再拿这事去炒作更对不起她了。"

王健坐累了，站起身来来回走了两步，开口道："有点意思。"

"嗯，这个郭徽有点意思，我打算再从他这边挖一挖。"

"挖什么？"

"弘扬正能量嘛，回头我就去查查这个一心福利院。"

"李大记者啊，你可真够能折腾的。"

6

后面的问答环节，根据郭徽的安排，是魏总上去搞定的。魏总也是个人才，虽然是做技术出身，但是不怕见人，整个过程稳重又优雅，问题回答得滴水不漏，并且在产品的技术参数上讲解得更细致，比郭徽说得好。这让他很欣慰，心里盘算着以后这种事都交给他们就得了。

答题环节之后是自由体验时间，这其实比宣讲更令人紧张，毕竟你说了半天，天花乱坠，而这个新产品的价格也可以称得上不菲，能玩得起它的人，必然会很在意体验，若是此时此刻真让人上手一玩不是那么回事，那可就现了大眼了。由于场地限制，体验区除了无人机的静态展示和VR设备常规游戏和影片的播放外，只提供了两架可供联动试玩的无人机设备，并且只能由工作人员进行操作，体验者只能扮演"玩"的那个人。

饶是如此，郭徽也还是很紧张，他趁着休息的时间又去临时搭建的机房看了看，观摩了最后的调试，放心地独自从后台出了会场，坐在马路牙子上点上了一根烟。看着产品发布会的大广告，以及会场周围的人来人往，不禁心里感慨，虽说在场子里是万人之上，真到自己一人走到路边上，往这一蹲，哪还有人看你一眼，更别说认出来你是谁了。

正琢磨着，郭徽的手机响了，一看是裴雪。

二人自塞舌尔度假归来后，郭徽为了产品发布会开始加班加点，而裴雪那边的演艺生涯似乎也跟着绯闻而迎来了一次春天，各种通告开始多了起来。郭徽想着这可能就是裴雪和自己在一起的最大目的吧。有一瞬间他甚至怀疑他们在塞舌尔被偷拍的事是不是裴雪自导自演，不然哪个狗仔会不远万里跟到那里去拍一个根本不火的歌手呢。

不过这种想法很快就被郭徽打消了，反正他也不是第一次因为这种事被跟拍，早已经习惯了。

可是这一次，情场老手郭徽却觉得自己开始陷入和裴雪的关系中，有些无法自拔，多日的离别让他对裴雪的思念与日俱增。他渴望见到她，哪怕只是在机场的短短十分钟，哪怕是她录完通告的三更半夜，他也渴望听到她的声音。郭徽也无法说清为什么会这样，她时而冷艳时而热情的眼神，她娇嫩的身躯，她的坏笑，还有她似乎深藏着的秘密，此刻都成为了他爱上她的理由。郭徽感觉自己好像有点魔怔了，但是这不就是自己一直以来希望的么？

"喂？"郭徽接起了电话。

"喂，老郭，发布会怎么样啊，成功不？"

"很成功啊！"郭徽还用上了点口音。

"那就好呀。"

"你怎么有工夫给我来电话了，不是正在录通告么？"

"那你怎么有工夫接我电话了，不是正在开发布会么？"裴雪没有回答，把问题原封不动地扔回给了郭徽。

郭徽笑了笑，说道："那你也别太累了。"

"唉，我也没辙啊，公司给安排了一堆工作。我跟你说啊，闹不好过几天我就要红了，到时候包养你啊。"

"好好好，我等着。"郭徽笑着回完话，刚想再说两句，看到从门里出来个工作人员，看见他以后喊着让他回去，说记者们等着拍照片呢。

"唉。"郭徽叹了口气，把烟踩灭了，"我这还有点事，晚上再聊吧。"

"那好吧。"裴雪也有点无可奈何，挂掉了电话。

第十五章

1

在李少君的推动下，新浪微博"微公益"平台发布了小龙的情况，并发起了一个求助项目，挂了几天收效甚微。毕竟这个年头疑难杂症、穷困潦倒、走投无路的事情太多了，社会的信任度和责任感也下降到了一个冰点，小龙的情况与其他事相比起来简直是不值一提。

不过李少君打根起也没对这个项目抱什么期望，或者说如果真是广大网友都慷慨募捐，没两天把钱数捐够了，那倒反而该让她措手不及了。她所考虑的是下一步的行动计划。

很快，一个新的话题就在小龙的微公益项目下蔓延开了。

"大家千万不要给这个项目捐钱了。不知道大家还记不记得前些日子电视台的节目啊，里面讲得清清楚楚，这个孩子的交通事故，第三方的受害人已经放弃索赔了，现在账上这点钱其实都是要赔给那个花心大老板郭徽的，花咱们老百姓的钱，给一个臭资本家泡妞买单，谁捐谁傻×。"

随着这样的爆料留言增多，越来越多的用户开始参与讨论，前一阵《肇事·孤儿》第二期专题节目播出时的那点余温也开始被炒热，关于郭徽不放弃索赔，并已经向法院递交了民事诉讼书的种种内幕，随着讨论开始逐渐在网上公之于众，再加上业内同行隐藏其中推波助澜，引来的谩骂也越发不可收拾。某知名科技网站发起了调查，结果显示，虽然微景公司之前发布的产品几乎是开创虚拟现实游戏新天地的优秀产品，但是大多数人还是投给了"拒绝"这个选项。要知道，这个网站的用户大多都是死宅，能让他们抵制游戏的诱惑，可是相当大的难事。

饶是如此，过了几天，网友们还是没盼到来自郭徽或者微景公司的任何发声，那些直指郭徽的激烈言辞，如泥牛入海一般，毫无踪影。

天色已晚，王健坐在李少君家的客厅里浏览手机，李少君在一旁敲着键盘，二人谁也没有说什么。

过了一阵儿，王健把手机扔在茶几上，仰靠过来，问道："李大记者啊，这郭徽怎么这么沉得住气？"

"我查过了，这次微景公司除了在北京，还一口气在美国、德国、澳大利亚连开了三场发布会，貌似是把销售重心转移到国外战场了，所以国内的舆论风波对他们目前的订单量影响还不算太大。"

"这压根就不是产品销量的事啊。"王健挺起身来，拿起手机，"你瞧瞧这个，这个，这就是指着鼻子骂啊，一个大老爷们儿能受得了这个？"

李少君沉吟了一下，她也闹不懂这个郭徽在想什么。

"再这样下去，讨论的热度就要被顶下去了，没人有那闲心天天瞧着他。"王健转头看了看李少君，"要不要把他在美国那点事给他抖搂出去，加点料？"

李少君摇了摇头，她和王健无意中搜集到的这些材料，如果当作花边小料爆出去，或许将会是对郭徽品行和个人形象的一次重大打击，但是这一招并不能着急用，一来这件事由于年深日久，似乎除了李少君还没有其他人挖到，如此内幕一定要把握时机才能用；二来呢，李少君也觉得这招不是很容易使得好，毕竟大家都不是当事人，靠主观臆断的事件还原还是站不住脚。对于郭徽这个人，李少君还有更多兴趣，因此，与其一把掐死他，不如先摸清他。她觉得，一个多年以来一直默默资助福利院的人，不应该如此麻木不仁才对。

王健看李少君不打算这么做，略有失望，毕竟作为一个八卦记者，长年累月都抱着一个"搞出点大新闻"的态度面对芸芸众生，已经没有心思去深挖背后的个中缘由了。

"那下一步怎么着？你再耗着，这碗卤煮放凉了，可就没法吃了。"

李少君开口道："我早有准备。"

说罢，她从包里掏出几张纸，扔到王健面前。

王健翻了翻，开口道："一心福利院？大姐你还真去查了啊。"

"当然了，而且我不光要查，"李少君坚定地说，"我还打算去一趟呢。"

2

自从上次郭徽离开福利院以后，周校长右眼皮一直跳，总觉得哪儿不对劲。周校长虽然不怎么上网，但是听员工们聊天，也得知社会上对郭徽的种种诋毁。虽然郭徽的事跟她并没有什么太大关系，也不一定会影响到福利院的未来，但是她还是觉得最近这段时间，不顺的事有点多了起来。

再加上门口那个天天过来视察的老冤家，周校长真是一心想给他轰走，又不知道有什么好办法。每天上班下班远远地看着他在那儿对着自己乐，她就觉得瘆得慌。

周校长隐隐有种"山雨欲来风满楼"的感觉，要出事了。

然后，现实就这么活生生地验证了墨菲定律，电视台的记者要来采访孤儿院。

接到电话的时候，周校长感觉眼前一黑，她连忙稳住心神，尽量地用自己温和客气的语气向对方表示婉拒，福利院里都是一些受过伤害的孩子们，不愿意他们再抛头露面。福利院的工作也没什么可说的，并不是他们有多有爱心，也是做好本职工作罢了。说点实在的，这种单位的所在对于社会来说其实是一种伤疤，还是不要轻易地揭露为好。

电话对面那个女记者，却是百毒不侵的样子，嘴里说着的都是弘扬正能量啊，关爱孤儿人群啊，激发社会爱心啊这类的套话，噎得周校长没辙没辙的，再拒绝下去就有点太生硬了，她只得硬着头皮应下了这次采访。

挂下电话，周校长翻来覆去地想，为什么一心福利院办了这么多年，从来没有什么媒体找来，偏偏在这个时候非得来采访呢？她想来想去只有一个原因，那就是郭徽。

郭徽现在是处在媒体的风口浪尖的人，或许记者的兴趣点也在郭徽身上。虽然无法印证自己的猜测，但是周校长觉得八九不离十，确定了重点也就好想想应对之策了，总而言之，不能让这个记者把关注点放到福利院上来。

兵来将挡，水来土掩，周校长做了如此打算。然后她突然想到，有一处问题必须得解决，不然容易出大事，于是他给门口的保安去了个电话。

"明天一天，不论你们想什么办法，我不能在咱们院门口看见那个疯老头。"她用上了许久未曾使出过的斩钉截铁的语气对保安说，然后又补充了一下，"啊，但是你们别伤着他啊，文明一点。"

保安表示有点为难，万一他不配合怎么办。

周校长回："那我不管。"

挂下电话，周校长念叨着："老王啊老王，一心福利院走到现在这一步不容易，这么多孩子都靠着它遮风挡雨呢，您这尊神被请走了这么多年，可别临了临了再给我出难题了。"

第二天天气闷热，又是一个桑拿天，即使是大早上，周校长走进校门的时候身上已经出了一身汗，衣服贴在身上难受得不行。她心里想着，最近真是诸事不顺，令人更加烦躁。

好在在校门口看了看，没见着老校长的踪影。坐在传达室的保安也是嬉皮笑脸地告诉她，已经把老头子搞定了。

周校长挺满意，也没再多问，便赶紧往办公室跑，还有半个小时就是约好的时间，她需要回去准备准备，起码有点时间把这一身汗落一落，用更好的姿态来迎敌。

还没到半个小时，李少君便出现在了一心福利院门口。她先没进去，在院门口端详了一会儿，当时为了搜集闫敬昱的材料，她也简单了解过这家福利院，半民办的体制，坚持了这么多年实属不易。从装潢和配置来看，也就是勉强维持的样子，这么多年变化也不太大，感觉还是挺凄凉的。

亮出身份后，保安直接把李少君带到了小楼的前厅，把汗落得差不多的周校长已经就位，她非常热情地走到李少君面前直握手。

"欢迎光临啊李记者，我就是一心福利院的院长，昨天跟您通电话的。"

"周校长您好，您别跟我您您的了，您肯定比我年长，叫我小李或者少君都行。"

"好的好的，少君。"周校长看了看她身后，有点疑惑地问："就你一个人？"

"对的，这次来，我主要是了解一下情况，先踩踩点，毕竟对您这个领域也不是很了解，要先收集一些素材，回去整理整理，可能下次再来人真正开始录制。"

周校长心说：好么，还有下次，这一次我就快受不了了。

陪着李少君参观了一下整个福利院，这个时间点正是早上上课的时间，周校长特意把原本下午才有的体育课调到了上午，让李少君这一路下来多看看孩子的生活。

一路走着，李少君直说着不必让周校长亲自一直陪同，可以找个其他同事，她也就是随便看看，周校长笑着说不碍事，毕竟电视台的记者来采访，这可是一心福利院历史上都没有过的情况，规格当然得高一点。

李少君也就笑着答应，她心里感觉这个校长看着和蔼可亲的，怎么越聊越感觉有点假呢？

这时候，二人正好走到学生食堂外，李少君的轻微疑惑马上被眼前的景象引走了注意力，她发现食堂的四周墙壁满满的都是手绘的图案。

"这是？"

"啊，这都是孩子们画的，这是我们福利院的一个传统，每年快到新年的时候，都会组织所有学生一起完成一次墙画，然后第二年再涂掉再画。"

"真棒啊。"李少君走进食堂，近距离端详着一个个孩子们画出来的世界。

"嗯，这个传统我们保持了十几年了，一开始是孩子自发的，后来看到他们这么热衷于此，我们也觉得挺有意义，就保持下来了。"

李少君一点一点地看着，也是一样的蓝天白云，一样的青山绿水，虽然也有个别乱七八糟的一看就是捣蛋鬼制造出来的，总体看画风还是清新自然，看起来和一般同龄人的水彩画没什么区别。但是，谁又能说清楚这些被家人抛弃孩子们，内心实际在想些什么呢。

3

自从叶一琳来到班上以后，闫敬昱再也不会翘课出去自己发呆了，反正老师也不会管他们，在有叶一琳存在的地方发呆怎么也比在空无一人的楼道强。此时此刻，闫敬昱已经自动把周围的其他同学都屏蔽了，如果不考虑旁边的安西身上传来的汗臭味的话。

很快，这么一发呆就发了一个上午。下课铃一响，老师也表现出急不可耐的样子来，拍着手说，同学们排队去食堂吃饭吧！同学们也都饿了，争先恐后地跑到教室外头排队，安西是最踊跃的，可惜受制于身材，还是落到了最后。

闫敬昱坐着没动，因为他发现叶一琳没有动，即使全班同学都跑光了，只要叶一琳不动，闫敬昱应该就不会动。

由于这个班已经是三年级班了，在老师眼里这就都是大孩子了，管得没那么多，经常有孩子不愿意吃饭的，老师也不去劝说。没过多久，整个楼道里就完全安静下来了。

闫敬昱其实是有点饿的，但是叶一琳还在斜前边坐着，他若是去吃饭，刚才就跟着大部队去了，现在若是再动身，倒有点尴尬。于是他只好把注意力完全放在叶一琳身上，他走过去一看，她正在写写画画的。

他发现叶一琳画得很好看，画面里是一个大脑袋的小女孩，短头发圆眼睛，说不上来多好看，但是很可爱的样子。

"啊，你也喜欢樱桃小丸子吗？"叶一琳注意到了闫敬昱的偷窥。

"这个人叫樱桃小丸子？我不认识。"

"哦，也是，这个是今年才在电视上播的动画片。"叶一琳开口道，"不过我也没看多少集，怎么样，她可爱么？"

"可爱……吧。"闫敬昱说不上来怎么叫可爱，反正再可爱也不如叶一琳可爱。

"这动画片的歌才好听呢，我给你唱唱吧。"说罢，叶一琳就开始唱了起来，闫敬昱发现跟她的画相比，叶一琳的歌声才是真得好听，虽然歌词里说的什么好朋友去郊游，什么小竹篓的他没听仔细，但是那声线已经足够让他沉醉。

闫敬昱心想：啊，叶一琳只给我一个人唱歌，真是好。

一曲唱罢，闫敬昱和叶一琳都有点不知所谓的害羞，场面显得有点尴尬，闫敬昱只好没话找话，说道："你为什么不去吃饭？"

"不想去，我觉得食堂闹哄哄的。"

"可是不吃饭你下午饿啊，食堂可不等你，还是大伙都吃完走了你再自己一个人去吃饭？"

叶一琳点了点头说："是啊，其实我还挺饿的，但是我就是不喜欢食堂。"

闫敬昱一看叶一琳露出一副苦恼表情，又看了看她的画，心生一计，说："我有办法让你喜欢上食堂，不过看你有没有胆子。"

"怕什么，来啊！"叶一琳伸出拳头，以示决心。

4

"周校长，咱们一心福利院的情况我大致了解了，还有几个问题想跟您确认一下。"参观完整个福利院后，周校长带着李少君来到校长室，沏上了一杯高碎，两个人坐下谈。

"你请讲。"

"我看咱们福利院的孩子也不少了，一般的来源途径都是什么呢？"

"绝大部分都是社区、医院啊、公安什么的送来的，比如家里人坐牢的、父母意外身亡的或者丧失抚养能力的，还有一些是拐卖和走失的孩子，孩子在找到家人之前都被寄养在这里。各种情况都有，都是划片分管，我们也是能收的必须收，毕竟每年政府都有专项的拨款给我们。"

"政府的拨款，够么？"

周校长笑了笑，道："哪儿够啊？最早的时候，除了拨款，还有一些区域内的老国企，是有硬性的赞助指标的，那会儿日子还好过些。后来随着国企改制，倒的倒迁的迁，就都没了，我们就只能自己去跑，管区政府要钱，也管社会上要钱，那段时间过得最艰难，好在是挺过来了。"

"听您这意思，现在日子好过多了？"李少君问。

周校长感觉到李少君对这个话题非常有兴趣，心里暗道，猜中了。

"嗯，是啊，这些年社会上做慈善的风气也越来越好了，经常有募捐活动啊还有学校的志愿者活动，也帮了我们不少忙，解决了一些问题。"周校长顿了一下，喝了一口茶，"当然，这些民间举动也撑不起我们福利院的运行。据我了解，在北京，尤其是城区以外的地方，还是有很多福利院走得很艰难。"

"那咱们是不是有其他的收入来源？"李少君探了探身，问道，"比如，大额度的捐款？"

"这个……"周校长做为难状，继续道："我只能跟你说，是这样的，但是具体的情况不太好细说，涉及保密。"

"这是好事啊，为什么要保密？"

"各人有各人的想法吧，我们毕竟是受人恩惠，总不能坏了规矩。"

"那这么说吧，"李少君也喝了口水，继续开口道，"您就跟我讲讲，您觉得，他，是一个什么样的人？"

周校长沉吟了一阵，给出了她的评价。

"他是个成熟稳重的人，受过良好的教育，对我们的工作性质也很了解，很认同。因此，他的工作不同于那些为了博眼球或者搞个人形象的人，他在乎的不只是表面上的捐助的金钱数字，而是我们的孩子们，以及我们的工作人员真正需要的是什么。他经常来福利院参与我们的工作，和孩子们打成一片，可以看出他是真心接受这些孩子们，并且融入他们的集体，而不是怜悯他们。甚至在福利院的工作模式和办学方法上，他也提出了很多令我们受益匪浅的建议。我想，就现在来说，对于我们福利院，对于我们福利院的孩子们，他已经像一个家人一样不可或缺了。"

"看来他是一个善良的人。"

"是的。"周校长看着李少君的眼睛，对她说："我相信，他是一个十分善良的人。"

李少君点了点头，并没有再往下问。

采访结束后，周校长送李少君出了大门，本来已经快到午饭时间，周校长想留她吃一顿，说是感受一下食堂氛围，被李少君婉拒了。周校长也不再客气，便一路把她送到了大门口，想着总算是送走这一尊佛。她觉得这个李少君应该并没有真的打算做什么专题节目，很有可能就一去不复返了，不过这未尝不是好事，之后就要看她跟郭徽怎么唱这对台戏了。

走到大门外，两人握了握手，又说了几句话，李少君转身离开。周校长刚想长出一口气，突然就听到一声喊，这一声喊差点把她心脏给吓出来。

"小周！小周！"

周校长眼前一黑，心想，完了。

已经走出去两步的李少君也停住了脚步，回头往周校长身后看，一个老头子远远地走了过来，一边喊着小周，一边还挥着手，像个老干部，一副和蔼可亲的样子。

周校长看李少君的注意力被吸引，心说：怕什么来什么。赶紧定了定心，也回头冲着老头的方向摆了摆手，然后又转身回来对李少君笑了笑，用最淡定的口吻说："一个老熟人来看我，那我就不多送李记者了啊。"

李少君笑了笑，刚要走，却看到了令人震惊的一幕。

用她的目光看过去，前方先是几步之外的周校长，还微微笑地看着她，在望远了十几米，是那个老头，缓缓地向她们走来，然后纵深再过去十几米，突然从路口杀出来一个穿着保安服的人，一路狂奔，冲着那老头就去了。

在几秒钟以后，那个保安直直地扑向老头，一把把他抱住，嘴里念叨着什么"你这老神经病怎么溜得这么快"。

这一系列声音自然也传到了周校长的耳朵里，李少君发现她脸上的笑容顿时凝固住了。

周校长其实不仅表情凝固了，整个身体都有点儿动弹不得，她想回过头看看后方的情况，但是却做不到。不过她也不必那么做，单靠想象就已经足够了。

那个保安好不容易制服了老头，这才有精力抬起头来，猛然发现校长就在眼前，他顿时慌了，结结巴巴地喊道："周校长，我……我去点个菜的工夫，他……他就跑了，我这这这就把他弄……弄走！"

直到保安拽着老头消失在视野之中，周校长一直没有转身，李少君也一直没有转开眼睛。而老头就这么被拽着，还喊了两句话，这两句话彻底击碎了周校长的心。

他喊："小周啊，小琳怎么样了？小琳怎么样了？"

第十六章

1

郭徽一觉醒来，发现身旁并没有人。他向四周望了望，确认这是自己的家，然后爬起来，抓起了放在床头柜上的手机，一边浏览着一边走出卧室。

随着往外走，听到滋滋的炒菜声，阵阵黄油香气从厨房处传来，这种味道对于郭徽来说已经是久违了。时间推回到多年前的异国他乡，美国加州湾区，在那个四季阳光照耀下的房子里，曾经每天都有这样的味道呼唤他从睡梦中醒来，那种家的感觉在郭徽回国以后再未出现过，即使这里才是他真正的故土。

即使地球另一端的一切已经从美梦变成噩梦，这种美妙的味觉记忆也不曾从郭徽的脑海中消失，只是被另一些痛苦的回忆遮盖了。而今天，这种幸福感重新占领高地，这一切竟然归功于一个偶然相逢的年轻女子。

郭徽走到了开放式厨房旁边，就这么笑着站在吧台处看着裴雪忙碌的背影。

裴雪正在做美式炒蛋。平底锅，小火加热，用黄油在锅底涂抹均匀，完全化开后关火，加入打好的鸡蛋，均匀搅拌，继续加黄油，最后放入火腿丁，鸡蛋成形后重新开小火炒熟，短短三两分钟，便做得了。

　　裴雪关上火，端起平底锅打算把炒蛋放进身后吧台上的盘子里。郭徽心领神会，顺手抄起盘子往她边上送。裴雪一扭脸发现盘子自己跑到她手边来了，吓了一跳，差点把锅给扔了。

　　"我去，你吓死我了。"

　　"你还吓死我了呢，没烫着吧？"

　　裴雪摇了摇头，努了努嘴让郭徽把盘子放回吧台上。郭徽照做了，然后继续看着裴雪把炒蛋平均摆进两个盘子，又撒上了准备好的胡椒粉。接着，裴雪从一旁的烤箱里取出来几片一直在保温的蒜香面包，一边做着这些事，一边说："老郭，你家怎么什么都没有啊？所有调料和菜都是我刚才去外面现买的。"

　　"我自己一个人，要这些干什么？这里只是我用来睡觉的。"

　　"那你弄个厨房出来做什么？"

　　"装修可不都是这么装嘛。"郭徽理直气壮地解释，"再说了，没有这个厨房，今日你哪来的用武之地？"

　　裴雪往盘子边缘挤了点番茄酱，然后用手指把瓶子边缘溢出来的一点酱抹掉，合上盖子，又用嘴含住手指，吸吮掉手上那点酱汁，同时一脸邪气地看着郭徽，问："不可能吧，你原来那么多风流往事，就没有一个带回家睡一睡的？"

　　郭徽笑笑，摇了摇头，看着裴雪，越看越觉得她十分适合做这个家的第一任女主人，他说："别说睡了，进这个门的，你也是第一个。"

　　裴雪翻了个白眼，做出了完全不信的表情，然后端着两个盘子放到饭桌上，并示意郭徽去拿洗好的刀叉。

　　郭徽正要去，突然手边的手机响了，他看了一眼，是蔡医生，于是直接挂掉了。这个蔡医生自打近一段时间网上关于郭徽的谩骂和讨论增多以来，联系他的频率越来越高，一开始他还客气地回应，表示说下个月一定过去，让她不必着急。结果到后来医生的口气也变了，表示根据她导师的建议，郭徽目前亟需重新评估心理状态，然后敦促郭徽尽快来找她。这让郭徽大为光火，一个小丫头片子，一天到晚仗着自己有个牛气的美国导师，就这个那个的指手画脚的。她懂些什么？只不过就是想在导师面前邀功罢了。

自此之后，对于她的电话，郭徽能不接就不接。

况且在今天这个情形下，郭徽无论如何更不能接了，他把手机直接调成了静音模式。

"公司有事？"裴雪问。

"没事，来快吃吧，我也有日子没吃过像样的早饭了。"郭徽放下手机，搓了搓手做出胃口大开状，跟裴雪面对面坐着，把果汁给两个人都倒上了。

郭徽这段时间忙于新产品发布，天南海北地跑，昨天刚从澳大利亚飞回来，正好在机场跟跑了一圈通告的裴雪会合，大半夜的两个人都很疲倦，郭徽便把她直接带到自己家里来了。

吃完这顿饭，裴雪还要飞去湖南长沙，这一波宣传几乎比郭徽产品宣传的行程还满，令他心疼不已。但是他也不想干涉裴雪的自由，两个人的这份关系起于不平等的各取所需，他希望能尽量把天平向裴雪的方向倾斜。

裴雪也看得开，按她的话说，混迹娱乐圈，这属于"过把瘾就死"，如果能体验一把火了的感觉，也就足够了。如果混几年没有出路，也就这样了，大不了就回去继续过酒吧驻唱的日子，不会把大把的青春和全部的精力耗费在这个圈子里。

当然，现在的郭徽，再怎么给她自由，也不会让裴雪回酒吧去当驻唱歌手了。

"话说回来，你上了这么多通告，怎么一个也没见电视上播啊？"

"都是录播节目，而且绝大多数都是网综，你都不看那些的肯定不知道。"裴雪一边把炒蛋往嘴里送一边回答，"过两天应该就有啦，到时候我告诉你。"

郭徽点了点头，没再细问。

二人吃完饭，裴雪收拾好了东西就要出发，经纪人小赵和车已经在楼下等她。临走前，郭徽又把裴雪叫住，从抽屉里拿出来一套已经穿好钥匙链的钥匙，递给了她。

"小区门禁卡，楼门门禁卡，还有家门钥匙，都在这上边了，你留一套吧。"

裴雪略带错愕地接过了钥匙，拿在手里看了一眼，问他："这是什么意思？"

"就是这个意思。"郭徽继续说，"你干脆也别折腾了，我养得起你。"

"求婚？"裴雪表情变得严肃。

郭徽其实倒还没考虑得那么庄严，不过既然说到这了，便顺着说道："那你愿意吗？"

裴雪愣了一下，似乎陷入了某种不安，这让郭徽很疑惑。这时裴雪的手机突然响了，她接起电话应承了两句，看来是小赵又在催了。

"说实话，我没有考虑过这个问题。"裴雪挂了电话，经过这个插曲她表情似乎也自然了一些，对郭徽开口道："我觉得你也没考虑好，你甚至不了解我。"

郭徽还想开口，裴雪摇了摇头，凑上去在郭徽脸上留下轻轻一吻，说："别着急，或许有机会我会给你讲讲关于我的故事。"

"或许有机会我也会给你讲讲关于我的故事"，郭徽在心里对裴雪这么说，但是嘴却没有动。裴雪看郭徽不说话，笑了笑说："好吧，那钥匙我先收下，这样你总放心了吧。我得走啦，别送。"说罢她开门离开了。

郭徽也就不送，自己开始洗碗。

把东西收拾好，郭徽坐回沙发上，回味了一下刚才说不上是成功还是失败的唐突求婚，心里有点不是滋味。这会儿他突然想起自己的手机还是静音模式呢，拿起来一看，发现有周校长的五个未接来电。

2

连续五次给郭徽打电话没人接，周校长陷入了更深的慌乱。她本想继续再打，突然觉得这样做是不是有些太唐突了，于是她放下了电话，站起身来看向窗外，操场上孩子们正在体育老师的带领下上课、玩耍。福利院每一天都生机盎然，是她多年来的夙愿，毕竟能让这些受过创伤的孩子们重新焕发笑容，才能让她对自己的工作感到欣慰。

为了孩子们，为了这个福利院，周校长必须做到一切她能做的。而此时，她要做的是不能被这种责任感冲昏头脑。

李少君走后，周校长心里久久无法平静。虽然在她的慌乱解释下，李少君并没有对王校长的突然出现以及后面引发的混乱场面表达更多的疑问，但是她知道，往事的冰川一角此刻已经被揭开，还是揭开在一个电视台记者的面前。若是刨根问底，离把整个冰山展现在人们视野里，也就不远了。

为了能死死按住这段尘封的往事，为了现在的一心福利院，周校长已经努力了十几年。当它已经几乎都快要被她自己遗忘了的时候，当自己的努力已经几乎完全达成期望的时候，任何一点失策造成的满盘皆输，都是她无法接受的。周校长不得不调整状态，仔细考虑，而郭徽是解决这个问题的唯一办法。

正因为郭徽的重要性，再加上郭徽也已经见过王校长了，周校长发觉自己更不能如此慌乱，若是再引起郭徽的疑心，那这事就更加棘手了。想到此处，周校长开始为刚才的"夺命五连CALL"感到后悔，但是电话打出去也不能撤销了，为今之计，只有静候郭徽的回复，然后尽量把事情说得轻描淡写一些，把注意力往他的问题上转移才是。

心情平复得差不多，她的电话响了，是郭徽打来的。

"喂，郭总，刚才给你打电话没接啊，方便接电话么？"

"方便的，我在家，刚才睡觉给静音了，您给我打了五个电话，有什么急事么？"

"什么，打了五个？不应该啊，可能是刚才打完以后放在兜里不小心碰出去的吧，实在不好意思啊打扰你了。"

"您别客气，有什么事您说吧。"

"是这样，今天上午有个电视台的记者来福利院采访了，她很关心福利院的赞助情况，按咱们之前说好的，我也没提你的名字，但是我感觉她好像知道些什么。最近网上的情况我也看到了，也挺替你鸣不平的，我觉得应该跟你说一下这个事，看看你怎么考虑。"

郭徽听完，换了个手拿手机，回道："这个事，之前我们不是说好了么？而且您也是倾向于不要对外公布。"

"是这么说，不过现在我觉得舆论对你这边也挺不利的，如果你想把这些情况公之于众，我觉得也是非常合情合理的。"

"没事，不必，谢谢周校长关心了。"

"嗯……"

"您有什么想法您就讲。"

周校长在心里组织了一下语言，开口道："郭总，您也说了我们一开始是在双方都倾向于不公开的基础上达成的协议，而我的想法只是出于保护福利院的孩子们不要受到外界的另眼相看而做出的决定。现在因为这个意外情况，导致媒体把注意力放在了我们福利院上，这一点和我的初衷也有些违背。我在想，如果媒体感兴趣的是你，那么是否可以让福利院尽量不要一并处在风口浪尖上。当然，我这么说可能有点自私，但是我是真的害怕孩子们因为这种关注而产生不必要的情绪，哪怕只有一个孩子这样想，我也是不愿看到的。"

郭徽停了一会儿，周校长看没有回话，刚要补充，他开口了："周校长，我明白您的用心，这件事我会解决的，您放心吧。"

周校长松了口气，点了点头。

"周校长，把福利院好好地办下去，让孩子们有一个尽量美好的童年，这也是我的心愿，我会为之努力的。"

"那谢谢郭总了。"周校长说完，又补充道："没事多来看看孩子们，顺便吃肉饼啊。"

郭徽笑笑，答应着挂掉了电话。

3

李少君在电话里向小龙的二姨通报了募捐的情况，二姨很着急，说二姨夫一直不同意这事，现在效果这样，更是给他留了话柄了，这么下去，以后她在家里的主导地位堪忧。

李少君尽力地安抚二姨，并且表示目前这种不温不火的情况也不奇怪，还是在预料之中的。李少君告诉二姨，之所以鼓励做公开募捐，其目的并不是单纯地向社会伸手要钱，更重要的是唤起社会对这件事的重视程度。毕竟比起这些赔偿来说，这场悲剧造成的影响可能更需要人们意识到。

二姨的意思是，现在最大的影响就是赔偿问题啊。

关于二姨的这个疑问，李少君并没有细去解释，只是让他们少安毋躁，相信事情会向好的方向发展的。此时的二姨和二姨夫已经带着小龙回到了北京，由于郭徽代表方以及吴晗的家属已经都发起了民事起诉，两个案子合并办理，传票他们也都收到了，无论如何这个官司都是要打的。

李少君其实还留了一个后手，对于这种肇事人死亡造成的民事赔偿，当肇事者的遗产不足以抵偿，同时肇事者的家人也没有能力偿还的情况下，本着"一人做事一人当"的原则，如果辩护得当，法院也很有可能无法强制执行。二姨还有一条道路，那就是申请专项国家救助。这件事李少君没有提起过，也没有让她的律师朋友在一开始就直截了当地告诉二姨他们。因为如果早早就走救助通道，这个案子顶多也就只能上个《今日说法》节目了。

还不着急，李少君盘算着，还有很多时间可以用来发酵。

头一天，到一心福利院的走访，让她对郭徽有了更深的了解，虽然不多，但是足以增添她的信心，这个故事的剧情一定还有发展下去的可能。

不过，临走前的突生波折让李少君有些摸不到头脑，那个老人是谁？为什么周校长不愿意让他出现在福利院？是在躲着谁么？难道是躲着我？而他口中的小琳又是谁呢？

种种疑问让李少君对一心福利院产生了新的兴趣，她顺着思路想着，不时在笔记本上草草记上几笔，画了几个圈圈，然后打上几个大大的问号。关于北京的福利机构，它们的现状，它们的发展，以"一心"为代表，她觉得是一个今后需要关注的方向。

不过很快她就把这件事放在脑后了。

李少君接到了微景公司总裁办公室秘书的电话，说郭徽希望约见她。

剧情，就这么开始发展了，李少君在心底一笑。

4

郭徽在去往公司的路上回味周校长的电话，明显能够感觉到她语气里的慌乱和急迫，而那所谓的"不小心按到了"也荒唐得有点可笑，但是他不想往深了追究。以他对周校长的了解，她结婚多年没有子嗣，几乎可以肯定，不是她就是她老公，要么就是两人身体都有问题。因此，对于一心福利院，她可以说是倾注了全部的心血，而对这些孩子们，她是真的把自己放在一个母亲的立场上。

对于这样一个陷入慌乱的母亲，郭徽不需要考虑太多，只要肯定她真的是为了这个家园着想就好了，其背后隐藏着什么样的因缘纠葛，跟他的关系也不大。

再者说，这件事公开了，一方面对郭徽本人没什么坏处，另外也会把他和一心福利院的关系推向一个更官方的立场上去，相当于是变向给他一个督促，强化郭徽作为一个企业老板和福利院的关系，弱化他个人和福利院的关系，郭徽也是正有此意。

在这样一个时间，做这样一件事，正中郭徽下怀。

郭徽想起那个蔡医生，暗笑这些小年轻，理论知识再丰富，终究缺少社会上现实的锻炼，解决问题的办法也是单纯得可怜，毫无美感可言。等他把问题一一解决掉，一定要找个时间好好给她讲一讲。

到达公司后，小西跟他反馈了李少君的答复，说下午三点左右到。郭徽看了看表，已经过了两点了，这个记者还真是麻利啊。郭徽拉开抽屉，挑了一套更别致的袖扣，一丝不苟地拾掇起自己的仪表，来准备这历史性的会面。

郭徽看着镜子里的自己，心中说：玩了我这么久，总该把主动权让出来了吧。

第十七章

1

经过了无比香甜的一觉，闫敬昱被铃声叫醒。

本来按每天的正常流程，起床后应该是刷牙、洗脸，之后做早操，然后集体吃早饭，但是今天洗漱完毕后，老师们却组织所有孩子在宿舍前集合，然后集体往食堂领。大家伙议论纷纷，说着难道要取消早操直接吃早饭了么？听到这个消息，安西高兴得不得了，他每天的早操时间都是在饥肠辘辘的情况下进行的，如同行尸走肉一般。

闫敬昱对这个突发情况是成竹在胸，他知道老师拉大家去食堂肯定不是提早开饭，肯定是要欣赏他和叶一琳的"杰作"的。

在行进的途中，男生和女生在楼梯会合了，闫敬昱急忙在队伍中寻找叶一琳的身影，然后他发现她也在寻找他。

叶一琳一脸焦急，在二人四目相对的那一刻，眼睛放了下光，随即又黯淡了下去，用询问的目光看向闫敬昱。闫敬昱毫不在意，拍了拍自己的胸脯，意思是包在我身上，让她放心。

就这么跟着队伍走到食堂，闫敬昱他们还没进去，队伍的前列就已经爆发出了"哇"的惊叹声，闫敬昱心里更得意了，他看了看叶一琳，发现她也笑了。

等到所有孩子都进入食堂，情绪稳定了之后，老师们走到他们面前，指着食堂一面墙上的大作问："这是哪位同学画的？"

墙上画着一片蔚蓝的海洋，中间有处小岛，两三椰树，一间小屋，屋外的沙滩上站着三个小孩。据叶一琳头天夜里画的时候介绍，他们分别是樱桃小丸子、小玉以及花轮同学。

"小玉是小丸子最好的朋友，花轮同学是个富家子弟，特别浪漫。"叶一琳如是说。

闫敬昱觉得樱桃小丸子长得比叶一琳差远了，而自己也不是花轮同学这样的富家子，他本来是想画他们两个人的，不过叶一琳手太快，他也拦不住，那就这样吧。不过即使如此，他还是觉得要是没有小玉同学可能会更好一些。

由于夜间视线不好，二人只能就着映入的月光作画，效率大受影响，最终眼睛都快睁不开了，也只是完成了这一个小海岛，什么蓝天碧水、海豚大虾的细节都没来得及画。闫敬昱本还想再坚持坚持，他觉得此时此刻好像全世界只剩他们两个人了，这种光景一直持续下去才好。可惜叶一琳扛不住了，闫敬昱又怕她这样下去着凉感冒，于是就同意先画到这里。

走的时候叶一琳问他，明天老师发现了怎么办。闫敬昱说没事，就说都是他画的，要打要罚随他们。再者说了，这么美的画，闹不好老师要表扬他们呢，到时候他再把叶一琳推出来。

叶一琳表示不用把她推出来，夸不夸无所谓的。闫敬昱心说：那哪行？一定要让所有人都来夸一夸才好。

此时此刻，考验闫敬昱胆量的时候到了。毕竟女神在侧，还有这么多注目的眼光，让闫敬昱忘记了来到一心福利院以后的一切低调和离群，向前一步，举起手来，向老师报告道："是我画的。"

同学们的目光向闫敬昱射来，叶一琳也一直盯着他，十分替他紧张的样子，闫敬昱觉得自己更有英雄气概了。

"闫敬昱，你过来。"周老师开口了，闫敬昱便向她走去。

走到周老师跟前，她拍了拍闫敬昱的头，粗糙的大手又在他脸上胡撸了一把，然后周老师指着画问他："这是你画的？闫敬昱你有这特长，以前没看出来啊。"

闫敬昱嘿嘿笑着不答话。

"这不是樱桃小丸子么，你什么时候看过这动画片？"

闫敬昱一听，好似凉水浇头怀里抱着冰，暗暗道完蛋，没想到这里出现了这么大的一个逻辑漏洞，自己明明不应该知道樱桃小丸子是什么玩意儿的啊。这时候他又后悔起来，就说不应该画她们的，要是随便画一个小男孩和一个小女孩就没这事了。

看闫敬昱支支吾吾没话说了，周老师把他搂在怀里说："老师又没说你什么，你勇于承担责任这很好，但是可不能撒谎呀。"

"是我画的，只不过不是我一个人。"闫敬昱吐露实情。

周老师点了点头，搂过闫敬昱在自己身前，对着学生们说："还有谁呀？别让你的合作伙伴自己在这待着啦。"

闫敬昱觉得周老师的语气还是和蔼的，并且对"合作伙伴"这个词感到深深受用，于是拼命地给叶一琳使眼色，让她出来。人群中也都纷纷议论，并互相询问是不是你是不是他，最终，叶一琳怯怯地往前走了一步。

"来吧小琳，过来。"周老师也把叶一琳招到身边，左手搂着一个右手搂着一个，问："你们两个够可以的啊，谁出的主意？"

"我出的主意，但是我画不好，所以让叶一琳来帮我画。"闫敬昱赶忙说。

"嗯，小琳是画得不错。"周老师点了点头，然后问向大家："你们说小琳画得怎么样？"

大家齐声说好。

话音刚落，食堂门口又出现一个人影，也说："画得真好。"

大家闻声齐齐回头看，原来是王校长来了。

王校长笑意盈盈地踱步到大家面前，跟周老师脸对着脸，周老师长出一口气说："校长您可来了，我们正不知道怎么着好呢，您看看这俩孩子。"

周老师一副无奈的表情，王校长挥了挥手，然后站在周老师旁边，搂过了她右手边的叶一琳，对着大伙说："我觉得啊，小琳这画画得很好，不光发挥了特长，还给咱们的食堂增加了一抹亮色。我提议啊，咱们今天上午不上课了，一会吃完早饭每个人都来墙上画自己想画的画，把咱们食堂的墙全部填满，好不好？"

校长说完，孩子们欢呼雀跃，然后就开始商量起来到底要画什么好了。

周老师听了这话，脸上是既无奈又高兴，她看了看左手的闫敬昱，闫敬昱也是一脸欣喜。闫敬昱伸过手去戳了一下叶一琳的肩膀，然后得意地扬了扬下巴，叶一琳也笑了。

王校长蹲下身来看着叶一琳，抓起了她的右手，放在自己手上，翻来覆去地看了看摸了摸，然后问她："小琳啊，校长觉得你这双手是艺术家的手啊，我准备任命你为咱们'一心'的第一任文艺委员，你说好不好啊？"

叶一琳看了看校长，又回头看了看闫敬昱和周老师，高兴地点了点头。

此时的闫敬昱突然有点失落，虽然之前一直想着要把叶一琳推到光环之下，但又有种本来只属于他和叶一琳之间的秘密，一下变成了所有人的一次狂欢的感觉。他觉得他和叶一琳的这种特殊的联结，好像被大家的欢乐给冲淡了。

闫敬昱回过头，又看了看墙上的樱桃小丸子。

2

莫名地在电视里看了一集樱桃小丸子，等到开始唱片尾曲了，闫敬昱才反应过来。现在网上掀起了一股怀旧热，大家都在说其实花轮同学一直在暗恋小丸子，他们才是终成眷侣的一对。

闫敬昱心说，看来真的不应该画他们的。

收回心来，闫敬昱平复了一下自己，每次他都跟自己说不要再想这些事，可是自从车祸以来，和袁帅相遇以后，往事便开始一股子一股子地往脑子里钻。

太可怕了，闫敬昱心想，他无法阻止自己回忆，只好尽量躲避。想到这里，他赶紧换台，不让那些"好朋友郊游""小背篓"的歌声再回荡在耳边。

就这么漫无目的地换了半天台，播到地方台的时候，闫敬昱看了一眼，像是个采访节目，刚要继续往下按，拿着遥控器的手却突然停了。画面里的那个人，让他睁大了双眼，不敢相信。

3

最新一期的《肇事·孤儿》节目首先探访了王小龙一家目前的生存情况。回到北京的他们暂住在一个日租的小地下室里，二姨夫和二姨带着小龙三个人挤在不足五平米的一处空间，除了一张大床，一张小床，屋里再无任何家具。他们只能把衣服和日常用品挂在墙上的粘钩上。这个小小的空间里，一个厕所和厨房被五家租客共用，加在一起有十来个人，他们中有来京北漂的年轻人，有来看病的陪床亲属，还有身份不明的各色人等。

由于租客和二房东的反对，出租房公共区域的情况并没有过多地在镜头前展露。之后节目把阵地转移到了小屋内，在闭塞的区域里，小龙的二姨接受了采访，而她的身后，王小龙还在一直不停地写写画画。

二姨说，小龙一有时间就在记录他和父母的回忆，但是他不怎么让他们看这些东西，大概有些难为情吧。再过些日子就要开学了，在老家他们已给小龙联系好了学校，等案子结束，他们应该就再也不会回到北京这个伤心地来了。

一通深情的旁白过后，主持人的话锋一转，开始谈论小龙目前面临的民事赔偿问题，于是作为本案最大的原告，郭徽成为了探讨的主角。

此时，主持人不失时机地抛出了一个调查资料，指出郭徽自从在美留学期间，就一直在捐助儿童福利事业，并且被母校斯坦福大学授予年度的"慈善之星"称号，而归国后，他也在一直资助北京的一家名为"一心福利院"的儿童慈善机构。

"此前一直处于舆论风口浪尖上，被批判毫无同情心的郭徽，却是一个实打实的热心公益的慈善人士，这其中是否有什么隐情呢？抱着这样的心态，我台的记者也走访了一心福利院，让我们来看一看福利院的周院长是如何评价郭徽这个人的。"

镜头又切回外景，首先是一心福利院门口的招牌的一个特写，然后是出镜记者简单的几句串场和环境介绍，当然，这里出镜的记者就是李少君。没有过多的镜头交待福利院的具体情况，就直接转入了对周院长的采访。

"郭总资助我们福利院也有几年了，期间所有的流水和资助清单也都是有据可查的，包括郭总经常到福利院来看望孩子们，并且一直也是很积极地参与我们的日常工作，这些我们的员工和孩子们都有目共睹，在这一点上不会有任何作假或者作秀的可能。"周院长如是说。

"所以说他确实是非常踏实地在做这项慈善工作？"

"是的，我们都非常感谢他，可以说如果没有他的帮助，一心福利院很有可能走不到今天。"

"但是他却从来没有宣传过。"

"是这样。"

"您认为这是为什么？"

周校长笑了笑，说："这是他的权利。"

然后周校长又补充道："而且我认为，郭总这么做可能也是为了福利院的孩子们做考虑。因为一心福利院的孩子们虽然因为各种各样的因素失去了亲人，但是他们都是心智健全的小孩子，总有一天他们还是要回归社会步入社会的，他们需要属于自己的自信和尊严。如果这件事做得大张旗鼓，那么孩子反而有可能背上一个包袱。我想基于这一层考虑，无论是资助人还是我们工作人员，都应该对我们的工作和孩子的生活保持一定的距离，最起码你从来没见过哪个福利院在电视上发广告招生吧？孩子们没有错，孩子们也不需要因为谁的资助而感谢谁，更不应该被暴露在同情或者怜悯的目光之下，因为这本来就是他们应该得到的童年。"

"您的意思是孩子不欠谁的，不希望让他们承担过多的感激之情。"

"是的，包括那些贫困地区的希望小学和母亲水窖之类的，我觉得也是如此。该感谢他的，是我们这些投身其中却心有余力不足的工作人员，以及我们的整个社会。"

李少君点了点头，继续问道："现在由于一起交通事故，郭徽这个人也被推到了舆论的风口浪尖上，您对这件事有了解么？您怎么看待这个情况？"

"这个我没办法发表太多评论，毕竟我也不是他，网上的那些网民也不是他，我只是觉得在这起事故中他毕竟是受害人，承担这种骂名实在是有点莫名其妙。"

"那您认为郭徽是一个怎样的人呢？"李少君抛出了下一个问题，这个问题和她上次私人来访提的问题是一样的。

而周校长的回答也是一样的。

"我认为，他是一个非常善良的人。"

结束了对周校长的采访，主持人再次评论了一番，表示结束了对一心福利院周校长的采访。记者本想再次联系郭徽方面来求证他对案件的真实态度，但是可惜他还是没有任何回应，表态不希望接受采访。

"从本事件发生开始，一直到此时此刻，即使是面临着巨大的压力，也出现了令人意想不到的转折，郭徽一方始终默不发声，完全按照法律流程办事。作为第三者，我们也很难揣度他的想法。但是可以肯定的是，此案件已经进入了审理阶段，而随着本次民事诉讼案的开庭，一切终将会有定论。"

最后，节目又表达了对王小龙的今后生活的祝福，便落下了帷幕。

4

节目还没完全播完，李少君就迫不及待地给郭徽去了个电话，询问他的感想。

郭徽表示满意，整个节目的内容和进程都在他的要求之下完成了，而周校长也对此很是配合，接受了这次采访。不过周校长的口风也透露出来了，这事完了别再来找福利院了，都说了不要让福利院暴露在目光之下了。

李少君本来也顾不上这些，并且按照要求没有过多地拍摄福利院内的情况。

确认了郭徽的意见，李少君更关心的是下一步郭徽打算怎么操作，自己要怎么配合他，以及他到底何时会出现在镜头前。但是郭徽并没有向她透露，只是表示让她等一等，该他出手的时候一定会告诉她的，结果一定不会让她失望，不会让王小龙一家失望，更不会让观众们失望。

李少君突然觉得自己失去了对这件事的控制。

但是那又如何呢，反正也是各取所需。

此时电视里的节目已经结束，开始飘字幕了。

等到字幕都播完了，闫敬昱才缓过神来，这简直跟刚才看《樱桃小丸子》的感觉有点相似。

电视里的那个人，即使历经了这十几年的岁月侵蚀，已经比过去苍老了很多，但是还是可以让闫敬昱一眼就认出来。她就这样对着记者的话筒和镜头侃侃而谈，关于一心福利院，关于孤儿，关于郭徽，关于她那些充满了爱意和社会责任感的经验之谈……就好像当年的一切都没有发生过一样。

没想到这么多年过去了，一心福利院还存在于这个世界上，不过这也正常，可能也是因为他一直极力地避免再看到这个名字吧。更没想到的是，在过去这么多年之后，这个福利院再次通过一场车祸，兜兜转转地和闫敬昱扯上了关系。

现在的一心福利院会是什么样子？还会是那样被孩子们的喧哗吵闹、欢笑哭泣所笼罩着么？从电视的画面看，福利院的样貌变化不大，但是基本脱离了过去的那种腐旧感觉，大概对于现在生活在那里的孩子们，它是一个更接近美好的所在吧？但是曾经发生了那样的事，怎么还能让人继续对那里产生期待？尤其对于她来说，现在坐在那里说那些话，就那么心安理得吗？

话说回来，她已经坐上了院长的位置啊，那王校长呢？退休了？辞职了？还是……

闫敬昱没有再想，不管这个老头最后的结局是好还是坏，与他并没有任何关系了，他，周老师，以及安西等人，他们都早应该和叶一琳一起，消散在往事的风里，不该再被闫敬昱记起。

可是真的消散了吗？闫敬昱躲了这么久，却还是没有躲过"一心"，没有躲过周老师，那么他离叶一琳和王校长，还有多远？

第十八章

1

　　郭徽给法律部打了个电话，询问王小龙民事赔偿案件的开庭日期，不过一会儿那边回了信，开庭日期是三天之后。郭徽叫来了总裁办的小西，确认了一下日程，正好那一天还没有什么事务。郭徽让小西记一下，那天的时间都空出来不做其他安排了。然后在电话里让法律部把详细的情况给他发个邮件，表示他会去庭审现场。

　　没过一会儿，法律部经理匆匆忙忙过来找郭徽，向他表达了疑惑，怎么郭徽之前一直对这个案子不闻不问，结果到了开庭的日子却要亲自出席？想知道他有什么考虑，别给他来一个措手不及。郭徽没说什么，只是让他放心，他还能玩什么花样？不过就是想把这事做个了结罢了，现在网上这么多骂名，总要找一个机会给外界一个说法。

　　法律部经理出去以后，郭徽又给李少君发了个微信，告诉她务必要去庭审现场，最好占个好位置，如果错过了什么，他可不负责任。

　　把案件情况了解得差不离，郭徽抬手看了看表，算了算裴雪回北京的飞机应该落地一段时间了，拿起手机一看，上面却没有任何消息。这段时间二人一直处于很腻歪的状态，裴雪有什么行踪都会第一时间跟他汇报一下，今天这突然的沉默让他有点不适应。想了想，郭徽还是给裴雪拨出了一个电话。

"对不起，您拨打的电话已关机。"

听筒对面是冷冰冰的语音提示。

难不成还没落地么？中午查的时候明明是准时起飞了啊，总不可能在天上延误了吧？郭徽打开了"航旅纵横"APP，搜索了一下裴雪的航班，手机显示二十分钟以前飞机就在首都机场正点降落了。

手机没电了？忘了开手机？郭徽心里又生出一堆疑问，他把领带松了松，沉吟一下，又拨通了裴雪经纪人的电话。

电话通了。

"喂，小赵啊，我是郭徽，你们到北京了？"

"到了呀，正等着取行李呢。"

"那我给小雪打电话她怎么关机呢？你让她接下电话吧。"

"她已经先走了啊。"

"先走了？"郭徽一愣，先走了是什么意思。

"她刚一下飞机就说有点事情，着急忙慌地走了，让我自己把行李取了先放我那儿，我还以为她是去找你了呢。"

郭徽本想再问，又觉得也没什么可问他的，便说道："哦，我再等等吧，可能是她手机没电了。"

挂掉电话，郭徽把已经被他扯得松得不行了的领带直接解了下来，扔在了桌子上，又尝试给裴雪打了个电话，还是关机。

郭徽感觉莫名焦躁，这种失去控制的体验非常差，他走到落地窗前向外望了望，想稳定一下心神，却发现怎么也冷静不下来，最终他走出了办公室。

"我出去一趟，今天不回来了，有事电话联系我。"

"还是老地方？"小西笑意盈盈地问。

"老什么地方。"郭徽冷冷地扔下一句话就走了。小西心说：怎么老板今天这么横啊，不过也无所谓，反正不回来了，爱去哪都好，总而言之今天是不用加班了。她又开始在微信上约了起来。

北京的工作日，即使刚下午两三点钟，路上也并不好走，在忍受了四十多分钟的走走停停后，郭徽终于把车停进了距离公司六公里的自家楼下地库。

急急忙忙地锁上车，上电梯，郭徽感觉自己就像个闹肚子的人一样一溜儿小跑到家门口，开锁，开门。

迎接郭徽的是空无一人的客厅。

郭徽喘了两口气，把钥匙放在鞋柜上，走进家门。他叫了两声裴雪的名字，没有回应，然后他把所有房间、厕所、阳台挨个走了一个遍，确实没有人在家。

裴雪没有回来。

郭徽一屁股坐在沙发上，往后一靠，才发觉后背发凉，汗已经把衬衫给湿透了。他又坐直起来，拿起手机反复查看，看是不是漏了裴雪的消息。

并没有。

郭徽又打了一次电话，接电话的还是语音提示，通话中断后他把手放下，顺势把手机扔在旁边，屏幕上显示已拨次数是二十五。

郭徽这时觉得自己有点过于失态，他坐在沙发上平稳了一下呼吸，对自己说："冷静，别着急，这才多大点事，有无数的方式可以解释这件事，为什么要这么慌张呢？"

郭徽闭上眼睛，仔细回忆和裴雪有关的一切，思考她能去哪儿了。结果不想不要紧，一想他才发现，自己对裴雪的了解只限于面上这些事，除了她在北京租的那间小屋，他不知道裴雪真正的家在哪里。家里都有谁，父母是做什么的，一概不知。唯一让他感到欣慰的是裴雪确实真的叫裴雪，不是艺名，他俩去塞舌尔玩的时候他见过她护照。

郭徽想起裴雪走之前在门口对他说他根本不了解她，现在看来这句话说得一点错都没有，既然自己所知有限，那么只好求助他人，不过除了经纪人小赵以外，他和裴雪两个人之间也不存在任何共同的朋友。

郭徽无可奈何，只得再次给小赵打去电话，询问裴雪的情况，看看她有没有可能是家里有事或者怎样。结果没想到小赵竟然对裴雪的身世了解也不多，说裴雪从来没有提过自己的家乡和亲人，而且也从来没见她和家人联系过，就好像根本就没有家人一样。

听小赵说完，郭徽越想越不对劲，毕竟二人交往了也有一段时间了，她却从来没在自己面前提过自己的家人，这件事现在看起来确实相当不正常。

不过事已至此，再想这事也没什么用，小赵现在也是一筹莫展。要知道裴雪这两天还有通告呢，现在这么一消失，连B计划都来不及制订，很容易得罪制作方。裴雪这才刚出道没几个月，稍微有了一点知名度，但是还是处于求爷爷告奶奶才能有点曝光度的级别，这要是在圈内传出一个说话不算数、耍大牌不录影的名头，以后也就别混了。小赵现在也不敢跟公司说找不到裴雪的事，但是纸里包不住火，如果再找不到裴雪，公司那边他也没法交代。

对于这种小经纪公司的小经纪人来说，小赵和裴雪几乎是同一根绳上的蚂蚱，一荣俱荣，一损俱损。如果裴雪因为这事被公司处罚，来个雪藏，或者直接解约，那小赵这段时间的经营也就基本白费了。要知道他手上的几个艺人，也就只有裴雪还有可能出头。

因此，小赵心里也不比郭徽稳当，他询问郭徽这种情况可不可以去派出所报案让他们帮忙寻找，郭徽回说别想那美事了，首先裴雪消失刚一个下午，成年人失踪二十四小时才会立案。话说回来，就算到了二十四小时，裴雪又没什么疾病，而且是自发地说了有事要离开，警察是不会吃饱了撑的接这种案子的。话再说回来讲，即使真的报了案，派出所也真的接了案子，若是到最后裴雪其实没事，自己又回来了，这反而不好收场，怎么说她现在大小也是个公众人物了。

郭徽问小赵，裴雪离开之前，有没有什么异常的举动。小赵回忆了半天，表示说没有异常，头天录通告录到半夜，裴雪的状态还可以，节目效果也挺让人满意的。过程中节目组的人跟小赵夸了裴雪半天，给他心里乐得不行。

录制结束后，主持人还带着他们几个嘉宾去吃了消夜，气氛也都挺好。消夜完事已经两点多了，裴雪回到酒店就睡了。他们之前怕录制进度会拖，订的是第二天下午回北京的航班，等于转过天来一上午都没有什么安排。早上的时候，小赵给裴雪房间打了个电话，问她要不要吃早饭，裴雪说困得不行不想起，拒绝了，语气也很正常，除了有点起床气。再之后二人见面就已经是下楼退房的时候了。

"你确定一上午裴雪都在房间里没出去过？"

"那我确定不了，早上打电话是九点多，退房是十一点左右，这两个时间点我确定裴雪都在房间。"小赵毕竟也没在裴雪门口看着，只能确认这些。

"那退房的时候她情绪如何？"

"没什么印象。"小赵用不太确定的语气回答，"反正我们见面后她一直都没怎么说话，上了飞机以后她戴上眼罩又睡了，我觉得她最近可能太累了，也没跟她多聊。然后一下飞机她跟我说了一声就走了。"

小赵的回忆几乎没有任何用处，郭徽不再多问，从酒柜里掏出了一瓶威士忌，一边喝一边思考，从裴雪去了哪里，能去哪里，为什么不声不响地走，一直思考到了和裴雪的相遇。

此时的郭徽，只恨自己为什么要对裴雪动情。自己这几年换了那么多女伴，本来只不过是偶然想出来的一个转移注意力的法子，最终却变成了现在这样。郭徽想，如果他早知道他自己会再次对女人动情，早知道最后这个女人会突然消失，郭徽打死也不会做这样的事。

郭徽不想变回曾经的那个自己，所以他一定要找到裴雪。

2

李少君开会开了一下午，跟同事聊选题聊得口干舌燥，一直到天擦黑才顾得上歇一会儿，喝一口水。

一边喝水，李少君一边掏出来手机看了一下。因为刚才开会的时候手机放在裤子兜里一直在震动。

解锁一看，果然在这短短几个小时，来自各种社交平台的消息就已经如密集轰炸一般展示在消息栏里，提醒着她在这段时间内已经和世界脱节了很多。

李少君忽略掉那些垃圾短信和邮件，一下就抓到了重点，就是来自郭徽的微信消息。

郭徽的意思很清楚，既然他这么说了，那么他一定会在法庭上出席，并且一定有什么非常有价值的东西要发布出来。最重要的是，根据他们的约定，郭徽发布出来的东西一定会符合李少君期望。

郭徽会放弃索赔？李少君认为不应该，如果他要放弃，早就这么做了，何必等到开庭了再说，法院那里都准备好了，你说不告了，开玩笑呢？那不成藐视公堂了么？这种做法在封建社会容易在衙门被打死。

如果郭徽要把官司打到底，那么只有一种可能性，就是他要先胜诉，再反过来替王小龙承担赔偿。这事说起来有点可笑，自己赔自己钱，有点吃饱了撑的。但是毕竟是有钱人，尤其是这种海归新贵，其办事风格确实非常人所能揣度。而且，李少君觉得，这种做法反而非常像郭徽干得出来的事。

即使已经推导出来了最可能的发展方向，李少君也不希望有任何差池，况且如果不能在到场的众多媒体中占据先机，那么她和郭徽的约定也就没什么价值了。当务之急，李少君必须要了解郭徽的打算，然后把材料准备到最足，以便第一时间出报道。

于是李少君给郭徽回了条微信，让他具体说一说，然后放下手机，回到会议室投入了新一轮的战斗。

3

郭徽在家待得难受，跑去了一趟裴雪租住的房子，结果不出所料地无功而返。他没有钥匙，也不知道房东的联系方式，只能在外头敲了敲门，又在楼梯上坐了一会儿，看没有反应，最终在防盗门上留了个字条，悻悻离去。

郭徽也不知道还能去哪儿找裴雪，就开着车在路上瞎转悠，好像这样能在路上碰到裴雪一样。入夜的北京华灯初上，经过三里屯附近，夜生活还没真正开始。工体东门的停车场还没凑齐一打超跑，路边的各种餐馆、酒吧和商场才刚刚亮起霓虹，路上的各种红男绿女们脸上的表情也还是清醒的。但是这些颜色如织穿梭，嘈嘈杂杂，色调已然显得有些迷幻，郭徽行驶在路上突然产生一股倦意，迷茫中不知道自己在做什么。

郭徽感觉这么开下去要出事，就把车拐弯停在了路边，熄了火仰靠在车背上，闭上眼睛让困意占据大脑中枢。

偏偏就这个时候有人不想让郭徽休息，他的电话响了。

郭徽猛然睁开眼，用最快的速度抓起中控扶手箱里的手机，拿到眼前。只是一瞬间，失望之情出现在他脸上，他按熄了手机屏幕，打算置之不理。

过了几秒，他还是举起了手机，电话还没挂断，郭徽把它接了起来。

"郭总，在忙么？"电话那头传来李少君的声音。

"还行，你说。"

"我回的微信你看到了么？"

"没注意，你说吧。"

"不应该是你说么？"李少君感觉郭徽对她爱答不理，好像自己欠他的似的，有点气愤，语气很直接，"关于三天后的庭审，能不能先透露一点，我好有所准备啊。"

"我都没准备呢，你着什么急啊。"

郭徽明显的倦怠语气传到了李少君耳朵里，让她的底气突然有些不足，一时间听筒两边都沉默了。

过了一会儿，郭徽开口道："我会承担所有赔偿费用和诉讼费用，这个回答你满意么？"

郭徽的答案不出李少君所料，但是亲耳听到郭徽的承诺还是让她轻松不少，她把已经准备好的话直接撂了出来："这两天我要准备资料做下一期节目，因此我希望在庭审之前对你进行一次独家访谈，主要是因为在法院那天，一定会有很多媒体，我无法保证独家内容，我这个要求郭总不会不答应吧？"

这事要是搁过去，郭徽也是无所谓，反正已经豁出去了要整点动静出来，动静大小也无所谓了，但是现在摆在他面前有一个更棘手的事，他不知道自己能否分心去接受什么专访。

听郭徽没音了，李少君趁热打铁说："无非是那些场面上的客套话，鸡汤狗血什么的，给我一个小时就够了，地方你随便挑。"

如果不配合，这个狗皮膏药还怕是甩不掉了。郭徽沉吟了一下回复道："明天早上十点，你来我办公室吧。"

第十九章

1

完成了对郭徽的采访，李少君心满意足地离开了微景公司。

采访过程中，郭徽有些心不在焉，不时地掏出手机翻看，却又好像什么都没有操作。李少君一开始怀疑郭徽在看时间，因为他左手手腕上有一圈肤色明显比较浅，想必是常年佩戴腕表导致，而此时此刻他手腕上却空空如也，应该是忘了戴了。

观察了一会，李少君又推翻了自己的猜测，因为郭徽并没有下意识地做抬手看表的动作，显然他并没有在关心时间，而是单纯地在等待某个消息。

基于李少君长年累月的职业敏感度，她很快就发现郭徽的异常不仅于此，他虽然打着领带，衬衫最上方的扣子却没有扣；他的眼睛微微发红，缺少神采，一看就是睡眠不足；他的衬衫袖口是袖扣型的，但是却并没有真的扣着袖扣，就这么在西装外套里面散着。

作为一个有里有面的大老板，即使再不修边幅，面对记者采访的时候，在这些细节上还错态百出，这显然不是正常情况。种种迹象表明，郭徽现在的状态很不好，虽然他还一脸严肃地对着李少君和镜头侃侃而谈他的慈善理念以及他在美国的福利院见闻，谈国内慈善业的现状和不足之处，一切都顺畅自然，有理有据，但是李少君知道，这种冠冕堂皇的说辞，对于一个"吃过见过"的人来说，代表不了什么。

不过，李少君虽然职业，但只是个职业记者，又不是职业侦探，她没有必要从这些细枝末节中推导出来什么。虽然她对郭徽还充满好奇，她有很多问题想问，但是她知道自己此行的目的是什么，用最少的问题得到最多的内容，她也不想侵犯郭徽的私人领地。

匆匆在路边扒拉了两口饭，李少君让老方先回台里剪片子，自己又跑了一趟小龙他们三口人的暂住地。为了节省开支，他们在李少君的建议下，最终没有选择为自己聘请辩护律师。二姨他们的考虑是反正怎么辩护也都是那么回事。而李少君在郭徽身上下了个赌注，好在她还是赌对了。

不过这些事她不会提前告诉他们，为了节目效果，意外和反转出现的时候，不能让二姨和二姨夫以一个演员的姿态出现在镜头前，他们到那时的真实情感流露才是李少君最需要捕捉的。

与此同时，王健那边也没闲着，线上渠道李少君玩不转，还得靠他来大显神威。下午审片子的时候，李少君刷了一下微博，发现"肇事孤儿庭审倒计时"的话题已经悄然登上了热搜，不禁感叹王健真是雇得一手好水军。再往下翻，竟然还有几个粉丝数颇为可观的网络大V转发，炒得是热热乎乎，简直就是翻手为云覆手为雨啊。李少君不禁有些后怕，一是觉得网络世界太可怕，二是想着再这么下去迟早有一天要出事。

李少君特意忽略掉微信上王健的邀功，没有给他回复，而王健也没再找她，估计是习惯了她的冷漠了吧。反正王健心里也知道，她对这些旁门左道的东西一直是不太感冒。而对于李少君来说，心态却已经有所变化，过去单纯是高冷，用人朝前不用人朝后，而现在却有点不知道如何面对他的无私奉献了。

特别是当李少君已经和袁帅闹掰，许久不曾联系彼此的此时此刻。

2

一阵电话铃声把郭徽叫醒。茫然的他睁开双眼，定了定神，然后一阵头疼把他拉回了现实，他看了看四周围，发现自己躺在客厅的地上。

郭徽扶着旁边的沙发坐起身来，感觉到浑身酸疼难受，再加上发胀的大脑，让他一时间无法判断自己的手机在什么方位催促着他。

郭徽收腿想站起来，结果听到一声叮咣的声音，他往地上一看，是一个空酒瓶子被他碰倒了，这让他回忆起来他头天晚上好像一直这么坐着喝酒。

起身从茶几上扒拉开另外两个空酒瓶子，郭徽拿起了还在吵闹的手机，接起了电话。

"郭总，您今天过来么？有个部门经理级会议十点半开始，您之前说要参加的。"

电话那头传来了小西的声音，郭徽看了看时间，已经快十点一刻了，这个时间他想参加也来不及了。

"我有点事，不参加了，让徐总主持吧。"郭徽清了清嗓子，尽量让自己的声音显得不像是一个宿醉的人发出来的，"对了，这两天我还有什么安排么？"

"暂时没有，最近的就是后天的庭审。"

"好，我这两天有点事情，应该都不去公司了，有事给我打电话吧。"

挂掉电话以后，郭徽又浏览了一下手机的消息记录，抛去工作上的事，什么都没有。他给裴雪的经纪人发了条微信询问情况，不过一会对方回复说到目前为止，还是完全联系不上她。

郭徽到卫生间使劲用凉水洗了洗脸，他双手撑在洗手池上，对着镜子看了看对面的自己，他身上还穿着衬衫和西裤，衬衫上全是褶子，并且被一夜出了又干干了又出的汗浸得又酸又臭，而他自己则面色发白，发型也完全乱了。

郭徽用水理了理头发，然后站直身子对着镜子里的自己，一颗一颗地解开衬衫的扣子，把它脱了下来，扔在洗手池里，然后光着膀子回到客厅在沙发上坐下，拿起手机，却不知道下一步该做什么好。他不抱任何希望地又拨了一次那个电话，结果也并没有给他任何希望，他突然开始怀疑裴雪这个女人是否真的在他的生命里出现过，还是说自从几年以前的那时起，自己所经历的一切其实都只是梦境。

郭徽不想让自己陷入这种无所事事的状态里，但是他又确实什么都不想做，也什么都不能做，他能感觉到裴雪从他生命里消失的脚步，因为这种感觉他曾经经历过。这感觉让他非常害怕，而他现在这种失魂落魄的状态让他仿佛一下就回到了多年前，斯坦福的那个漆黑的树林里。

当郭徽隐约听到了白静的呼喊声时，周遭的世界突然开始变得安静了。他奔跑着，寻找着，耳朵里满是自己的心跳声。

眼前突然出现的那两个人，以及那幅画面，让本来处于运动状态下的郭徽停住了脚步，等他再反应过来，已经一屁股跌坐在地，嘴巴张得老大，却什么声音都发不出来。他看向左右四周，一个人都没有，只剩漆黑的树林在微风吹拂下，摆来摆去。

等他把眼睛再次转回前方的时候，却发现那两个人都在看着自己，一个目光里带着希望，另一个则是恐慌。他大脑那时一片空白，不敢去迎接其中任何一个目光。

那两个目光渐渐变化了，一个变得绝望，另一个变得轻蔑。那个绝望的眼神随着时间逐渐黯淡，最终熄灭了。而另一双眼睛却越发有神，越发明亮，明亮得甚至要把郭徽的灵魂也给穿透。那眼睛的主人露出邪魅的笑容，身体的动作力道越来越大，越来越猛烈，而他身下的女人，却渐渐不再发出一点声音。

这时的郭徽才缓过神来，他歪歪扭扭地站起了身，往那个方向跑去，他一边跑一边大声呼喊，并不是希求那些沉醉在灯红酒绿里的人们可以听到，而是给自己壮胆，看看能不能吓走那人。可是那人完全不为所动，郭徽一开始的怯懦已经让他在这场交锋中彻底败下阵来，那个美国男孩在酒精和荷尔蒙的作用下，已经完全不惧怕他了。

这种轻蔑令郭徽感到耻辱，他感觉自己的血流得越来越快，步伐也越来越坚定，他的双手攥紧了拳头，准备冲上去给他致命一击。

然而，他却突然被地上突起的树根绊倒了，像个小丑一般直直地摔了出去，摔到了离他们不到五米的位置。在倒下的瞬间，由于他的双手还在做战斗准备，因此根本没有意识到这种情况，他毫无保护地拍在地面上，脑袋也撞在不知道什么东西上，一股热流随即传到他脸上，他估计自己流血了。

他听到了来自前方的大笑，笑声直达他的脑海，在其中盘旋环绕。他的眼睛被血水迷住，不辨方向，只好根据声音的来源强撑着起身，又跌跌撞撞地站了起来往前扑去，却突然又被一股重击击中了额头，便再也没有了意识。

郭徽醒过来的时候，发现自己已经躺在去往医院的救护车上了，周围的医护人员看着他，好像刚才的一切都没有发生过，他只不过是失足跌了一跤，或者不小心碰了脑袋一样。可惜这只不过是他美好的幻想，发生过的事，就是发生了。

由于头部受到了两次撞击，再加上身上的各处损伤，郭徽在医院住了几天才获准出院。出院后，郭徽第一时间就跑到白静的宿舍找她，却被拒之门外。他穷尽了自己的语言，用上了所有他可以想得出的温柔话语，那扇门还是没有打开，就像里面不存在任何活物一样，郭徽还在不停地敲门，说话，流泪，身边的人来来去去，从一开始的众人围观，到视若无睹，最后，楼道里竟然空空如也了。

郭徽没有察觉为什么整个楼的人都消失了，他沉浸在和门的对话中无法自拔，一直到救护车的哀鸣传到他耳朵里。

郭徽愣了一下，抬起头来四周一看，才发现不对头，楼道尽头的窗户传来的楼下的喧哗吵闹，伴随着救护车的呜里哇啦声音，在空荡荡的楼里回荡。

一个想法萌生在郭徽脑海里，逐渐清晰，但是郭徽不敢往下想，他后退了两步，感觉双腿已经不足以支撑他的身躯。他靠着墙瘫坐在楼道里，一直到警员和管理人员走到门口，打开了那扇门。

救护车拉着白静，带着呜里哇啦的声音逐渐远去，最终她在医院里被正式宣告死亡。这个时间段里，郭徽一直这样瘫坐在楼道里，面对警员的询问也一言不发，他提不起勇气讲起关于他和白静的一切。

郭徽没有脸面去出席她的葬礼，他们两个人的最后一面，定格在黑暗下树林里那绝望的最终一瞥。

对于一个洋溢着青春气息和学术氛围的高等院校来说，一件强奸案和自杀案引发的哀悼和恐慌并不足以持续多久，况且这是在一个校园枪击案隔三差五就发生的国度。除了此后不久因为案件判罚引发的种族歧视示威，以及校方的官方回应，没过多长时间，一切又归于平静。白静的宿舍住进了新的学生，而校园一隅的那个树林每晚还会传来微风拂过的沙沙响声。

所有人都淡忘了这件事，除了郭徽。

白静死后，他把自己关在宿舍很久，他把整个事件的过程在脑海里过了一遍又一遍，每一个细节都在大脑里反复地还原，也在心里一遍又一遍地谴责自己。

如果他可以早一点发现白静的消失，如果他在发现的第一时间就冲上前去，如果他没有喝那么多酒，如果他可以更坚决一点，甚至是如果他出院的时候不是那么急着去见白静，不逼着她和自己见面，或许一切都会变得不同。

郭徽开始陷入无止境的失眠，因为他不敢睡去，只要进入梦境，白静就会出现。她会冲着他摇着头嘶喊，发泄她难以言说的屈辱和绝望，最终头也不回地冲向那扇窗户，消失在蓝天里。然后那个男孩就会出现，他的脸贴着自己的脸，眼中闪现亢奋的光芒，一边笑一边指着他，却什么也不说。他不用说什么郭徽也能明白，他在嘲笑郭徽作为一个男人的拙劣和无能，他的嘲笑声充斥着郭徽的整个世界。

最终，郭徽还是走出了自己的房间，为了尝试遗忘这一切，郭徽每天把自己关在实验室和图书馆里，玩命地投身学术，甚至开始根据学校的建议找到一位创伤心理学的专家进行心理治疗，但是这些都并没有对郭徽产生什么影响。除了课题之外，他每天如同行尸走肉一般过着日子，没有食欲，没有情绪，没有感觉，没有完整的睡眠，甚至没有了作为一个男人的全部生理反应。他开始害怕与人接触，尤其是女人，他觉得她们看自己的眼光都变了，在她们眼里，他不是一个合格的男人，只不过是个马戏团的小丑。郭徽想大概自己也就这么完了，却又没有胆量了断自己，只好这么日复一日地假装活着。

直到某一天，行走在校园里，一个小小的宣传展位偶然引起了他的注意，有几个学生穿着统一的T恤，在宣传着他们的慈善志愿活动。一个小小的传单被塞到了郭徽手里，上面印着一张图片，一些小孩子在镜头前绽放出完美的微笑。

突然，有什么东西触动了郭徽的心。他的思绪回到了自己的童年，那时的他每天都被淹没在枯燥的奥数、英语中，还有那些自己都叫不上来的精英少年培训班，还要面对父母的冷眼相向。每天他窝在家里做题的时候，都能听到来自楼下的小朋友们玩耍时发出的喊声和笑声，他的思绪也时不时飘到窗外，跟着他们飞走了。一直到父亲或者母亲的一声断喝，甚至是一拍子戒尺，提醒他不要走神。

都说家里父母是一个唱红脸，一个唱白脸，郭徽心说怎么我家就是"寿亭侯"加"武圣"的组合？

他们捉迷藏的时候，他在做题。

他们拿放大镜在太阳底下晒蚂蚁的时候，他在做题。

他们拿着从家偷出来的白薯到角落里烤着吃，香味飘得全院都是，结果一不留神把架子点着了，被看门大爷追着跑的时候，他还在做题。

他们的一切活动都能通过窗口传到他的耳朵里，但是他只能做题。

不过后来好了，这个问题被完美地解决，父母意识到必须要屏蔽这个严重的干扰源，直接把他的书房挪到了没有窗户的储藏室。

在那个开着灯就是白天，关了灯便是夜晚的小房间里，郭徽日复一日地按照父母的意愿成为一个更"好"的人。

现在，已经"好得不能再好"的郭徽就这么怔怔地看着这张传单，他感觉图片里的孩子们突然活了过来，在他的身边，在一处绿意盎然的花园里，荡着秋千，玩着捉迷藏，无忧无虑肆意地笑着。而此时出现了另一个小男孩，他站在郭徽身边，呆呆地望着他们，手足无措地拽着自己的衣角。

郭徽看了看他，他知道这个小男孩就是他自己。

小男孩看了一会儿，数次想移动脚步加入他们，却羞涩地不敢，脚下的土地已经被他蹭得比周围低了一点点。

"去呀，去和他们一起玩啊，这不是你一直想要的么？"

郭徽听到自己的声音，可他却并没有说话，他看了看周围，想找到声音的来源，却没有结果。当他把目光转回眼前时，却发现那个小小的自己已经不在身边，而是飞跑过去，加入了孩子们的阵营之中。

郭徽自己也笑了，他觉得自己浑身上下的血液好像都重新发热了，就像获得了一次新生。

旁边的那个美国同学看着郭徽对着一张传单笑意盈盈的，觉得他可能有兴趣，连忙热情地介绍着福利院的情况以及他们日常的志愿工作，但是郭徽只听到了最后一句："Join us？"

郭徽抬起头，笑意还保持在他脸上，他说："Why not."

这之后，郭徽从斯坦福顺利毕业，并且在硅谷找到了一份工作，但是他一直没有停止在孤儿院的志愿工作。

大概这样过去一年多以后，当他再次进入那位心理学教授的诊室时，郭徽已经恢复了谈笑风生的状态，看起来精神状态非常好，完全不像个有心理疾病的人。

"郭先生，上一次的心理状态评估报告已经出来了，今天约你就是想来跟你讨论一下这个报告。"

郭徽一脸轻松地问："我现在感觉很好，还有讨论的必要么？或者干脆这么说，我们还有继续见面的必要么？"

郭徽问完，发现对面这个美国人并没有太多笑意，而是用一种很官方的眼神看着他。

"当然，郭先生你这一段时间已经基本从之前的应激后遗症走出来了，身体的各项功能也都有所恢复，我相信你自己肯定也有这种感觉。"

"是的，我很清楚，所以还有什么问题么？"

"是这样，在上一次的评估和访谈后，我们发现了一个很特别的现象。"

郭徽皱着眉头看着他。

"根据你这段时间的行为以及对访谈的反应，我们认为你的情绪之所以很快地得到了释放，是因为一些映射转移的作用。"

郭徽表示对这些名词不是很明白，医生表示还是让他先把报告看完再说。

默默地读完上面的这些文字，郭徽站起身来，把报告往医生桌子上一扔，尽量抑制住自己的情绪，用不可思议的语气问："你是不是在逗我？"

3

郭徽把空酒瓶子扔进垃圾桶，然后又冲了个澡，打开冰箱翻了翻，里面还放着上次裴雪做早餐剩下的两个鸡蛋，半块黄油，半块火腿和一些面包。

郭徽拿出一块面包啃了进去，看了一眼表，时间已经是下午一点多，距离裴雪失去联络刚好过了二十四个小时。事到如今，郭徽也没有什么其他办法，想找到裴雪或者找到线索，只有依靠警方了。

郭徽给小赵打了个电话，说明了自己的想法，并让他务必要尽量安抚他们公司，可以编个瞎话说裴雪病倒了什么的，能耗一天是一天。而郭徽本人，打算通过内部关系找一下公安口的熟人帮忙把这事办一下。

"小雪的演艺生涯刚起步，没必要整这些幺蛾子出来，对她不好，我们还是尽量不要惊动任何人，我来看看能不能通过熟人拿到关于她的一些资料，再来说下一步怎么处理。"

小赵看郭徽说得有理有据，便答应下来，不再多问。毕竟已经火烧眉毛了，当务之急是搞定一个备选人员交给节目方，把眼面前的问题了了才行。

郭徽虽然不具备什么通天的本领，不过混到如今的地步，各行各业哪里没点儿熟人。很快他就联系到了海淀分局的一个小头头。本来按他朋友的意思，局级干部不好说，搭上个处级的还不跟玩似的，但是郭徽说不必，一来还是尽量低调，二来这种事，官越大反而可能越搞不定，不太接地气。

郭徽给对方通了电话，阐明来意，对方也挺给面，表示说提供一下身份证号，只要不是假证，或者是太偏远地区的人口，怎么也能搞出来家庭信息，全国联网了嘛，就这么高效。

郭徽回话说不知道身份证号。

"那您都知道什么？"

"呃……"郭徽沉吟良久，说："就知道她叫裴雪，是个女的。"

对方哭笑不得，表示这不是大海捞针么，得亏裴雪不叫张红李兰，要不直接把他弄死得了。郭徽也觉得面子上挺挂不住，有点不好意思，但是他除了那会儿瞥见一次裴雪的护照，真的从来没关注过这些东西。不过他想了一下，小赵作为裴雪的经纪人，天天帮她订机票，身份证号这种东西肯定是了然于心，没准都能背下来，郭徽刚才慌忙间也忘了问，就先把电话挂了，一会儿再说。

撂下电话，郭徽准备打给小赵，结果手机突然一震，来了一个电话，把他给吓一跳。郭徽定睛一看，正是小赵，郭徽把电话接了起来。

"喂，小赵，我正要找你呢，你快把小雪身份证号给我发一下，警察同志等着用呢。"郭徽接起电话直接开口道。

"郭哥，不用了。"

"什么玩意不用了？"

"不用找小雪了。"

"什么意思，你联系上她了？"郭徽吃了一惊，连忙问。

"她刚才给我打了个电话。"小赵回答。

郭徽让他把话说清楚，小赵这才娓娓道来。话说小赵正在联系公司的其他艺人的时候，手机响了，一看是来自裴雪，他差点哭出来。接起电话后，小赵本想数落一通裴雪，结果电话那头的她并没有给他机会，就淡淡地说她感觉太累了，想自己静一静，四处走一走，不要联系她。小赵完全蒙了，挤出一句，经纪合约怎么办？裴雪回说，怎么办都行，算她违约吧，违约金等她回来以后还。

就这样，裴雪态度非常平静地说完，就把电话挂了，小赵再打过去，又是关机状态。就这样，小赵才给郭徽打这个电话，通报一下情况。

刚一挂断，郭徽马上拨出裴雪的号码，确实是关机。

郭徽怔怔坐在沙发上，既然裴雪能联系小赵，语气又很平静，说明她人很安全，而且她是有和外界联系的能力的。裴雪说压力太大，想要静静，这算是人之常情，她最近确实是太疲劳了，但是听起来她又一副自暴自弃的态度，感觉不想做这一行了，只想离开，只想逃走。

逃，为什么要逃？如果只是累了，不接通告不就好了么？又何必非要逃离？如果不是要逃离工作，那她是要逃离什么呢？

郭徽想着，突然噗嗤笑了，逃离什么，这不是明摆着么。作为郭徽的恋人，这么重要的决定完全不跟他说，连一条短信都没有。给小赵打一个电话过后，马上又关机，明摆着不想让别人找到她，可是除了他郭徽，还有谁要找她？

为什么要远离我？郭徽暗暗皱眉，难道她发现了什么？

可是怎么可能呢？走之前还好好的，去湖南录个节目这两天的工夫，她能发现什么？关键郭徽这辈子也没去过湖南啊。

郭徽发了条微信给小赵：身份证号还是发给我。

不一会儿，裴雪的身份证号出现在他的消息提示里。郭徽拿来一支笔把它抄了下来，然后拨通了那个民警的电话，报给了他。

"好嘞，没问题，不过郭总，现在大白天的，您又没报案，我们也没立案，我偷着查这些东西让人看见了不太好。您等晚上我周围人不多了，我尽量把资料查得齐全些发给您。"民警声音不大，不过听得出来还挺热情的，"不过郭总，真不需要立案么？"

"不用立案了，我就舼着脸麻烦一下您就好。"郭徽客气了几句，挂上电话。

郭徽看了看表，还不到两点呢，离天黑还这么久，能干点什么呢？他走到酒柜前，随意地拎出了两瓶VSOP。

第二十章

1

大清早的一心福利院门口，由于还没到起床点，又距离居民区较远，并没有什么人来人往的迹象，显得有些冷清。大门外不远拐角处，一辆英菲尼迪缓缓停下，车内的驾驶员正透过车窗，注视着门口的一举一动。

郭徽的目光顺着大门外的栅栏寻找，却没有发现想要找的目标，有些失望。他抬手想看下表，发现手腕上空空如也，才想起来已经不记得把表遗落在哪里了。

郭徽拿起手机，早上六点一刻，再过一会儿福利院上白班的人就该陆续过来了，那时候众目睽睽的更方便，他又抬头张望了两下，还是没看到那个人。

郭徽低头呼了呼气，用手揉了一把脸，因为酒精和失眠的关系，他现在脑袋还是有点发胀，而且感觉飘乎乎的。郭徽突然产生了一丝怀疑，自己究竟此时此刻是否是清醒的，还是发生的这一切都只是一场梦而已。

为了验证这一点，郭徽打开了手机相册，里面存着几张电脑屏幕的拍照，他一一点开、放大，从头仔细看到尾，不放过任何一个字。而屏幕上的每一个字都在回答他，他不是在做梦。

这让郭徽一下了解到裴雪失踪的真正原因，但是这也不能完全说得通，郭徽的心里还是有一个大大的疑惑。不过，图片里的那个名字，却引发了他的另一个回忆，于是，他想到了那个人，那一天的偶然相遇，以及种种不自然的情况。郭徽突然觉得这件事的背后真相，很可能和他有关，或许只有问他，才能有个答案。

浏览完毕，郭徽放下手机，不经意地抬起头，突然眼前一亮，他的目标，正在以稳健的步伐向自己走来。郭徽又往另一头的福利院大门看了一眼，里面的保安睡眼惺忪，还没往这边看，机会就是现在。

郭徽开门下车，快步堵在他的身前，用尽全力地表现出一副笑意盈盈的谄媚脸庞，顺手递出一根烟来，问："王校长，您来得这么早啊？"

老人打量了一下郭徽，心说：这孙子谁啊，好像并不认识。但是俗话说伸手不打笑脸人，还是下意识地把烟接了过去，又迎着郭徽凑上来的打火机把烟点着，抽了两口说："苏烟太淡了，不如金桥好抽。"

郭徽心说：这老头子事还挺多，领导得不能再领导了。

"王校长，您真是老当益壮啊，又回来领导工作了？"郭徽趁他迷糊，又问出一句云山雾罩的话来。

"啊，哎呀，也谈不上什么领导，就是看看。"王校长听了这话，马上拿出老干部做派来，一手叉腰一手拿烟，只差披一件军大衣。

"这有什么可看的啊？"

"你谁啊，你管得着么？"王校长似乎是醒过味来了，再次用怀疑的目光审视着郭徽，并把烟扔地上掐灭了，"有事回头去我办公室找我谈，别跟这拉拉扯扯的，让人看见不好。"

说罢，他迈开步子，扒拉了郭徽一下，绕开郭徽要往前走。

郭徽转过身看着王校长的背影，追问了一句："王校长，不想见见小琳了？"

此话一出，王校长立住了，他缓缓转过头来，一反刚才的神色，眼中闪现出精神百倍的光芒来。

周校长匆匆赶到福利院，走到大门口的时候突然觉得好像少了点什么似的，又说不上来少了什么，不过一堆焦头烂额的事在她心里头坠着，也顾不上琢磨，便进了办公室。

因为前一阵子她在电视上出了镜，虽然已经尽可能地弱化了福利院的情况，没有在社会上引发多少关注，但是就这屁大点的事还是引来了区政府的重视。领导第二天就来了电话，说了些"福利院在区委的领导下搞得很不错，都上电视了，值得祝贺"之类的屁话，然后给她发了一堆材料让她准备，说是报市里评示范区用，如果能评上，那什么奖金啊、优待啊、政府扶持啊就全都来啦。领导说得天花乱坠，其实周校长心里明镜一般，还不就是给自己加政绩，之前怎么从来不带搭理她的。但是话说回来，周校长再不愿意弄也不得不弄，毕竟一心福利院不是她私人开的，很多事如果不按组织规矩办，到最后吃亏的还是福利院自身。

敲敲打打地在电脑前写了半天，周校长抬头一看，已经十点多钟了。她揉了揉肩膀，站起身来打算活动活动，突然被楼下传来的孩子们的喧闹声吸引过去了。周校长突然鼻头一酸，想着自己这把岁数了还得弄这些"驴粪蛋表面光"的材料，还不就是为了这帮孩子能像这样高高兴兴地度过童年。

想这些也没用，周校长尽快从情绪里走出来，踱步到窗边，透过它向楼下望去，却意外地发现郭徽正在和孩子们一起做游戏。

周校长一愣，郭徽怎么悄无声息地来了？以往他来前都会跟她说一声，再不济来都来了，到了以后也先找她打个招呼吧，结果这次却搞了个突然袭击，要不是她正好往楼下看，都不知道郭徽来了。

周校长就这么远远看着郭徽，她发现他完全不像上次那样对孩子有种刻意的疏离感，但又和过去那种自然而然的亲和感有所不同，周校长也说不出个所以然。一般福利院的工作人员，再怎么跟孩子们打成一片，其本质也是要对孩子形成约束力，要看住孩子，而今天的郭徽，自己就像一个孩子一样，有多大劲使多大劲地陪着他们疯玩。虽然说也不至于有什么危险，但是这一点让周校长挺纳闷。

郭徽这个岁数本还是青年，不过长期的工作压力和舟车劳顿，显然已经消耗掉他大部分的青春活力，这么折腾了一个多小时，他就完全不行了。离开孩子们的群体，自己坐在台阶上休息，此时周校长也走下了楼，坐在郭徽旁边一起看着操场。

"郭总，怎么过来也不提前打个招呼啊？"

"啊，周校长，我这也是临时起意，不知道怎么就想来看看。"

"今天是当锻炼身体来的啊？"周校长看着他这一身汗，笑道。

"嗨，想出出汗。"郭徽打了个岔，象征性地回答了她。

周校长看了一眼郭徽，浑身上下都被汗水湿透了，身上还有不少尘土，汗水已经把他的头发打湿，一绺一绺地塌在他的额头上，汗还在不停地往下滴。郭徽时不时擦一下被汗水迷住的眼睛，但是目光却始终未从孩子们的身上移开。周校长先是纳闷怎么陪孩子玩能玩得这么透彻，难不成还在地里打滚来着？一点形象都没有了。还没等她问问郭徽，突然有一种异样的感觉袭来，好像眼前这个画面，以及郭徽的这个神态，似曾相识，但是仅仅是一闪之间，恰好郭徽转头看了看她，那个画面就消失了。

"今天有肉饼么？"郭徽问。

"啊？"周校长还没完全缓过神来，她想起这种情况用专业用词讲叫"既视现象"，觉得某一个画面似曾相识，但是其实压根没这档子事。

"今天做肉饼么？还有点想吃了。"郭徽重复了一次。

周校长笑开了花，"郭总想吃就做啊，你等我跟他们说一声的。"

周校长站起身来，拍了拍屁股上的土，回头一看郭徽还坐着没动，直勾勾地看着孩子们玩，她开口问："郭总还玩啊，你这一身汗的，要不去我们员工浴室冲个澡吧。"

"您甭管了，我歇一会落落汗就行了。"郭徽回了句话，眼睛却没动。

"成，那我先去食堂安排一下。"周校长说完，郭徽没搭理她，她就自己走回楼里了。

郭徽面无表情地看了看周校长的背影，目光又转回到孩子们身上，然后他又擦了擦眼睛上落的汗，突然释放般地笑了起来，越笑越欢，像个孩子。

2

闫敬昱踩着下班点从单位走出来，而袁帅已经在楼下等了，地上有两根烟头，他看到闫敬昱后又把正抽着的烟踩灭了。

袁帅约闫敬昱吃饭，说刚出差回来，问他方不方便直接过去找他。闫敬昱心里话说好好的没什么事，总来找我做什么？但是也没找到什么理由推辞，顺嘴便答应了。

"我这次主要是来跟你道别的。"袁帅一边给闫敬昱倒酒一边说。

"怎么讲？"

"我打算离开北京了。公司有个长期派驻青岛的职位，给个领导岗位，实际上却清闲很多，我琢磨着我母亲也退休了，我打算带她一起到青岛定居。"袁帅跟闫敬昱碰了一杯，将啤酒一饮而尽，"那边环境好，适合养老，她自己在北京这些年也一个人，退休以后更孤单了，我这几年天南地北地跑，也没好好陪陪她，正好也想趁这个机会换个工作压力小的岗位，就这么决定了。"

"那你女朋友呢？"

袁帅摇了摇头，说："罢了，何必强求，我打算回头跟她摊牌，拉倒了得了。个人追求不一样，迟早还是要出问题，这么一直抻着也没必要。"袁帅又干了一杯，用自我宽慰的语气说："再者说了，以我这条件，以后找个青岛大妞过日子也不愁啊。"

"挺好。"闫敬昱没什么可说的，便随意附和了一句。

"所以今后也就不会再叨扰你啦，以后有时间去青岛玩记得找我，我来尽地主之谊。"

闫敬昱点点头收下了这份好意。

晚饭时间的小餐馆人头攒动，客人越上越多，很快便坐满了，不大的饭馆大堂十分嘈杂。墙上挂着的电视里正播着时下热门的综艺节目，但是声音已经完全被食客的聊天声盖过去了，没人正眼去看，基本就是个摆设。

二人吃着饭，有一搭没一搭地说着话，没什么可聊的话题，闫敬昱有点尴尬，便把目光转移到了电视上面。

袁帅本在夹菜吃着，突然发现两人有半天没说话了，看向了闫敬昱，只见闫敬昱盯着电视入神，一动不动，就这么保持了得有半分多钟。袁帅挺纳闷，于是转过头，随着闫敬昱的目光看向电视的方向，综艺节目里有个女歌手正在打歌，歌声听不清楚好不好，不过模样长得不错，但是看着面生，应该是个新人。

"没想到你好这口啊。"

袁帅问完，却不见闫敬昱回复，好像根本没听到他说话一样，还是直勾勾地盯着电视屏幕。一直到一曲终了，节目主持人开始跟其他人聊别的事，闫敬昱才渐渐回过神。

"看呆了？"袁帅又问。

闫敬昱一脸茫然地看着袁帅。

"喜欢这姑娘？"

"啊……啊，没有，随便看看。"闫敬昱否认，然后自己喝起酒来。

袁帅也没再问，二人把菜吃得差不多，酒也喝完了，也都没有一醉方休的意思，这顿饭进入了尾声。

闫敬昱后半程吃得心不在焉，他默默记下了这个歌手的名字：裴雪。

晚上到家以后，闫敬昱便迫不及待地打开电脑，搜索裴雪的名字，看了一遍她的百科资料。浏览完毕，他又用图片搜索，然后盯着电脑屏幕上的一张张图片看，都是裴雪的写真照和相关演出照片。由于她不怎么红，网上的照片也不多，看来看去就那么几张。但是就闫敬昱的仔细程度而言，不知道的看见了还以为他是个痴汉狂热粉丝。

十几年的时间，一个人的面貌会有多大变化？一个人的记忆又会产生多大的偏差？闫敬昱不敢百分之百确定。根据搜出来的裴雪的资料，除了她的眉眼和他印象里确实有些相像，并没有什么其他明显的线索指向他的猜测。

不过，在搜索了关于裴雪的众多资料后，闫敬昱意外地发现，一些八卦报道指出，她的热恋对象正是微景公司的老板郭徽。

又是郭徽？为什么总能和他扯上关系？闫敬昱感慨着这个世界的渺小。

不过，这也不重要了，重要的是，这个裴雪，真的是她吗？如果真的是她，这些年她在哪里？又是如何生活的？她还能是过去的那个她么？闫敬昱觉得埋在自己心底这么久的疑问，终于有机会问出来了。

但是闫敬昱又不知道该怎么问，他想起当年，自己就那么一声不吭地逃跑了，却未曾想过他这样把她扔下，她自己还会遭遇到什么。虽然那件事本身和他并没有什么关系，但是后来的他却总是自责，为什么当时不能勇敢一点。

闫敬昱点开了裴雪的微博，浏览着她的行踪。虽然算是个出道了的歌手，她的粉丝数却不算多，只有几万个。平时更博的频率也不高，也就是做做宣传，然后给自己加油什么的，这样冰冷的内容都不知道是不是她自己发出来的。

闫敬昱点击了一下"私信"按钮，双手放在键盘上，半晌也没打出来半个字。

就这样张嘴问，是不是不太好？

闫敬昱不知如何是好，就这么盯着屏幕点来点去地耗到了后半夜。有几次他对自己说，还去想这些做什么呢？不是一直让自己忘掉么？然后闫敬昱把所有的网页都关上，把笔记本合上，往床上一躺，被子一捂，打算睡一觉就罢了。

可是眼睛一闭，裴雪的脸就浮现在眼前，这张脸和记忆里那张脸重合在一起，让闫敬昱无从躲避。

于是他又爬起来，打开电脑，重新搜索，把那些页面一个个点开来，重新辨认一次，记忆碎片又浮现在他脑海。

所有的小朋友分散排开在食堂四壁，专心致志地作画，整个现场竟然有些庄严肃穆之感，只是偶尔会有互相之间小小的讨论和嬉笑。预计的一上午时间并没有让这项浩浩荡荡的大工程竣工，最终到了天快黑了，所有小朋友才心满意足地完成了画作。

被大家的画全部填满了的食堂，显得格外明亮温暖，比之前的大白墙好看多了，所有同学看了都说好，王校长和老师们也已经全部聚集在食堂里，见证这历史性的一刻。

之后，老师们又在一个又一个孩子的引领下挨个参观，发表意见，就像参观一个艺术展一样，他们时不时发出小小的惊呼，心中暗暗感叹孩子的想象力真是无穷的。还有一些小朋友，商量好画出一个连续剧来，一帧一帧的画面讲述出来一个完整的故事，既有各自的风格，又在整体上达到了惊人的统一，让老师们也是赞不绝口。在这些奇思妙想的画作之中，闫敬昱和叶一琳头天晚上画的小丸子，反倒显得有点中规中矩了。

不过有什么所谓呢？看到大家都很高兴，闫敬昱和叶一琳相视一笑。叶一琳发现闫敬昱脸上不知道怎么被水彩笔画上了一道，让他别动。闫敬昱以为她要帮他擦一下，谁知道她拿起笔在另一边脸上又补了一道，一时间俩人便开始互相伤害。其他孩子见了这场面，被二人的小举动所打动，纷纷效仿，整个食堂变成了斗争的海洋，成为了一个充斥着欢笑的战场。

闹了半天，老师们怕这么下去出危险，叫停了大家，并把孩子们聚集在一起。大家意犹未尽，哪可能就这么消停，在队伍里还不停你一下我一下的，老师们也是哭笑不得，又不忍心制止。

王校长清了清嗓子，说道："同学们不要闹了啊，我这有一个振奋人心的好消息，你们再闹我可就不说了。"

一听有好事，孩子们的注意力一下被吸引了过去，果然都不吵闹了，一双双眼睛擦亮了投向校长。

看大家都安静了，校长将消息公布。正好快到元旦了，福利院觉得这些年来办学的想法都太过压抑了，缺少一些童趣。老师们想着，可能是他们自己一直以来都把"一心"定位成一个福利机构，所以做什么都低低沉沉的，把整体气氛都搞压抑了。这次画画的活动中，老师们看着孩子们高兴的样子，也有点茅塞顿开，其实想想看，说白了"一心"和其他学校有什么不同？不都是一帮孩子学习和生活的地方么？孩子们都没有消沉，福利院的管理者们为什么自己就先瞧不起自己了？正规学校能搞的，"一心"一样也能搞。于是，王校长出个建议，老师们商量了一下，便在一天之内做了决定，一心福利院要开办第一届新年联欢会。

其实老师们也不用费多大事，大部分工作都可以让孩子们负责完成，他们只需要负责采购和把控安全问题即可。王校长宣布完消息，又贴出了悬赏令，让同学们都来出节目，最终评选出来的优秀节目还有奖励拿。而联欢会的具体节目报名、安排和彩排工作将由新上任的文艺委员叶一琳统一负责。

最终，在老师和同学们的配合下，联欢会搞得有声有色，十分成功。而叶一琳压轴上场的一曲《樱桃小丸子》主题曲更是博得了满堂彩，简直要唱到人心坎里去了。最终她也赢得了评选第一名，奖品是一盒巧克力。在那个年月，巧克力还算是挺奢侈的产物，比其他几名的大白兔、麦丽素、酸三色什么的惹眼多了。当然，叶一琳也不藏私，当天晚上就给大伙分了。

　　闫敬昱从网站的视频源里选择了一个裴雪的现场演唱视频点开播放着，电脑里面唱歌的裴雪，和他脑海里回忆的唱歌的叶一琳身影逐渐重合。

　　裴雪和叶一琳，到底是不是同一个人？闫敬昱看了看表，已经半夜四点了，他觉得如果这件事不弄清楚，大概不止今天，以后很长一段时间他都会睡不着觉了。

　　现在，闫敬昱能够找得到的，可以帮他确认这件事的，好像只剩那一个人了。

　　真的，要和她再见面吗？

第二十一章

1

马连道交通事故民事诉讼案在西城区法院正式开庭，由于前期的电视报道以及舆论热议，现场还显得颇为热闹，而法院也非常合时宜地没有开放公众报名听审，估计也是怕人多闹腾。现场的当事人除了小龙的二姨和二姨夫，以及吴晗的家属以外，最能引起媒体关注的无疑就是郭徽本人了。

作为诉讼人一方，微景公司的法人代表——郭徽出席庭审，并亲自上场参与听证，本倒无可厚非。但是由于他一直以来的沉默态度，再加上这段时间电视台作为"官媒"的跟进和网上的讨论，导致他被推到了风口浪尖。

庭审结束后，媒体们蜂拥而上，围住了走出法院大门的郭徽和微景公司的代理人，这跟一脸哭丧的吴晗家属，以及一脸发蒙的二姨和二姨夫的门前冷落形成了鲜明对比。

李少君也恭候在外，看到人出来了，他安排老方和一个实习记者过去听郭徽说了什么，毕竟成竹在胸，她心里也不慌。自己则是走到二姨夫妇面前寒暄几句。

而吴晗的家人看过来看过去，也没人理自己，心里应该也挺憋屈的，悻悻离去了。

李少君问了问关于庭审的情况，二姨表示没什么特别的，只是他们提出的数字都比之前合计的要多一些。李少君表示这很正常，跟买东西讨价还价一个道理，卖家又不是傻子，总不能一上来就报最低价，总还是得有点溢价空间嘛，这又不是双十一搞活动，但是最终判多少还是法院说了算。

"嗯，反正都是赔不起。"二姨夫用颇具黑色幽默风格的自嘲回答。

"您二位先不用操心这些了，日子还要过呢。"李少君并没有透露更多，"没什么事就先回去吧，小龙自己在家也该着急了。"

"我们求邻居帮忙看着了。"二姨接话道，"反正他每天在屋里也就是写写画画什么的，也不哭也不闹，挺老实的，这孩子真是让人省心。"

李少君抢在二姨前面露出了欣慰的笑容，然后拍了拍二姨的肩膀，目送这二人远去。之后，她继续向前，朝着那个被围了个里外三层的区域走去。

想看是看不着了，李少君只好站在外围默默地听着。

记者们像连珠炮一般地问，而郭徽还是处于默不作声的状态。

"郭总，请问您要求的赔偿金具体数额能否透露一下？您有多大把握可以拿到这个数字？"

"郭总，请问您对被告方的经济和家庭条件是否有了解？"

"之前网上的种种舆论请问您如何看待？"

场面一片混乱，只见远远的有一个穿着亮丽、容貌不错的小姑娘匆匆从法院侧面跑了过来，手里还抓着个自拍杆，一边跑一边回头对着手机喊："朋友们我费尽千辛万苦终于溜进了法院大院，现在大家在前方看到的就是郭徽，大家有什么想问的评论刷起来啊！"

网络直播！这姑娘是怎么混到院子里来的，要知道没有记者证，门卫肯定是不让进的。李少君内心苦笑一声，无法对此做出合理的解释。

"我看到啦看到啦，我马上帮你们问，朋友们小礼物走起来啊！"那姑娘冲到了人群外侧，看挤不进去，就把自拍杆高高地拉长，透过手机屏幕，所有人，包括郭徽本人都真着地看着自己在镜头前的举动，一时间除了这姑娘还真没人敢说话。

"啊，郭总，你还记得大明湖畔的吴晗吗？郭总家里还几辆车啊，车牌号报一下呗，以后我们都躲着走！郭总拿到赔偿以后又打算带着姑娘上哪儿啊？郭总，Iphone 7快出了能不能送我们几个啊？你们刷太快啦我念不过来啦……"网红旁若无人地大喊，脑袋在郭徽和手机屏幕之间不停切换，显得十分忙碌。

"这有人管没人管啊？"终于有个记者不耐烦，喊了一句，很快几个安保人员把那个直播的姑娘给架走了。那女的一边往外走一边还在喊："郭总你看我怎么样啊，其实我比吴晗出道早多了，我还关注民生问题呢，加个微信聊呗？"

一段小插曲结束，大家的眼睛又重新看向郭徽。

郭徽理了理衣服，缓缓开口道："你们啊，问的这些问题，问来问去都是一个事，说实在的，还真不如刚才那姑娘水平高。我知道你们其实也想问她那几个问题，本来我真打算好好答一答的，不过可惜她被轰出去了，那就算了。"

说罢，郭徽看了一眼那个喊话的记者，他脸上瞬间流露出明显的悔恨表情，但是憋住了，又变回正经脸。郭徽笑了笑，继续讲。

"我为什么说她问的问题比你们问的水平高呢？因为你们的问题一来其实都是一回事，二来没有任何意义。我倒是想问你们一个问题，你们都是做记者的，很多应该还是专业的法制节目和社会节目的记者，吃过见过的比我多多了，我就问你们，什么叫做法治？"

郭徽继续道："如果你们心里清楚'法治'这两个字是什么概念，那问出那些问题还有什么意义呢？倒不如问一些八卦问题来得好，因为就这个案子而言，我所诉求的一切，都是合理合法的。我知道，你们都希望我像本案的另一个当事人一样，放弃索赔，毕竟我不缺这些钱，但是如果我那样做了，结局会如何呢？意义又何在呢？是要告诉大家，只要你穷，撞了人就可以白撞了，还是想告诉大家对于自己负不起的责任，我们内心里就可以等同于没有责任？"

李少君在人圈外听着郭徽的质问，突然觉得很有道理，为什么大家的注意力都放在郭徽作为一个有钱人的身份，向一个丧失了家庭顶梁柱的孤儿要钱，而甚少有人考虑这件事本身其实无可厚非呢？

"一个秩序良好的法治社会，不应该建立在'人情先于法理'的基础上。不管他有钱还是没钱，我们都应该让相应的责任人承担应有的责任，该怎么样就怎么样，而不能够简简单单地一句话就了事了，无论对方是什么人。如果今天，站在我对面的不是王小龙这样的农村家庭，而是某某某的儿子，就算是国家主席自己站在对面，我也会平等对待，因为我们的法律赋予了我公民权和财产权。这里我也想通过屏幕，向另一位受害者说一句话，你认为通过放弃自己应得的财产从而换来了他人的尊敬，其实你并没有得到你想要的东西。"

李少君在旁边抿了抿嘴唇，心里笑道：闫敬昱的痛苦你郭徽又怎么能明白呢？这个想法出现在脑海后一瞬间，李少君突然又产生了疑惑，她想到了围绕在郭徽身上的那些谜团。那么，是不是郭徽的痛苦，旁人也无法了解呢？

"我知道听完我这番话，你们还会问，我如此地维护法理，看起来是义正词严毫无破绽，可是代价可能是置他们一家于死地，这是否合乎人情？"郭徽又扫视了一圈周围，继续道，"那下面我就来说一说人情。"

"就如同你们说的，王小龙一家的情况确实很困难，都不用我琢磨我就知道，他们肯定是拿不出这笔钱，更何况这次事故不止牵扯到我一人，吴晗和另一个受害者也应该得到应有的赔偿。请各位注意，这些是应有的，并不是我们费劲去索求来的。因此我在此做出一个决定，在法庭正式宣判以后，本次案件的一切赔偿款项，包括那个放弃索赔的受害人应得的，只要他还有意愿拿到它们，以及王小龙一家的诉讼费用，我将全部承担。"郭徽话音未落，记者群传来了一些惊叹，保持镇静的只有外围的李少君和摄像师方鹏，郭徽的话还没有说完，"另外，我也在此表达一个我的个人意愿，不知道是否能有希望达成，那就是我希望可以收养王小龙为养子，让他能享受到好的教育和生活，回到北京这座城市继续长大。"

李少君的嘴张得老大，半晌没有缓过劲来，她心说：郭徽啊郭徽，你可真绝啊，到了你还是留了一手啊。

2

结束采访之后，李少君和老方以及实习生最后才从法院往外走，刚出大院门就被两声喇叭喊了过去，竟然是郭徽在车里等候。

"李记者，我送送你吧。"

李少君看出他有话要跟他说，也不多说，回身让老方和实习生先回台里，自己走到了郭徽的副驾驶一侧，拉开了车门。

在副驾驶的位置上，李少君斜着眼偷偷打量着开车的这个人。今天郭徽的穿着毫无破绽，领带、袖扣以及发型鞋袜都很合适，精神头也好了很多，甚至可以说是神采奕奕，和两天前进行采访时判若两人，这让李少君更纳闷这两天他经历了什么。

"李记者，这样打量别人不太礼貌啊。"

李少君说了声抱歉，把目光收回，直视前方。

"你对我今天在记者面前说的话有疑问？"郭徽没有看她，继续说道，"这很正常，毕竟我没跟你提起，不过请你别见怪，我是昨天晚上才做的决定。"

李少君撇了撇嘴，不做评论，这种事反正他怎么说都行，他们本身也没有什么约定，跟商人谈诚信挺无聊的。再者说，郭徽这个举措想想也不是什么坏事，她只不过没有提前得到消息罢了，其实有之前的专访在手，她也没损失什么。

"我还得求你帮我一个忙。"郭徽停车等红灯，脸转向李少君，"请你帮我当个说客。"

"你说收养小龙的事？"李少君也把头转向郭徽，他的脸在前面的车灯映照下都是红的，但是眼睛却是雪亮，好像在发光一般，李少君感觉郭徽此时此刻是真诚的。

"是的，我不知道他的家人是不是能同意，毕竟你跟他们比较熟，帮我探探虚实如何？"

"可以是可以……"李少君沉吟了一会，此时红灯变绿灯，郭徽也不再看她，继续开车，"不过我可不能向你保证什么。"

"我相信你能做到的。"郭徽回答。

李少君一愣，这话说得好像她非要帮郭徽搞定这事不可了。郭徽像是猜到她的想法，补充了一句："毕竟这对谁都好。"

李少君想了想，或许这样真的对谁都好。她把头靠在侧面玻璃上，看着窗外的景色，正值午后，北京已经开始入秋。天高云淡，和风吹拂，阳光明媚，北京进入了它最好的时节，路上的行人也显得比盛夏时候更精神了些。李少君想：一场车祸，夺走了小龙的家人，但是它确实没有资格剥夺小龙和这座令人爱恨交加的城市一起成长的机会。

3

"什么？收……收养？"二姨夫在楼道里喊了一嗓子，结果喊到一半被二姨拽了一把，连忙把音量调小了，但还是掩不住的诧异。

二姨点了点头，她刚接完李少君的电话，她向她传达了郭徽要替她们支付赔偿，以及想要收养小龙的事。听闻消息的二姨也是诧异万分，没想到短短一天之内事情起伏如此之大，原来他们是带着个孩子和一屁股债，转瞬之间，不光债没了，连孩子也可能要保不住。显然她没法自己拿主意，把小龙留在屋里，拉着二姨夫出来商量。

"咱们家的孩子，随随便便给人家养，这合适么？"二姨夫第一反应是拒绝。

二姨也这么想，但是她也有担忧，"不过要是咱们不答应，人家一不高兴不管掏钱了怎么办呢？"

"反正本来咱们也没打算让他掏钱，该怎么着怎么着呗。"二姨夫理直气壮，"大不了拿命赔给他就是了。"

二姨一脸鄙夷地看着二姨夫，心说：还真看不出你这条命能值几个钱，并没有搭腔。二姨夫看二姨沉默了，心里咯噔一下，心说：难不成这老娘们儿真动了把小龙送走的心了？转念又一想，不对啊，当初把小龙接回来，心里先不满意的不正是他本人么，怎么没过多少日子，俩人的立场换过来了。

其实二姨夫也不是有多爱小龙，他只是觉得这么名不正言不顺地把孩子送走了，钱也不用赔了，倒是省心了，可是到头来还是落得一个"软骨头"的骂名，回到家里左邻右舍的怎么看待呢？说这家人造孽，欠了人家一屁股钱，最后没辙了，拿孩子抵债……说得跟当代白毛女似的，多难听。

二姨也有自己的心理活动，她不是不心疼小龙，若是没有旁的事，留下小龙在家对他们也是慰藉，毕竟二姨和二姨夫年过四旬还没有孩子，不用自己费劲就白捡个大胖儿子，怎么想也不是坏事。但是摆在眼前的问题是这些钱，真的赔不起。

二姨夫看出她的想法，开口道："人家又没说不交出小龙来就不管出钱，你别想多了，可能人家大老板就是想做点善事，咱们好好跟人说说，他要是真想掏钱咱们也不拦着，可以让他资助小龙上学嘛，别说什么收养不收养的，人家又不像咱们似的这么缺儿子。"

214

二姨心里也觉得此言有理，于是决定再去跟李少君商量一下。她让二姨夫回屋去陪着小龙，自己往外走。二姨夫自从李少君不联系他以后，有点被孤立在核心集团之外的感觉，自己孤零零地回到屋里，看着小龙在那儿写写画画，上面还是有很多拼音代替不认识的字，他确实帮不了太多。

"小龙，你想留在北京上学么？"二姨夫决定试探一下小龙的意思。

小龙把头从本子前抬起来看了看，回答说："有什么不一样么？"

"肯定不一样啊，在北京上学学的东西更多，以后长大了也更有见识。"二姨夫严肃地回答，"学习环境也好多了。"

小龙"哦"了一声，没有回答。二姨夫想想自己也笑了，像他这么小的孩子，刚上完一年级，哪有那么多的想法能够决定自己的未来呢？

没多会儿，二姨回来了，说跟李少君说了说情况，她再帮着联系一下。两人正说着，二姨的电话又响了，一看是一个陌生的手机号，她接了起来，电话那头报上来的名字让她着实吓了一跳。

是郭徽打来的。

4

"您好，是王小龙的二姨吧？我是郭徽。"郭徽拿起茶几上的酒瓶子，直接对着喝了一口，继续道："我听李记者说了你们的顾虑，我觉得通过她来传话效率有点低，所以我想亲自来解决。我之所以提出来收养小龙，是因为我这些年都在福利院帮忙做事，这我想你们也已经知道了。我见过了太多失去父母，甚至失去全部家人的孩子。您认为对于他们来说，真正需要的是有人替代的父爱和母爱么？我认为不是的，这种伤痛永远会跟随他们，即使替代成为他们的抚养者的人对他们再好，给予的疼爱超过他们的亲生父母千万倍，即使他们成为孤儿的真正原因是亲生父母的狠心遗弃，这些人也永远不可能真正取代他们。有一些被虐待、被遗弃的孩子，他们可能会记恨自己的父母，从而对世界失去希望。绝大多数孩子在投入新的家庭后，面对再多的温暖关怀，也会变得冷漠无情。因为他们已经把最深沉浓烈的情感依托在自己的亲生父母身上。人与人之间最大的隔阂，并不一定是多大的深仇大恨，反而是冷漠才最为可怕。

"我再给你们讲一个真实的故事，我曾经跟着福利院的工作人员和民警去家访，那家邻居说父母打小孩，我们去核实情况，如果属实，可能就会申请孩子的保护措施。到了那里一看，家里穷得叮当响，孩子四五岁了都快该上学了，连件正经衣服都没有，身上很多伤痕。我们问他，你的父母是不是打你，孩子满眼都是泪，一双纯真的大眼睛水汪汪的，就那么瞧着我们，隔了好半天，跟我们说，没打过。我当时想不通他为什么要说谎，后来我明白了，因为他不敢想象失去父母的世界会是什么样子，那样的世界比现在的暴力更令他恐惧。这就是孩子，纯真质朴的孩子。

"我说以上这些话，不是想打击你们，告诉你们小龙总有一天会离你们而去，因为你们不是他的亲生父母。我想说的是，与其你们努力地去行使作为一个家人、一个替代者的责任，倒不如换个角度去想，是玩命地去成为一个你永远成为不了的角色，还是不如放手，给他一个更好的生活和学习环境，让他好好地长大成人。"

说完，郭徽沉默了一小会儿，留一些时间让他们去思考。他又喝了两口酒，却毫无醉意，反而越发精神了起来，眼睛闪烁着坚定的光，他知道，这段空白的时间越长，对他来说，事成的概率越大。

大概过了半分多钟，那边传来了二姨的声音："那个，不过我有一个小问题想问。"

"您说。"

"那我们以后还能见到小龙么？"

事成了，郭徽心里对自己说。

"这您大可放心啊，我提出支付事故的赔偿，只是希望事件有一个公平合法的结果，又不是为了买孩子。"郭徽不急不缓地答道，"只不过这种事情见得多了，心里真的很不是滋味，所以希望给他提供更好的学习和生活的环境。至于小龙的身份，我不会强行地去改变什么，他依旧是独立的自己，依旧叫王小龙，依旧是你们的小外甥。我也欢迎你们，包括小龙的姥姥姥爷，随时来北京看望他。

"啊，这不是马上要开学了么，我已经给小龙联系好学校了，我想着那些私立学校好是好，但是门槛比较高，而且里面的孩子大多也有些势力，并不是太利于小龙的成长，还是找的公立学校。"郭徽趁热打铁，准备一举击垮他们的心理防线，"不过学校是重点，而且划片也好，可以直升西城区的重点初中，好好学的话，高中大学都应该挺顺的，要不改天我带您二位去参观参观？"

等了几秒钟，对面传来回话："那就……真是麻烦您了。"

第二十二章

1

如果几天前有人问闫敬昱，是否还会考虑重新站在一心福利院的大门前，他一定会笑着说那人是精神病，在他心里，这附近五公里都属于黑洞，在地图上可以直接抠掉的。

结果自从在电视里看到裴雪后，经过了短暂的挣扎和犹豫，他还是选择了回到这里，这连他自己都无法想象。不过就如同他之前在电视上看到周老师的时候预测的一样，虽然已经过去了十几年，但是当旧日的人重新出现在他视线里，提醒着他这个世界并未因为他的躲避而产生变化，那么，叶一琳还会远么？

有些事，不弄清楚的话，永远是柜子底的一个窟窿，用一堆东西铺在上面，挡得了一时，挡不了一世，该漏的早晚还是要漏的。既然如此，还不如趁早砸了痛快。

闫敬昱在大门口端详了一会，还是觉得有点儿进不去这个门。这会儿门口传达室里的保安早就忍不住了，看着闫敬昱在那儿转悠来转悠去，心里话说：怎么那老头这几天消停了，不天天在门口神出鬼没了，又来个小年轻在这转筋，这福利院大门口怎么这么招人呢？是有宝藏还是怎么着？

"小伙子，你有事啊？"保安出了门，走到闫敬昱旁边问了一句。

"哦。"闫敬昱正在那犯冲呢，被吓了一下，结果下意识地开口道，"我想找周校长。"

"找校长？"保安打量了他一下，"有什么事么？"

正好，这保安帮闫敬昱迈出了这一步，事已至此他也没什么可避讳的了，便说："您帮我联系一下，就说我叫闫敬昱，想见她，应该就行了。"

保安看这人神智还是挺清醒的，应该不是精神病，就给校长办公室打了个电话。结果报上名字之后，周校长的反应吓了他一跳，她几乎是二话不说就让他把闫敬昱放进来，并说她在楼里一层大厅接他。

难道是新的财主来了？保安看了看闫敬昱，好像也不像个有钱人啊。嗨，管它呢，跟自己也没什么关系，保安招了一下手让闫敬昱进去了。

一步一步穿过操场往教学楼走，之前零零散散的记忆碎片开始慢慢连成线，扩成面，进而拔高成体，汹涌潮水般地向闫敬昱袭来。在操场中央，闫敬昱站定了一下，抬头看了看这个教学楼，楼还是原来那个楼，只是外墙重新粉刷了，防护栏也换成了更坚固的材料，看起来应该怎么也不可能断掉。他分辨了一下，找到了当年他和叶一琳初次相遇的那个防护栏，不知道在那之后是否还曾有过孩子做过那样的危险举动。

除此之外，操场也整修一新，换上了塑胶跑道，不知道这材料行不行，是不是毒跑道。

他还在四周环顾的时候，听到了一个声音。

"敬昱……真的是你？"

闫敬昱顺着声音看过去，一个女人的身影从楼门口走了出来。看来梦真的就是梦而已啊，曾经需要仰视的这个人，现在从远处看来起码要比自己矮上多半头，而且也没有记忆里那么健壮了，跟路边随便就能瞧见的跳广场舞的普通中年妇女没什么区别。

"恭喜高升啊周校长，不好意思道喜道迟了。"闫敬昱努力地说了句玩笑话，尽量让气氛缓和一点。

"这是什么话，快进来吧，外头多晒啊。"周校长本来也有点慌乱，听了闫敬昱这话真的还有点放松了，连忙把闫敬昱喊道楼里来。

二人相遇，周校长本想握握手拥个抱什么的，但是看了半天也不知道从哪下手，最后伸出手来拍了拍闫敬昱的胳膊，笑着说："都成了大小伙子了。"

"十八年了。"

"是啊，十八年了。"周校长似乎陷入了对时光飞逝的惆怅，过了几秒缓过神来，继续道："咱别在这儿傻站着啦，我先领你转转吧，现在咱们这儿可是大变样了。"

真的变了么？闫敬昱心里想，"不转了，我没什么兴趣，我找您有事。"

周校长一愣，说道："哦哦，那好吧，那去我屋里坐吧。"

周校长拉了一下闫敬昱，想带着他上楼，却发现他没有动。

"你屋，是原来的校长室么？"

"是啊，怎么了……"周校长话没说完，自己也反应过来了，不知道说什么好。

"有没有别的地方可待的？"

"有有有，来这儿吧。"周校长慌忙搭腔。

二人往楼道一旁走，还没往里走到呢，闫敬昱就笑了，从这个方向上来看，他已经猜出来周校长要领他去的也不是什么稀罕去处，老地方了。

周校长领着闫敬昱来到了"相亲之家"。

经过了新年前后的欢乐时光，孤儿院的生活暂且归于正常，大家逐渐不再一刻不停地热议联欢会时的经典场景，在食堂吃饭的时候也不怎么对各自的画作品头论足了。不过在闫敬昱心里，这些都没什么所谓，因为他和叶一琳的关系越来越近，每天吃饭基本都会坐在一起，还成了同桌，这件事让安西还颇失落了几天。

这天，大家在食堂吃饭，闫敬昱和叶一琳正在就上午音乐课上的某个曲子唱法问题进行热烈的讨论，周老师走到了他们旁边。

"周老师，有事么？"叶一琳在周老师远端，率先发现她走近这里，闫敬昱听了也回过头来，发现周老师看着的是自己。

"敬昱，快点吃，吃完跟我走，你表叔和表婶又来看你了，带了一堆好吃的呢。"

听了周老师的话，闫敬昱的眼睛黯淡了下来。他当然知道他母亲的这两个远方的表亲到底想做什么，但是他们不开口，他也不会主动去说。一开始，闫敬昱只想自己躲在一心福利院，外界的生活对他而言已经失去了吸引力，他也不知道如何再去面对。而现在，一心福利院，或者说叶一琳这个小姑娘，却带给了他新的活力，他就更不想离开了。这两个人最近一两个月都没过来，也加上他心情好，都已经快忘了这回事了，没想到他们还是又来看他了。

往"相亲之家"走的时候，周老师小声嘱咐了他几句，就说大人说话的时候不能不回答，要尊重长辈，该说谢谢就说谢谢，就算你不想跟他们走，起码的礼貌总是要有的吧，人家来了这么多回，天天热脸贴冷屁股，心里多难受。

闫敬昱点了点头，没有说话。周老师看这孩子同着叶一琳就活灵活现的，一到这会儿就蔫了，也是没辙，叹了口气不再说话。

进了屋，周老师跟表叔表婶打了个招呼，把闫敬昱推进去，就关上门在外面了。她觉得她在里面也不太合适，毕竟双方都见过这么多次面了，也不用她引荐，或许她不在现场闫敬昱还能自在一点。

"敬昱啊，这不是过新年了么，前几天家里事多我们没顾上来北京，今天特意过来给你拿几件新衣服，新年怎么着也得体面一点，还有我们自己炒的花生，你拿给同学们一块吃。"表婶热情地说。

　　闫敬昱本来低着头，想起来周老师说的，做了一下心理斗争，还是抬起头来看着他们，点了点头说："谢谢。"

　　两个人看闫敬昱开始搭腔了，喜不自胜，互相看了一眼，说着没事没事。闫敬昱突然发现，这是他头一次直视这两个人，他们有着标准的华北地区农户的长相，皮肤略黑，脸上粗糙，但并没有特别过分的被阳光和沙土侵蚀的痕迹。仔细看看，其实也挺和善的，有种很天然的亲切感，虽说是自己母亲的所谓表亲，但是看起来并没有什么血缘关系，起码没有母亲身上那种让人感觉很不舒服的气息，按袁帅的说法，那大概就是所谓的"骚"。而这两个农村夫妇，一看就都是老好人。

　　闫敬昱没有再说什么，但是努力让自己的眼神不去躲避他们。二位似乎是受到了鼓励，话越来越多，最后落在了一个闫敬昱最不想他们提及的话题上。闫敬昱心说，早知道这样，还不如像原来那样爱答不理，真的不该听周老师的。

　　表叔说："敬昱，这不是快过年了么，要不要跟我们回家过啊？在老家过年可有意思了，又能放炮竹，又能一块包饺子，镇上还有花灯看，你都没看过花灯吧？"

　　两位大人试图用花灯打动闫敬昱，但是他心里明白，虽然说的是回家过个年，但是有一有二就能有三。

　　表婶在旁边说："还不知道能不能回家过年呢。"

　　"我琢磨着应该行吧，毕竟福利院的老师也得回家过年啊，也不能都留着看孩子吧，少一个他们也少点负担，我问问。"表叔说着站起身来，走到门口拉开门，一看周老师就在楼道站着看景呢。

　　"周老师，跟您商量个事，您看行不行。"

　　表叔把事一说，周老师说："是吗，你们都商量好了么？"她看了看闫敬昱，闫敬昱的表情告诉她其实并没有。

"啊，只要孩子同意，我们也没意见的。"

闫敬昱看着注视着自己的三双眼睛，然后默默站起了身，走到门口，又想起什么，回身低着头说了一句："对不起。"

说完，他便从"相亲之家"跑走了。

2

"敬昱，有什么事你就说吧。"周校长和闫敬昱二人坐定，她也看出来闫敬昱不是来和她叙旧的，便不再没话找话地寒暄，直奔主题地问。

闫敬昱一进屋，发现"相亲之家"与过去相比变化很小，这种变化的程度甚至小于小楼外墙的变化，甚至这张大桌子都还是记忆里的那张，回忆便如潮水般袭来。他努力克制了这种侵袭，坐下定了定神，开口道："我想知道叶一琳后来怎么样了。"

闫敬昱问出的这个问题，周校长早有准备，这个名字成为了隔在她和他两个人中间最大的天堑，让他们原本亦师亦母的关系瞬间被拉到无限远的两端。她曾想过，闫敬昱早晚是要来算这笔账的，不过却没想到他问出口时，还是很平静。

"她后来也被人领养了。"她回答。

闫敬昱沉默了一会，问："我就直接说了吧，我最近看电视，有一个歌手叫裴雪，不知道您认识不认识，我觉得她很像叶一琳。您就当我是好奇吧，我想知道她们是不是同一个人。"

裴雪这个名字，周校长确实没听过，她想了想说："她离开之后的情况我也不清楚了，这样吧，咱们去档案室里查一下资料，看看有没有什么线索吧。"

档案室不大，放着几排铁架子，上面是按年份归档的一个又一个纸盒子。周校长根据记忆打开了标着"1998"的那个盒子。闫敬昱凑上去看了一眼，发现第一张单子竟然是他自己的。

"啊，对了，1998年的第一份档案就是你的转出手续，是过年前的事来着……"周校长一看到闫敬昱的名字也犯了一愣，稍稍回忆了一下，下意识地说出这句话，马上意识到不该提它的。她看了看闫敬昱，声音明显变小了，"你要不要看看？"

"不了。"闫敬昱低头回答。

周校长"嗯"了一声，也不再说话，放下那张纸，继续往后翻。没过几张，叶一琳的名字便映入眼帘。

"嗯，从单子上看，领养小琳的人确实姓裴，所以你说的那个裴雪确实有很大的概率就是小琳。"周校长浏览了一下，并把单子递给了闫敬昱。

闫敬昱接过单子，从头到尾看了一遍，叶一琳的养父姓裴，职业写的是工人，其他的没有什么太多线索。他注意了一下叶一琳办理转出手续的时间，是1998年的3月份，其实也是刚过完年不久。

"嗯，我们也希望小琳尽快从那件事里走出来，所以刚过完年就给她联系到一家人，我记得这家人挺好的，老老实实的本分人。"周校长注意到他在看单子的日子，于是在旁边解说。

"不用说了。"闫敬昱开口问，"还有别的线索么？"

周校长想了想，摇了摇头。

"那我不打扰了。"闫敬昱把叶一琳的转出单交回周校长手中，转身准备往外走。

"敬昱啊，"周校长叫住了闫敬昱，一边收材料一边说，"事情都过去这么多年了，我们还是要向前看，我希望你也不要太记在心里。如果小琳真的是现在这个裴雪，那看来她的发展也挺不错的，而你也有你的生活，不如就让它过去吧，深究它又有什么意义呢？"

"我只是想确认一下，没什么别的想法，没什么事我就回去了。"

"那我送你吧。"周校长说是送闫敬昱，其实闫敬昱已经迈腿离开了，她只好紧紧跟着他一路往大门外走。闫敬昱压根就没打算等她，脚步匆匆地就这么笔直地穿行在楼内，似乎一刻也不想多待。由于教学楼内的结构本身没有变化，他依靠当年的记忆，轻车熟路地出了楼，走到了大门口。

"敬昱！"眼看着闫敬昱要走出去，周校长忙喊了他一句。

闫敬昱停住了脚，回头看了看她，开口道："就送到这儿吧，再见。"

"敬昱，"周校长不气馁地继续说道，"你就不想知道当年你走后又发生了什么吗？其实一切可能并不像你想象的那样糟糕。"

闫敬昱沉默了一会儿，回答："你不是说了么，都过去了，已经没关系了。"

说罢，闫敬昱从大门走了出去，留下周校长在门内怅然地立着。门口的保安不明所以，在屋里从椅子上站起来，又觉得出来也不是，不出来也不是，于是就那么看着她。

这时候，周校长突然想起来什么，猛地往大门口跑了几步，出来一看，闫敬昱正好消失在前方的一个拐角。她又左顾右盼地看了半天，然后问屋里的保安："那老头子没在？"

"校长，那老头有几天没看见人了。"

听到保安的答复，周校长长出了一口气，得亏那老头不来了，要不还不知道得闹出什么幺蛾子呢。她正要回去，心里又一纳闷，怎么这老头好好的突然就消失了呢？随即，周校长又觉得自己真是吃饱了撑的，人家来你天天担心，人家不来了你还惦记上了，怎么这么贱骨头呢？不来岂不是更好？

周校长缓缓走回了楼里。

第二十三章

1

"你们是不是在搞笑啊，说我恋童？"郭徽把这份报告扔在教授的桌子上，双手撑桌，上半身向他倾斜过去，哭笑不得地说，"要不是这上面解释得清楚，这个名词我都得查字典才能认识啊。"

教授微笑着示意他坐下，开口道："这份评估报告只是根据你对刺激源的反应做出的预判，只是表示一种倾向，实际情况并没有那么严重。不过从你的童年经历、创伤的性质，以及目前你的所作所为来看，我们认为有必要和你好好谈谈。"

"可笑啊。"郭徽还是坐下了，或许这就是心理医生的魔力，"就因为我去孤儿福利院当了一阵义工，就觉得我有这种倾向？那个福利院有好几十个常去的志愿者，干脆我帮你打个电话，把他们都抓到这来，一个挨一个地做一做你这个所谓的评估好了，我估计谁也跑不掉。"

教授还是保持微笑，让他不要着急，他用心理医生特有的低沉而富有迷惑性的嗓音对郭徽说："你不必担心，研究表明，人或多或少都对童真有向往之情，换个方式说这种情结其实是一种很普遍的现象，这和恋母情结一样，并没有什么需要遮遮掩掩的。

"郭先生你知道的，在前期我们对你的心理创伤后遗症进行催眠治疗时，您暴露了你童年时期缺少关爱和社交接触的问题，这种童年缺失埋藏在你心里多年，当发生了那时的惨剧之后，你的心理遭受到了很大的打击，并产生了对成年社会的社交恐惧，以及非常严重的异性交往障碍，这甚至影响了你的生理反应。而这种对自身性别和身份的屈辱感使你的内心渴望逃避成人社会。二者叠加，便造成了现在这种情况，你在投入了儿童慈善事业之后，病症大幅度地减轻，几乎已经恢复了创伤之前的心理状态，难道你不觉得这很不可思议吗？或者说你有其他解释它的办法？"

郭徽想辩解，却发现自己讲不出什么道理来。

"当然，以上这些都是我们基于你的恢复情况做出来的判断，并不一定符合实际。"教授继续说道，"所以在这次心理评估中，我们特意在其中穿插加入了一些关于这方面的测试题目和刺激源，当然你可能没有发觉，但是结果还是比较清晰而令人信服的，请你相信我们。"

郭徽不知道说什么好，他知道在认知心理学和精神分析领域，坐在他对面的这个人确实是一个权威人物，所以虽然有点恼火他们擅自进行的测试，但是也找不到什么理由来反驳他的结论。

"实话讲，现在业界对于真正的'恋童癖'这一现象，或者说病态，并没有非常好的治疗办法，因此我们的工作就是尽早地发现这种潜在的风险，并帮助我们的病人克服这种障碍。郭先生，我现在对你说的一切都是有依据和理论支撑的，你可以不相信或不承认，但是我希望你能够正视你的问题。不过，就像我一开始说的，你也完全不必有过多的担心，因为这种倾向依旧保持在你的潜意识里，离真正形成病态还差得远呢。因此你也不必有太多的顾虑，你现在的一切行为，包括在福利院的义工工作，都可以认为是你出于本真的同情心和心理归宿感而做出的，你不必担心你会做出什么出格的举动。但是我要提醒你，如果任其发展，结局可能会完全不同，所以你现在需要的是，第一，尽量避免再次遭受心理刺激；第二，通过适当的心理疏导以及药物，再加上你本人的一点点努力克服掉它。"

"怎么努力？"郭徽被教授的声音潜移默化地影响，心态逐渐平和。

"我给你的建议是，除了继续坚持治疗之外，第一，考虑离开这里，因为这里的环境给你很留下不好的回忆，你需要尽快走出来，或许当你投入一个新环境，适应它的过程会帮助到你；第二，适当地增加和异性的交往，这有助于你各项机能，包括性能力的恢复，这会是一种良性循环，一旦自信重新建立，自然就会重回正轨。"

郭徽思考了一下教授的建议，然后缓缓开口道："你的意思是，我应该考虑回国了？"

"中国当然是一个很好的选择，毕竟那是你的祖国，我想总有一天你会回去的，不过你如果有其他想法，我也没有什么意见。"

"你说的好像有道理。"郭徽基本已经完全被教授说服了，一边考虑他的建议一边回答，"不过如果我回国了，那你刚才说的心理疏导和药物这方面……"

"这你完全不用担心，我正好有一个很不错的学生现在在中国，她是个很好的女孩，我相信可以继续帮到你，如果你决定回国，我可以把你的资料交接给她。"教授笑道，"不过我话说在前头，你可不许随便拿我的学生开刀啊。"

郭徽也笑了，答道："请放心，我觉得找一个心理医生做女友可不是什么明智的选择。"

2

二姨和二姨夫陪着小龙住到了开学，当然，自从和郭徽达成协定以后，他们就不住那个地下室出租屋了，搬到了郭徽联系的一家宾馆，住上了大套房。

不过二姨和二姨夫这么住着也挺惭愧的，正好没过几天就开学了，二人目送着小龙进入了设施齐全、校舍明亮的新学校，心也算是放下了。便以快到农忙期，家里就两个老人他们也不放心，要回去垄地、收种子为由，暂时离开了北京。

二人离开后，郭徽把套间退了，把小龙接回自己家里一起住，反正他家也大。

小龙初入郭徽家，还是很认生的，不敢多动。郭徽笑意盈盈地拉着他四处转了转，然后指着两间卧室说："这两间都是空的，你看看你喜欢哪间。"

小龙看了看，然后指了指那间比较小的。

郭徽帮小龙把行李放下，书包也放下，拍了拍他的头，让他自己先歇会儿，熟悉熟悉环境，他要出去买点菜准备做饭。

一圈回来，郭徽听屋里毫无动静，进去一看，小龙正趴在写字台上写着什么。

"写作业呢？"郭徽扫了一眼，看起来是作文之类的东西，他对小学生作业没什么兴趣，胡撸了一下他的脑袋说，"一会儿再写吧，要不要帮我一起做饭。"

小龙迟疑了一下，还是乖巧地点了点头，收起了本子，跟着郭徽一起走到了厨房。

郭徽把塑料袋里的菜依次拿出来，让小龙帮着择一择洗一洗，小龙拿过去三下五除二地就干上了，手法娴熟得惊人。郭徽一脸无奈，顿时觉得自己连个小孩子都不如，再这么下去这顿饭要变成小龙给他做的了，于是他赶紧接过去，让小龙歇一会儿。

小龙也听话，自己离开了厨房，坐在沙发上看着电视，不发一语。

"对了，小龙，我买的这两瓶饮料你先放冰箱里吧，一会吃的时候再拿出来。"

小龙还是默默地照做，拎上饮料，过去打开了冰箱门。

"这个……"小龙欲言又止。

"怎么了？"郭徽看小龙开着冰箱门这么待着，走过去一看，原来冰箱里躺着半袋子已经长满了绿毛的切片面包，还有几个隐隐发出了变质味道来的鸡蛋。郭徽的心一沉，有种心口某个伤疤隐隐作痛的感觉，但是转瞬之间他又咽下了那股劲，长出了一口气，换回了轻松的语调："之前买的给忘了，都扔了吧。"

郭徽小心翼翼地把这些垃圾拿出冰箱，并快速地扔进了垃圾袋，变质的味道让他露出了嫌恶的表情。随后，他帮小龙把饮料放了进去，关上了门。

"那个……好像要糊了。"小龙指了指灶台。

郭徽这才想起来那边还炒着菜呢，赶忙跑过去，一看还是有点晚了，里面的鸡翅已经连扒锅带冒烟了。这时候小龙也跑了过来，一大一小两个人对视了一眼，都哈哈大笑了起来。

由于这次小插曲的因祸得福，郭徽和小龙的距离好像一下子拉近了一些，这之后二人互相配合，只不过是小龙掌勺，郭徽打下手，一起把这顿饭做完了。

郭徽把几个菜都尝了一遍，惊讶于小龙的手艺，他感觉一般上点档次的饭馆做出来的菜也不过如此了吧。他一边吃一边看着小龙，感慨真是穷人的孩子早当家，这张还充满稚气的脸上承载的东西，可能连一个成年人都难以承受，但是小龙却依旧踏踏实实地活着。

餐后，郭徽提出带小龙去欢乐谷玩一圈，小龙开始不肯，说不怎么想去，但是郭徽还是执意要带他去，郭徽说不是为了玩，是为了下周到了学校跟同学有的聊，现在的孩子都势力得要死，有的孩子一天到晚就是臭显摆。

"那为什么要当和他们一样的人呢？"小龙问。

"不是要和他们一样。"郭徽想了想回答，"我们不主动去跟人比，但是更不能在这种人面前输了阵脚。"

小龙虽然嘴上说着没什么兴趣，但是坐在欢乐谷的游乐设施上的时候，脸上露出的各种表情可是骗不了人的。郭徽坐在长椅上看着旋转木马一圈又一圈经过时小龙脸上的高兴表情，产生了一种前所未有的满足感，这种感觉比征服任何一个女人，做出任何跨越时代的新产品都要更强烈。他想到了美国的那个教授，又想起来他的学生蔡小姐，突然意识到这些日子她没再给他来电话，他说好要去找她也没有去。

管它呢，他们懂什么，只不过会说些风凉话罢了。

从欢乐谷离开，郭徽又带小龙去了趟首都博物馆。馆内的老北京民俗展览吸引了小龙的注意，由于不太认识字，他让郭徽挨个给他讲解。郭徽自认是个老北京，没想到看到实物的时候也有点发蒙，只能挨个给他念介绍，一趟下来，二人的距离又拉近了不少。眼看天色将暮，郭徽开车带小龙回家，小龙说什么也不肯坐上他特意购置的安全座椅，郭徽想到这个或许让他有太多刺痛的回忆，也便不强求他，放他在后座坐下了。

开到半路，郭徽从后视镜看了一眼，却没看到小龙的人，他有点慌张，赶紧回头看了一眼，却发现他已经半躺在后面沉沉地睡去。郭徽嘴角露出笑意，把车速又放慢了点，就这么晃晃悠悠地开回了家。

3

郭总新认了一个干儿子，这个消息在微景公司已经不算是什么秘密了，不光是因为电视节目里他的慷慨陈词已经传遍了，更因为这个小男孩每天下午都会自己跑到公司里来。

郭徽一开始担心小龙的安全，派司机每天接送他，没过几天小龙却不乐意了，说这样太麻烦，学校前头那条路又不宽，每天送学生的车排队就要排好久，根本不方便，还不如自己走过去，反而能快上好多。

郭徽还是担心小龙的安全，他自己却不以为意，毕竟从上学开始，他就没让父母接过自己，他父母也没时间接。早晚那两个时间，正是客人最多、最能挣钱的时候，每天拼死累活地给别人做吃的，连自己孩子的三餐都顾不上了，更何谈有时间接送孩子呢？

郭徽并没有答应小龙自己上下学的提议，结果第二天下午，前台直接打来电话说有个孩子在楼下等他，下去一看竟真是小龙，下学以后趁着人多乱乎劲自己跑出来了，凭借着只来过一次的记忆，竟自己走到了微景公司前台。

郭徽哭笑不得地把小龙先接到了自己的办公室，让他在会客的茶几上写作业，没过多会儿接到了电话，司机火急火燎地说孩子没接着。郭徽并没有苛责他什么。

自此以后，郭徽便放任小龙每天早上自己上学，下学后直接跑到公司来等他下班。当然小龙有时候也不来找他，而是自己跑回家，给他打个电话，然后就自己开始做饭，等着郭徽下班回来吃。

自从电视台的节目发布了郭徽的专访，案子也趋于了结，社会上的舆论对此事的讨论由开始的关注，到反转，慢慢转向了平静，微景公司的业务也慢慢回归了正常。其实在舆论炒得最热的那些天，微景是有机会借势在产品上再火一把的，但是却被郭徽压了下来。他特意在官方以及各个渠道上把供货压了一压，使得货量没有明显的走高。用郭徽的话说，物极必反，乐极生悲，不想被业内又搞出什么阴谋论，说整件事情都是他的自我炒作之类的名头来。公司的高管们觉得他有些多虑，业绩只要不下滑什么都好说，产品好才是硬道理。

因为这个，小龙也被公司一致认为是一个吉祥物一般的存在，毕竟他是随着微景公司业绩的重新抬头到来的，公司上上下下自然也是对他格外好，甚至给他起了个外号叫"少老板"，天天跟他开玩笑，问他什么时候接手郭总的产业。

而小龙却还是不声不响、不卑不亢的，每天来了，便径直跑到郭徽屋里写作业，若是他在会客，就去总裁办公室的空桌子上坐着。小西姑娘找他聊天，他也客客气气地答，但是头却从不从作业本上抬起来。给他零食吃，他道声谢谢，吃两口，也就不吃了。

微景公司上上下下都说，小龙这孩子真是又乖又老实又懂事，就是还是有点孤僻，不太爱跟人打交道，看他和郭徽也并没有十分亲昵。有时候聊起他的身世，更是唏嘘不已，就更想多关怀关怀他了。

不过郭徽对于大家的这种溺爱颇有微词，私下里跟几个人说，不要老给他带吃的喝的什么的，孩子还小，不能太娇惯了。

和郭徽比较熟的老同事好开玩笑，讲道："哎哟，我看郭爸爸这是吃醋了吧？怕小龙跟我们好不跟你好了。"

"什么郭爸爸，别瞎叫。"

"不叫爸爸难道叫二大爷不成？"

郭徽瞪了那同事一眼，没再说什么，转身离开。

郭爸爸，心里琢磨着这个称呼，郭徽突然发现自己不自觉地笑了出来。

第二十四章

1

周校长为了补充上级要求的汇报材料，自己跑到档案室来找这两年福利院的转入转出记录。把东西找齐以后，她端着一摞纸打算往外走，而刚到门口，突然停住了脚步，她想起来前些天闫敬昱的到来。当时她与闫敬昱久别重逢，自己的思绪本就有点混乱，完事又接到了电话，被领导催着要报送先进材料，那一阵搞得是焦头烂额，也就没再细琢磨。这下经这屋子一提醒，她自己倒也生出来一丝兴趣，叶一琳，或者说很可能是现在的裴雪，现在的她究竟是什么样子呢？这想法让她不禁暗自笑话自己，当时还在嘴上跟闫敬昱说过去的事就不要再追究了，其实她自己心里也没完全放下。

是啊，谁能这么轻易地放下呢？

回到屋里，她打开电脑的浏览器，在电脑上敲下了"裴雪"两个字，点击了搜索按钮，弹出来的内容有点乱，毕竟裴雪不算是什么知名歌手，很多搜索出来的内容都跟她无关，于是周校长又加上了"歌手"这个关键词。

几乎是瞬间，再次搜索出来的内容便映在屏幕上，而头条几篇的标题和索引着实让周校长吃了一惊。

"郭徽？"周校长有些不敢相信自己的眼睛，点开其中一篇报道看了一遍，才确信果然是她认识的那个郭徽。周校长怎么也没想到，十几年前离开"一心"，便再也没有联络过的这个小姑娘叶一琳，竟然很有可能和自己的距离只有这么近。

放下鼠标，周校长靠在椅背上，感觉自己有点乱了。她本觉得，既然事情已然过去，大家已经在正常的人生轨迹上各自走远，怎么也没有必要再去硬拉回来。就好像自己身上有一个多年前形成的伤疤，可能是因为当时没有处理好，在皮下留下了一丝丝绷带或者纱布的纤维，黑黑的有点难看，但是如果此时发现，非要去把它剜出来，让早就好了的伤疤再次流血，真的有这个必要么？

而此时，周校长又觉得冥冥之中似乎有种定数，叶一琳以一个新的身份又出现在她眼前，并且离她如此之近，这是否说明，她和她之间的关系，并没有完全中断，而那个纤维其实已经长到了皮肤表层，只需要轻轻地用镊子拽一下，或者用个去死皮的锉子挫一挫，就能完美地解决这个多年的问题呢？

周校长拿出手机，翻到了通讯录里郭徽的电话。

要不要试一下呢？周校长犹豫了起来。

2

看看表已经五点多钟了，郭徽叫上在旁边写作业的小龙收拾东西，准备下班回家，手机却不合时宜地响了起来，他拿起一看，是周校长的来电。

郭徽看了看屏幕，然后跟小龙说："我接个电话，你先回屋里再坐一会儿吧。"

小龙点了点头，乖巧地回到屋里放下书包，坐到沙发上发起呆来。

郭徽关上了办公室的门，踱步到走廊尽头，接起了电话。

"周校长，怎么，'一心'有什么事么？"

"郭总这话说的，没事就不能和你聊聊天么？"对面传来周校长如往常一般慈祥的声音，而此时的郭徽听到这个声音，却觉得有点滑稽，甚至有点刺耳。

"周校长，我知道您不是那样无事还登三宝殿的人，又何必跟我客气呢？"郭徽没给她留什么面子，一语道破，"有什么事您就直说吧。"

电话那头传来了两声尴尬的干咳，然后周校长说道："是这样，我无意间发现你认识……啊，也不说认识了，就是你似乎有一个女友叫裴雪的？"

什么叫"有一个女友"，还得有几个不成？郭徽听着周校长那边小心翼翼的措辞，突然觉得有点想笑，赶紧给憋回去了。

其实郭徽已经料想到周校长要问这个事，他知道她迟早会来问他的，因为毕竟关于裴雪的身世，他已经在那个公安朋友以及那个老头子那里了然于胸了。

"您怎么还关心起我的个人问题来了？"

"啊，我不是关心这个事，其实是这样的。"周校长并没有听出来这里面的弦外之音，还是很谨慎地寻找着措辞，继续说："我也是无意间看到的，我感觉这个裴雪好像和我多年前认识的一个老邻居家的孩子很像，所以想问问你关于她的情况，毕竟当年两家关系不错嘛。"

"你当然认识她，"郭徽心里想，"而且应该还相当认识呢，不过可惜并不是什么老邻居才对。"郭徽停了一会儿，回道："不好意思啊周校长，您说得没错，可惜我不是'有一个女友'叫裴雪，而是'有过一个女友'叫裴雪，我俩早就掰了。您也知道，我平时在这个，这个私生活方面不是那么专一。"

电话那头传来周校长的干笑声，然后她说："这个我不在意的，我就是想问问你那里有没有她的联系方式之类的？"

"联系方式啊……"郭徽想着怎么回应她，转了个脸余光正好看到小龙从屋里走了出来，顺嘴就喊了一句出来，"小龙，你干吗去？"

"我上个厕所。"

郭徽点了点头，目送他往洗手间去了，这才突然意识到自己还在和周校长通电话，忙对着手机说："我这儿没留着，不好意思啊帮不上您了，我这有点事，您看……"

"哦，你忙吧郭总，打扰了。"

郭徽挂下电话，摇了摇头，把手机放回兜里走回到办公室里，拎上了小龙的书包，去厕所门口等他。

小龙很快走了出来。"洗手了么？"小龙点了点头。

郭徽胡撸了一把小龙的头发，拉着他的手往电梯方向走了。

3

冷不防就被郭徽把电话挂断了的周校长有点茫然，半晌才缓缓放下了手机，琢磨着郭徽说的话。

按他说的，两人已经分手了，如果分得不太好看，那么老死不相往来也是正常的，更别提什么联系方式之类的。郭徽既然能说出这样的话，其实就是告诉她不要再问了，她若再问，也必然得不到什么好结果。

不过，比起这事更令人疑惑的是最后那段他跟电话外面的人的对话，好像是在和一个小孩子说话，什么"小龙"什么的，这又是谁呢？

想了一下，周校长想起来郭徽牵扯到的那个交通事故，好像肇事者留下来的遗孤就叫什么小龙，难道是他？周校长再次打开了搜索引擎，结果不搜不要紧，一搜发现消息还真是铺天盖地的，原来郭徽不但承担了这次交通事故的全部赔偿，还收养了这个小孩子，闹得也算是沸沸扬扬了。周校长不禁感慨自己真是忙得和社会太脱节了。

看来，关于裴雪，也并不像她自己想象的那样近在咫尺，或许还是有缘无分吧，就像她自己说的，何必追究那些呢？周校长让自己不再去想这事，又继续整理起面前的材料来。

等到整理好一切，把该打印的打印，该复印的复印，周校长抬头看了看窗外，天色已完全黑了下来。她看了看表，其实还不到七点，看来这秋天真的是来了，天都黑得这么早了。

她起身伸了伸懒腰，喝了一大口沏好又有点放凉了的高碎，舒了一口气，在办公室里来回走了走，算是活动活动筋骨。就这么，余光恰好瞟到了墙上的那些大合影。

她突然来了兴趣，走到墙边一一分辨，最终停在了曾经被郭徽细细看过的那张合影上，然后一个一个地回忆那些稚嫩面庞的名字。有很多人，她已经记不清了，不过就在第二排，王校长的正后面，一个也是记不清名字的小胖小子的左右，站着一男一女两个小孩，这两个孩子的名字，她大概永远也不会忘掉了，就是闫敬昱和叶一琳。

"叶一琳，裴雪……"周校长在心里思考，"不知道你现在，过得怎么样呢？"

周校长看着这张照片，思绪回到了那一天。

元旦过后没几天，眼看春节又不久将至，大伙借着新年联欢会的热乎劲，又把一心福利院上上下下张灯结彩地布置了一番。福利院里的这些孩子们不像其他学校的学生，他们是没处过年的，而老师们呢，虽说大多数都要回家过年，但总有少数几个单身的，或者热心肠的，到大年三十也留着不会走，打算在福利院陪着孩子们过年。

这天早上，校长找周老师到办公室来说事，她放下了手上的活过去，发现校长屋里除了他还有个中年男子，看着陌生，不知道干什么的。

"小周来啦。"校长见她出现在门口，忙给她引荐，"这位是我特意从北京照相馆请来的摄影老师，叫他何老师就行了。"

周老师忙上前跟何老师握手，互相点了个头报了个姓名，算是认识了。

"是这样，这不是快过年了嘛，我看有好些老师都准备请假回家了，想着趁着大家都还没走，今天人齐，请何老师过来给咱们全校师生一块拍一个合影。想想咱们'一心'有好几年没拍合影了啊，这毕竟是个老传统，不能丢嘛。"

周老师想了想，也是，她见过"一心"那些传下来的老照片，基本上每隔上三年五载的都会有一次大合影。要说为什么不年年拍呢？主要是因为福利院的性质还不同于学校，不一定每年都毕业一茬人，现在院里还有几个孩子因为没有合适的出路，都已经耗到了十四五岁了还在福利院生活，来来去去的没什么准谱，所以自然也没什么必要每年都统一合照留念。

周老师想了想，自从她到了这儿，好像一次还没拍过大合照，也确实是该拍了。这么想着，她顺着校长室的窗户往外望去，虽然已经是隆冬，但是今天这天气还真是不赖，晴空万里，风也不大，阳光明媚，是个适合拍照的好日子。

"那我去组织一下？"

"对，尽快组织一下吧，何老师的时间比较忙，我都约了人家好几天了也没定好，本来今天人家也来不了，我早上一看这天气啊，嘿！没挑了！真是觉得今天不拍对不起这好天气，就赶紧给他去了个电话，是生生把他从照相馆里拉过来的。"王校长说着话，大笑着拍了拍何老师的肩膀，看得出他俩关系还算不错，"你快去通知一下，二十分钟后咱们所有人到操场集合，咱们今年孩子不是特别多，我算了算楼前的台阶够站了，再搬几个凳子放前头给老师们坐就行了。"

周老师赶紧应承着回去安排了，正好赶上学生们都在吃早饭，下楼一叫就都过来了，再算上搬凳子的工夫，又指挥着所有孩子们老老实实地按大小个排好了队，校长和何老师带着设备也正好走下来。

老师们按照分好的顺序让孩子们一排排地上台阶，校长和何老师在前面站着看效果，看到一半王校长走到前边来说："小琳啊，怎么站那么偏啊？过来，来中间站着，站我后面。"

老师们一听校长这话，还有点不高兴，这不是明目张胆地搞特殊化嘛，这么一闹其他孩子心里怎么想。叶一琳本来在边上挨着闫敬昱一起，这会儿被王校长一叫，所有孩子都在看着她，也有点尴尬，不知道该不该过去。

王校长也是真拉地下脸，又叫了好几次，感觉叶一琳再不动窝他就要走过去拉了，叶一琳只好往中间换，不过她的手还拉着闫敬昱，于是变成了两个人一起往中间走。

王校长没说什么，反正他就是想安排叶一琳到中间，具体她旁边是谁，也没什么所谓了。叶一琳拉着闫敬昱走到中间，本想就这么站定，谁知道她和闫敬昱中间突然插进来一个人，抬头一看，竟然是安西。

安西是本来被安排在这一排最中间站着，因为他胖，个子也偏高，适合站在中间。看到叶一琳被叫到中间来，他本来也无所谓，打算让过去，谁知道一看闫敬昱也跟着，一下又想起他不跟自己坐同桌的事来，心里不爽，暗自较劲，就这么直直地插到两人中间去了。

三人这么互相挤着，眼看着其他孩子都站好了，老师们也着急，周老师赶紧上去拽了拽他们仨，小声说了一句："别瞎折腾了，拍个照还不老实。"

周老师说罢，回头跟校长说："就这么站着吧，这孩子身子壮，站在最中间不好看。"

王校长看了看，确实是这么个理，反正叶一琳虽然不在正中间，也算在他身后了，便认可了这个安排，带着老师们在前排就坐，听着何老师一声令下，大家喊着"茄子"，连着抓拍了四五张，最终留下了这张合影。

拍照结束后，坐在校长旁边的周老师连忙站起来对后面的孩子说："大家先不要乱，还是排着队一行一行的，每排从最右边的开始依次往下走，从第一排开始，后面的同学先等一等，别互相挤啊，小心摔着。"

说完话，其他几个老师也起身帮忙维持秩序。

王校长也站起身来，转身对后面的叶一琳开口道："小琳，一会上完课来办公室找一下我，正好赵老师把上次咱们联欢会时候拍的照片洗出来带来了，你来帮我一块挑一挑，咱们一起把好看的做成相框挂在大家教室里好不好？"

周老师正指挥孩子们往下走，王校长这么叫住叶一琳，正好把这一排给截断了，搞得后面的孩子走不了，她这指挥也白指挥了，又不好说校长什么，只好让后面两排的孩子们先往下走。

孩子们都离开了，连叶一琳这一排的因为后面得空了也都走下去了，王校长还在和叶一琳聊天，旁边的闫敬昱好像有点尴尬，走也不是，不走也不是，周老师把他叫到身边，转身跟王校长说："校长，大冷天的，进屋说不好么？"

校长好像突然反应过来似的，扭脸对她说："哦，对对对，进屋吧。"

然后他又扭回脸去对叶一琳说："那咱们就说定了啊，一会儿我在办公室等你。"

叶一琳点了点头，拉起周老师身边的闫敬昱，两人一块往楼里走了。周老师看了一眼王校长，发现他还目送着两个孩子远去的背影，目光发亮，显得尤为精神。

周校长蓦地从回忆中惊醒。

眼神！

是的，就是那种眼神。

她想到，那天在福利院的操场上，看到的郭徽的那种眼神，并不是什么"既视效应"，那个眼神是真真切切存在于她的记忆里的。郭徽的那种眼神，和多年以前王校长的眼神，如出一辙，简直就是一模一样。

一丝不详的感觉突然萦绕在了周校长的心头。

第二十五章

1

李少君和方鹏一起来到微景公司前台，表明已经跟郭徽预约了。前台的小姑娘用电话确认了一下，便给李少君打开门禁。李少君正要往里走，侧身一刹那的余光却在公司的大堂瞥见一个熟悉的身影。

"周校长？"李少君有些意外。

周校长听到有人喊她，明显顿了一下，神情慌张地四下望去，目光最终和李少君相遇，并露出一丝胆怯，还后退了两步，转身想走，却又迟疑了，就这么愣在那儿站着。这一系列举动让李少君有些意外，感觉她的举止怪怪的。

"周校长，您过来是……找郭总么？"李少君和前台的姑娘示意了一下，然后走到了周校长身边。

"啊，我……我是……"周校长支支吾吾，感觉实在找不到什么合适的借口，总不能说是路过的吧。"嗯……对，我想找郭总有点小事，不过也无所谓，没什么特别的。"

"那一起上去吧，我正好约好要采访他的。"

"啊，既然你们都有约了，那我就更不要打扰了，你上去吧，我还是先回去。"

"您来都来了，大老远的何必呢？先一起上去再说吧，您跟郭总那么熟了还有什么不好意思的。"李少君没多说，拉着周校长往里走。周校长走也不是不走也不是。当然她此行的目的就是郭徽，但压在心里的那个问题却不知道如何开口，被李少君这样拉去反倒觉得没那么害怕了。

来到总经理办公室，郭徽已经在屋里恭候了，小龙也已经放学，老老实实地在沙发上坐着写作业。李少君今天约好了时间，等小龙放学过来，为的是也跟小龙聊两句，不过不入镜头，单纯为了收集素材。

郭徽看到李少君和老方进来，站起来准备迎接，却被跟随而来的周校长弄得一愣。

"郭总，我正好在楼下碰到周校长，她找你也有点事，就一块上来了。"李少君回头看了看周校长说道。

"哦，哦好。"郭徽看着周校长点了点头，"那咱们是先怎么着？"

"你们有正事你们先谈吧，我这也不是什么大事。"周校长面对郭徽的目光竟不自觉地低下了头。

"那……这样，李记者，咱们去旁边的小会议室谈，周校长您在办公室等一会儿。"郭徽安排了一下，然后坐到小龙旁边拍了拍他的肩，让他乖乖等一会儿，便和李少君出去了。这个画面周校长看在眼里，心里不禁又咯噔了一下。

"郭总，跟小龙相处得怎么样？"在准备设备的过程中，李少君先跟郭徽随便聊聊。

"挺好啊，小龙挺乖的，在学校表现也很好……对了，我都忘了你已经去学校采访过了，该比我清楚情况才对，我都没什么时间去学校了解，还挺不称职的。"

"您玩笑了，小龙在学校也挺不错的，这孩子别看平时不怎么说话，不过还真是聪明，学习上都不费劲的。"

"唉，现在的小学一二年级学那点东西，还不如前些年一个学前班学的东西多，说着减负减负，其实都是些过犹不及的东西，到最后还不都是要面对高考，欠下的早晚都要补上。"郭徽聊起了教育话题，"不过先学吧，等适应了环境再看看有没有什么需要补充的。好在这是把孩子留在北京了，如果真让他回老家去上学，这辈子不知道还要走多少弯路。"

李少君点了点头，一旁的老方表示摄像和灯光都准备好了，可以开始了。李少君拿出了采访稿道："好啦，郭总，这是我们《肇事·孤儿》专题节目的最后一期了，以后我再不会为这些破事叨扰您了，咱们轻松一点开始吧。"

2

周校长和小龙共处在郭徽的办公室，一个坐在老板桌前的椅子上，一个坐在一旁的沙发上，彼此无话。坐了不知多久，周校长已经尴尬到无地自容，而小龙旁若无人，就那么默默地坐着看书，或者写作业。

周校长突然想，自己不是天天都在和小孩子打交道么，怎么见到了王小龙突然什么都不敢说了？最起码小龙这样看起来没什么特别，她又在害怕什么呢？

这么想着，周校长站起身来，轻轻地走到小龙身边，用半套近乎的语气问小龙："小龙，写作业呢？"

"嗯……也不算作业吧。"小龙没有抬头，不带语气地轻轻答道。

不算作业是什么意思？周校长站到小龙身边探身细看，原来小龙是在写类似日记的东西，已经有一些字数了。刚上二年级的小学生，一次能写这么多字，也让周校长吃了一惊。她毕竟也算是教育工作者，虽然对象有点特殊，但是这个年龄的孩子平均水平她心里有数，好奇心让她不由得粗略窥探了一下小龙的隐私，看看他写了些什么内容。

这么一看，周校长心里一紧，因为小龙写的正是郭徽和他生活里的点点滴滴，在家干什么了，吃什么饭了，周末去哪玩了，重点的内容写得还挺详细。

"小龙你每天都记这个么？"她不由发问。

"自从爸爸妈妈走了以后，我就开始记，这样的话，如果有一天身边的人都离开我了，我也还能记得住他们。"这个解释从小龙稚嫩的童声中发出来，让周校长有一种非常恍惚的感觉，这一瞬间周校长意识到小龙和"一心"的那些孩子们一样，在天真的外表下承载了太多大人们都无法接受的事实，这种天真和残酷的相撞让人哑然，这不应该是孩子应该说的话。"也不一定每天都写，觉得应该记下来的事我就写下来。"

"我……可以看看么？"周校长问。她也知道这属于个人隐私，但是关于他和郭徽的日常生活，周校长不得不心生关注，那种眼神意味着什么，她心里比谁都清楚。

"啊，您这么一说，还从来没有人说要看看呢，二姨和二姨夫没有，郭叔叔也没有。"小龙听了周校长的话，停下笔抬起头来看着她，"我还以为没有人愿意看呢，给。"

周校长本来没报多大希望，没想到小龙这么痛快，而且好像还对没人看自己的日记有点失望。

"小龙你真棒啊，还帮郭叔叔一起做饭呢。"周校长先夸他两句，以便套话。

"也不是帮他，他都不怎么会，其实基本都是我做的。"小龙语气里带着点自豪，周校长听了也不禁失笑，孩子真是不懂得给大人留点面子啊。

"郭叔叔晚上会陪你一起睡觉么？"

"郭叔叔会陪我一会儿，跟我聊聊天，念念故事书什么的。"小龙开始认真回忆，"不过每次他念到一半我就睡着了，不知道他什么时候走的。"

"哦……啊……"周校长翻着翻着，突然看到了她关注的情节，"郭叔叔给你洗澡？"

"是啊，郭叔叔说怕我不会调热水，不会用那个喷水的……对，叫喷头，说弄不好可能会烫到，都会帮我调好洗。"

"他……"周校长不知道怎么问出口，她觉得这种事这么直截了当地问一个孩子，实在是有些太别扭了，犹豫了好久问道，"他……是和你一起洗么？"

"有时候一起洗，有时候不一起洗，也没什么准。"小龙如实回答。

"那他……摸你么？"周校长咬着牙问出口。

小龙却笑了，答："摸啊，不然怎么打肥皂呀。"

周校长觉得难以往下问出口，恰好这时候她听到了隔壁会议室开门的声音，于是赶忙把本子放回茶几上，摸了摸小龙的头，赞美了他几句，说写得真不错什么的，恰好在郭徽和李少君回来的时候营造出一个正在辅导小龙的场景。

"对了，案子也快该宣判了，还有个事想请你帮忙。"二人走到办公室，好像并没有留意周校长这边在做什么，还延续着之前的话题。

"您说啊，郭总。"

"那个第三方的受害人，叫什么来着……"郭徽在李少君的提醒下得知了闫敬昱的姓名，"对，能不能帮我联系一下他，我之前也说了，不应该让无辜的人的利益白白受损，不管他是不是起诉，我还是想给他一定的赔偿，你能不能帮我问问他的意思。"

"可以啊。"李少君答道，"我去问问他，应该没什么问题吧，谁会拒绝到手的钱呢？"

郭徽笑了笑，这时候两人才注意到站在小龙旁边的周校长。他们相视点了点头笑了笑，周校长注意到郭徽的表情变得比刚才严肃得多。

"小龙，还记得我吧，我是李姐姐呀。"李少君走到小龙跟前，弯下腰去和他打招呼，"我们见了这么多次面了，你一次都没主动和我打过招呼。"

面对李少君略带矫情的埋怨，周校长下意识地退开小龙的身体范围，留他们两个交流。

小龙看了看李少君，小声叫了一声"李姐姐"，算是完成任务。李少君也笑了，摸了摸他的头说："小龙，我有点问题想问问你，可不可以给我一点时间？很快的。"

小龙没有回应，就这么看着李少君。

"小龙你记不记得你刚醒来的时候，就跟我聊过天的，我也没什么可怕的呀。"

说罢李少君回头看了一眼郭徽，意思是该你上了。郭徽也心领神会，看着小龙说："去吧小龙，李姐姐帮了你很多忙啊，也帮了我很多忙，我们应该谢谢她，然后也帮她一个忙才算礼貌嘛。不然以后有什么事，就没人帮你了。"

说到这儿郭徽心里也笑了，小龙的心里藏着什么伤痛，真的是有人可以帮得了的么？

小龙想了想，点了点头，跟着李少君往会议室走去了。

屋里，留下了郭徽和周校长。

3

"好了，周校长，有什么事可以说了。"郭徽没有回座位，直接靠在自己的老板桌上，饶有兴致地看着周校长。

周校长依旧不敢看他的眼睛，总觉得一旦和他对视，时光将会倒流，她将回到十几年前的一心福利院，再次经历那个事件。可惜时光不会倒流，已经发生的事也不可能逆转，她能做的唯有想尽办法不让相似的悲剧再次上演。

"带着小龙一起生活的感觉如何？"

"您就是来问这个？"郭徽从桌上拿起一个烟盒，一边掏烟一边问，"很好啊，怎么了？"

周校长又陷入了刚才和小龙在一起时候的那种窝囊状态，一肚子话想说，却又不知道怎么张这个嘴。

"啪"的一声，郭徽把烟点着了。

"也没什么，就是感觉你挺忙的，怕你顾不过来。"

"还好吧。"郭徽笑了笑，"你们'一心'那么几个老师，顾那么多孩子都顾过来了，我能有什么顾不过来的？"

周校长感觉郭徽话里有话，却不知道他什么意思，顺着郭徽的话说："其实你完全可以把小龙放心交给我们的。"

"交给您啊？"郭徽猛抽了一口烟，然后把它夹在桌上的烟灰缸上，腾出手来双手抱着肩膀，略带审视的目光看着周校长，"我觉得还是不劳烦了。"

周校长不知道说什么，二人再次陷入了沉默，周校长就这么看着烟灰缸上的那支烟自己烧着，烟灰越来越长。不知道过了多久，它烧得失去了平衡，"啪嗒"一下，烟灰掉进了烟灰缸，而烟头则落在了桌子上。

郭徽虽然看着她，但是好像知道似的，第一时间拿起了烟头，把它在烟灰缸里狠狠地掐灭了。周校长愣在那里，就这么看着郭徽捻那个烟头。

"周校长？"

"啊？"

"您，还有事么？"

有，还是没有呢？周校长在心里问自己。

"周校长，您今天很奇怪啊。"郭徽坐了下来，"其实我本来还以为你是来找我问裝雪的事的，结果你好像并不关心啊，反而更关心我和小龙一些。"

"这……裴雪她……"周校长没想到郭徽突然提起了裴雪，本来就混乱的思绪让她更加哑然，这个时候她突然意识到，过了这么多年，她依旧是那个软弱无能的女人，即使她以为自己已经鼓足了勇气，但在郭徽面前，她的所谓勇气像个气球，一吹就破。

"您不想联系她了？没有什么话想对她说了？"郭徽慢悠悠地抛出了两个问题，直刺周校长。她猛然意识到，自己就是刚才的那个烟头，被郭徽给捻得不成样子。

周校长终于看向郭徽，他的眼神不再是和王校长相同的那样，而是犀利且带着轻蔑。此时此刻的周校长突然心中一凉。

他知道了。

他一定是知道了。

"是谁告诉你的？"周校长下意识地问了出来。

"告诉我什么？"郭徽扬声问，但是语气明显不是疑问句。

周校长摇了摇头，是裴雪自己告诉她的？不应该啊，她怎么会和他说出这种事。是闫敬昱？两个人会有交集吗？

还能有谁？

"周校长，不必琢磨了。"郭徽站起来，站在周校长面前，他本就比她高出一头，此时气势上更是完全压制住了她，"你又没做错什么，对不对？"

这句话再次击中了周校长，因为这么多年来每每想到那件事，她都在用这句话来安慰自己，这本就不是她的错，为什么她也要一起承担？她下意识地，无意识地，轻轻点了一下头。

郭徽笑了，乐不可支，像个孩子一样。

"您当然没做错什么。"郭徽收起笑，继续说，"因为您什么都没有做，不是么？"

周校长感觉脚下一软，幸亏旁边就是沙发，才侥幸没有摔倒，她就这么一屁股坐在了沙发上面，身体就像失去了支配一般散落着。

"辛苦啦小龙，就这样吧，我看你没精打采的，是不是都饿了啊？"李少君结束了对小龙的简单采访，让老方收一下设备，自己拉起了小龙，推开会议室的门，一边说话一边往外走。

来到郭徽的办公室，见他和周校长两个人，一个坐在椅子上，一个坐在沙发上，表情和姿态都怪怪的。

"啊，李记者，结束了？"郭徽回过头来看着他俩。

"对啊，挺麻利的吧？"李少君回答。

郭徽点了点头，招呼小龙到他身边，小龙也听话地过去了。

"你们也该回去了吧？那我就不打扰了。"李少君说着，看了一眼周校长，发现她好像毫无反应，失了魂一般，更纳闷了。

"好啊，那我就不送你了，一会儿我们也该走了。"郭徽回答。"对了，周校长也没事了，要不你们一起走？"

"可以啊。周校长？"李少君叫了她一声。

万幸，周校长还留得一丝清明，听到李少君的呼唤，她缓过神，望了望屋里的三个人，李少君站着看着他，郭徽坐着看着他，手就放在一旁的小龙肩头。她死死地盯着郭徽的那只手，屋里又沉默了。

"周校长？一起走么？"李少君又问了一遍。

"啊？啊！"周校长终于缓过神来，"嗯……好，走吧。"

这时候，老方也把设备都收好了，在门口晃了一下，几个人和郭徽道了别，离开了办公室，留下郭徽盯着周校长的背影，嘴角还挂着微笑。

4

　　三个人一块下了电梯，走到大堂门口，李少君掏出了手机翻通讯录，一直保持着沉默的周校长却突然发话了："李记者，你……你有时间么？"

　　"嗯？"李少君找到了一个电话，刚按了拨出键，听到周校长叫她，愣了一下，"有啊，您说。"

　　"我有点事，想私下和你聊聊。"

　　"可以啊。"电话通了，李少君把它拿在耳边，"您先等我打个电话。"

第二十六章

1

闫敬昱略带激动地挂掉了李少君的电话。他的激动，并不是因为她提到的这个可笑的赔偿问题，虽然这的确非常可笑。当初劝他放弃赔偿的是她，现在劝他重新索要赔偿的也是她，而且还流露出一种"郭徽的钱不要白不要"的奇怪态度。闫敬昱感觉这个事有点像马戏团里的小丑戏，也就是说郭徽、李少君和他三个人之间，肯定有一个人是小丑。

不过讨论谁是小丑没什么实际意义，闫敬昱的激动其实来自于通话过程中对方听筒里的另一个女人声音，虽然声音不大，但是他听得清清楚楚，那人用很诧异的语气，应该是在问李少君，"是敬昱吗？"

是周老师。啊，不对，周校长。

李少君和周校长在一起，想想倒也没什么不合理的，毕竟电视都上过了，难保不会再上一次。可是为什么李少君要同着她给自己打电话？想想还挺奇怪的。闫敬昱感觉过去和现在是两张网，现在它们之间因为这次交通事故，通过李少君这个记者的编织，两张网又无声无息地建立起来一种联结，把置身其中的这些人：他自己，叶一琳，周校长，郭徽，完完全全地再次网在了一起。

回到教室上课的闫敬昱本以为叶一琳去校长办公室，有个十分钟二十分钟的也就回来了，没想到一上午的课上完也没见到她人。在食堂吃饭的时候，他一直四下打量，还是看不到叶一琳，不禁纳闷，心说挑个照片能挑这么长时间？

吃到快结束的时候，他发现周老师神色匆匆地走进了食堂，到教职工食堂打了份饭，坐在老师中间默默吃着。他隐隐觉得周老师可能知道什么，就站起身来往那里走去。

"周老师，您知道叶一琳去哪了么？一上午没看见人了。"

"小琳？"周老师筷子上正夹着一块肉，结果"啪"地掉回碗里，"你问她干什么？"

周老师这话给闫敬昱说得一愣，因为这问题压根就没法回答，一般都是明摆着不想说才这么反问的。

周老师好像也发现自己说话有点莽撞了，态度缓和了一点说："那个，小琳啊，她……她是身子有点不舒服，可能是着凉了，回宿舍休息了。"

"哦。"闫敬昱收到回答，转身要走。

"哎，敬昱……"周老师赶忙叫住了他，"你干吗去？"

闫敬昱老实回答："我去看看她。"

"你等会儿。"周老师把他拉回来，攥着他的手说："小琳不舒服着呢，刚睡下了，就不要打扰她了好么？"

闫敬昱点了点头，他突然发现周老师的手冰凉，但是额头却在冒汗。他就这么盯着周老师看了一会儿，然后点了点头。

"吃完饭了么？先去把饭吃完，小琳病好了你们再一块儿玩吧。"周老师拍了拍他的肩膀，"再说你一个大小伙子没事老往女生宿舍跑算怎么档子事。"

年少的闫敬昱听了周老师的话，离开教职工食堂，回到自己的座位上，虽然还有一些饭菜没吃完，他却觉得没有胃口了，就这么直愣愣地坐着，随着大家伙一块儿收拾、排队，然后离开食堂，回到宿舍里。

成年的闫敬昱站在过道，看着年少的闫敬昱，他很想对那时的自己说："如果你不去听周老师的话，如果你再坚持一点，再叛逆一点，去找叶一琳，试试看，或许就不会有悲剧发生。"

可惜他并不能跨越时光的鸿沟做到这一点。

2

"周校长，您有什么事？"李少君和周校长二人来到了微景公司附近不远的一家咖啡厅。这间咖啡厅离中关村创业园区的核心地段略有点远，跟住宅区的距离也不是很近，因此这个时间点并没有多少顾客，三三两两的有几个谈项目或者休息的人，连吧台处的服务生都有些无精打采，在那里用手机聊天聊得高兴。看到李少君和周校长来点东西，还流露出一点点不太高兴的神采，可能是耽误他约会了吧。

俩人各点了一杯咖啡，周校长踌躇了半天选了一个异常偏僻的角落，落座后李少君终于有机会问出了这个问题。

"嗯……李记者。"周校长依旧支支吾吾，这让李少君有点不耐烦了，毕竟她还要赶稿子，时间已经很不充裕了。"我今天跟你讲这件事，是因为我觉得以我的能力，已经很难很好地解决了，但是我不想事态进一步恶化。我想，你是记者，代表了一种公信力和权力，在这方面应该会有比我更好的震慑力。"

"什么意思？"李少君压根听不明白周校长在说什么。

"李记者，这件事我是非常严肃地跟你讲的，希望你能耐心地听我说完，好么？"

"好，可以，你讲吧。"

"我大概要从十几年前发生在'一心'的一件事说起。"

听了这话李少君差点没从座位上摔下去，怨不得让她耐心听她说完呢，敢情这是要从头讲起啊。李少君瞟了一眼边上的咖啡厅宣传挂牌，想看看这儿卖不卖简餐，她觉得不吃点东西应该扛不过今晚了。

"你知道'恩宠园事件'么？"

李少君在脑海里搜索"恩宠园事件"这五个字，好在她作为一个优秀的新闻从业人员和直播记者，这点资料储备还是有的。

"恩宠园事件"发生在1996年，日本千叶县的儿童咨询所突然冲进来十三名遍体鳞伤的孩子，控诉着他们在当地的儿童保护机构，也就是儿童福利院遭受的种种非人的虐待。其中涉及了体罚、猥亵和精神侮辱，而这家儿童保护机构的名字，便是"恩宠园"。

可惜的是，事发之时，当地的保护机构对此事没有足够重视，或者说他们对孩子们并没有足够的信任，于是在询问了情况之后竟然又把孩子们送回了恩宠园。而在此之后，孩子们没有气馁地层层上告，到了1999年，才在媒体的曝光下将这个惨剧公布于众，一时间造成了整个国家的哗然。

然而，直到2009年，日本才真正修改了《儿童福利法》，真正在法律范畴规定了儿童虐待的范围和刑罚，此时，距离"恩宠园事件"发生，已经过去了整整十三年。

大概过了一遍这个事件，李少君不禁吃了一惊，为什么周校长在此时此刻要提这件事？难道说"一心"也存在这种欺凌现象？可是从她的了解来看，并没有这种事发生。

"周校长，您就别卖关子了，您再这样下去我会认为您是那个每天虐待孩子的变态狂的。"

说到这的时候，恰好服务员把咖啡端了上来，听到"虐待孩子的变态狂"几个字，他略带讶异地看了看她俩，周校长和李少君连忙笑了笑。那人也没再说什么，放下咖啡就走了，刚一回身就把托盘夹在腋下，就又掏出手机聊了起来。

周校长看那人走回去了，开口道："我只是确认一下你对这种事件有没有概念，当然在'一心'并不会有这么……这么可怕的事情发生。"

"那有什么事发生？"

"嗯……"周校长喝了一口咖啡，像是给自己加油般地点了点头，然后缓缓开口，"大概是十几年前的年初……"

3

自从叶一琳生病以来，闫敬昱看到她的次数很少了。那之后过了三天，她才开始回来上课，但是面对闫敬昱的关切和询问，只是回复得只言片语，说，好了，没事了，便不再多说什么。

除了上课之外，叶一琳更是鲜少露面，一下课便跑掉了，饭也不和大家一起吃。闫敬昱看到周老师从食堂打一份饭往外走，猜想可能是给叶一琳打的，便上去问她，周老师只说叶一琳还是身体不好，而且容易传染，食堂里大家都在吃东西，更容易传染上，她为了不让大家跟着她一起受罪，所以要单独吃。

"敬昱啊，小琳这么为大家着想，你就更不能老去打扰她了，知道么？"

看着周老师的眼睛，闫敬昱点了点头。周老师拍了拍他的脸蛋离开了。

这次周老师的手一点都不凉了，额头也没有出汗，和平常时候没什么不同。

闫敬昱觉得周老师说得也有道理，只是本来好好的，和叶一琳的距离突然像被拉远了，他觉得很难受，不知道怎么办才好。他去问周老师，叶一琳怎么样才能康复，但是周老师想了想并没有回答，只说慢慢就好了。

"慢慢"是多慢？闫敬昱也不懂。

眼看着，没几天就要过年了，"一心"的大部分老师都回家去了，只留下包括周老师在内的三四个老师，不过随着老师们的休假，福利院也停课了，算是进入了寒假。大家每天除了按原来的作息吃饭，其他时间都很自由，不是写字画画，就是做些简单的游戏，这几个老师勉勉强强还算应付得来。

这天又到了晚饭时间，闫敬昱排着队跟同学们一块儿往食堂走，路过一楼大厅的时候发现王校长走了进来，大家都礼貌地跟他打招呼，他也笑了笑说同学们好，就自己上楼了。

晚饭时间从头到尾，依旧没有叶一琳的影子，闫敬昱已经习惯了。自从停课开始放假，叶一琳便再也没有出现在他眼前。后来他壮着胆子问了班里的女生，她们说叶一琳就在宿舍待着，也不说话，她们一开始也每天问问她感觉好没好点，后来看她也爱答不理的，便不去热脸贴冷屁股了。周老师每天都会去看她，给她拿饭收拾衣服什么的，不过她吃得不多。

晚饭后又过了一段自由活动时间，大家都洗漱完毕上床睡了，闫敬昱躺在床上默默地数着数，盘算着大家伙是不是都睡着了，尤其是老师是不是也回去睡了。

闫敬昱数到一千，缓缓地爬起身来，观察了一下周围，除了一点轻微的鼾声之外没有其他动静。

下床穿上拖鞋，一步一步地蹭到门口，闫敬昱打开了屋门。由于楼道里没有人气，还开着窗户，一阵北风顺着门缝吹过来，像小刀子似的给闫敬昱吹了个透心凉。他打了一个哆嗦，心里一悔，突然发觉自己应该披个外套再出来的，但是好不容易都已经走到门口了，再走回去不知道会不会惊动谁，容易节外生枝。他想了想，还是赶紧钻了出去，并把门关上，以免冷风再把临近门口的人吹醒。

然后闫敬昱想，好像自己也没要干什么啊，为什么要弄得跟做贼似的呢？

出得门来，看着悄无人声的走廊，闫敬昱打了个哆嗦，有点害怕，但是突然觉得没那么冷了，于是开始扶着墙根一点一点地往女生宿舍那个大屋里走。他想着如果屋门没锁，那就比较好办了，偷偷溜进去找到叶一琳的床，把她叫醒了就好。

可是要是门锁了呢？

嗯，一般都不锁的，没事。

男生宿舍和女生宿舍分别在同一层楼的两端，闫敬昱需要穿过一整个楼道才能抵达。可能是因为天黑之后空荡荡的楼道神秘感倍增，也可能是由于紧张，闫敬昱觉得这条路好像比白天走的时候长好多，走了半天也没走到。于是中间他得到了很多时间用来思考，他发现自己考虑太不周全，没穿外套的事是其一，其二是也没给叶一琳准备点什么见面礼，就算拿块糖也好啊。可以说"听说你身体不好，我特意给你拿块糖来吃，吃完就会好了"，这样就不那么尴尬了。

但是事已至此，闫敬昱只得硬着头皮走下去。

好不容易来到女生宿舍门口，闫敬昱先定了定神，在脑海里回忆了一下叶一琳床位的位置，不然一会儿摸错床的话就出大事了。好在叶一琳的床位并不难找，就在一进门右手边第一排第二个，闫敬昱曾经白天的时候多次来找她，不过倒是没进去过，就是在门口喊一句，毕竟男女授受不亲，要是胆敢闯入女生宿舍，不说老师会骂死他，他自己也不好意思。

不过此时此刻也管不了那么多了，虽然闫敬昱自己也无法理解自己为什么此时此刻要如此固执地去见叶一琳，但是去了就是去了，没有什么好分析的。

当然，在若干年后的闫敬昱看来，当时的自己，或许年少的心虽然懵懂，却已经陷入了这种可以称为"爱情"的泥潭了。只可惜的是，他本以为这是一个幸福的泥潭，却没想到转瞬就变成痛苦的泥沼，让他苦苦陷入其中这么多年。

落入这个泥潭的，当然也不只是他一个人。

4

静静听完周校长讲完这段不可告人的往事，李少君内心也不免震惊。虽然作为一个媒体人，此类的事件常有耳闻，但是大多都是道听途说，真真切切就发生在自己身边的，这还是第一次。

周校长抹了抹两颊上流下的泪水，拿起已经凉了的咖啡，如同发泄一般地一饮而尽，然后便靠在椅背上重重地喘息。

李少君把这个往事和现实的种种逐一对号，包括那天在福利院门口见到的那个老头以及那荒唐的一幕，包括郭徽的现任女友裴雪的真实身份。消化完毕后，李少君又陷入疑惑，这个时候周校长找她说这件事的意义何在呢？毕竟时过境迁，难道她又想要把这件事公布于众？可是这对任何人都没有好处。

"对不起李记者，一下跟你说了这么多，你别嫌我岁数大了讲话啰嗦。"周校长平复了心情，换上了轻松一点的语气说道："这件事我从来没对人提起过，就连当年的一心，其实除了我也没有其他老师知道。后来为了尽快让王校长远离'一心'，我联系了他的家人，他们不希望事情闹大，于是把他带到了国外进行治疗，不过对外只说他是因为老年痴呆症才辞职离开的工作岗位。"

"所以您才当上了院长？"

周校长愣了一下，旋即苦笑道："这个校长的位子对我来说并没有任何吸引力，一个孤儿院的校长位置也不可能给任何人带来什么名利。对于我来说，校长和员工，其实也没什么区别。但是唯一的好处就是我可以更好地管理我投入深深感情的这个家，不让它再遭受到这样的侵害。"

李少君点了点头，"不过话说回来，还好您及时发现了，不然若是事情闹得一发而不可收拾，恐怕'一心'早在那个时候，就已经关门大吉了。"

"及时发现……"周校长念叨着这四个字，望着咖啡店外行人稀少的马路轻笑了一下，继续说道："这么多年来，我不敢，也不能跟别人说起这件事，我不能让整个'一心'上上下下因为那样的一个人而受到牵连，它是无辜的。"

"可是您还是对我说了。"

周校长点了点头。

"您是想让我做什么呢？"

周校长想了一下，开口道："当年事发后，我问自己为什么没能早一点发现端倪，为什么不能在悲剧发生之前就有所警觉。因为我当时负责'一心'的很多具体事务，几乎天天都会和王校长打交道，等我细细回想，我想起不知道从什么时候开始，他看小琳的眼神就已经不对了。那是一种……我无法用语言形容的眼神，它包含了很多情感在里面，像一个父亲看着自己的孩子，也像一个男人看着自己的恋人，还像……像一匹狼看着自己的猎物。所以，正因为我曾经吃到过这个教训，我相信我能分辨那种眼神，那种充满了爱意却同时充满了邪恶的眼神，我绝对不会看错。"

"您的意思是……"李少君突然明白了周校长的意思，"您又看到了这种眼神？"

周校长点了点头。

"是那个王校长又回来的事么？您希望我们想办法帮您给他找一个去处？"

周校长摇了摇头，心说：这老头现在上哪去了我都不知道，担心他做什么？"他现在只不过是一个垂垂老矣的病人罢了。"

"那是谁？"

"我们刚刚见过他。"

"郭徽？"李少君直起腰来，用难以置信的语气问。

5

闫敬昱小心翼翼地旋转女生宿舍大门的把手，果不其然，没有上锁。

门开了一条小缝，闫敬昱探头进去看了一眼，宿舍里的暖意以及女生宿舍特有的空气的粘腻感让他又打了一个哆嗦。

或许是楼道里的灯光还是有点强，他无法马上适应宿舍的黑暗，什么也看不清，但是为了避免这么一直开着门，闫敬昱闪身进屋，把门轻轻地关上了。然后闫敬昱就这么大气不敢喘地在门口直直站着，大概过了半分多钟，他眼前渐渐可以分辨出一个个床位的轮廓，强烈的心跳声也平复下去，他听到了屋里轻微的鼾声。

怎么女生也打呼噜啊？

闫敬昱此时此刻为自己的临危不乱，还有闲心琢磨这种事而暗自点赞，差点笑出声来。不过现在不是求证谁在打呼噜的时候，他把视线聚焦在属于叶一琳的床位上，摸着黑一点一点地蹭过去。

离得越近，他感觉越不对，别人的床上都是一卷被子平摊在那里，隐隐拱起一个人形，而叶一琳的床上则是一团被子，明显比别人的高，像是没有铺好似的。等走到跟前一看，床上根本没有人，被子是打开着的。

大半夜的，叶一琳去哪了？难不成也去男生宿舍找他了？这个想法一出，闫敬昱觉得自己有点自作多情，况且如果叶一琳真的去找他了，楼道就这么长，也没有岔路，俩人还能擦肩吗？

或者是上厕所去了？

闫敬昱想不出还有什么可能，于是蹲在叶一琳床边尽量隐住了身形，就这么默默地等了一会，他自己感觉时间过去了很久，可是却不见叶一琳回来。

闫敬昱越等越纳闷，最终决定还是先出去吧，在这多待一分便多一分的危险。

走到门外，关上宿舍门，闫敬昱在寒风中忘了颤抖，他琢磨着叶一琳到底上哪去了呢。无法得到答案的闫敬昱开始在楼道里溜达，一边走一边四下打量，可是这层楼除了男女宿舍、教师宿舍和盥洗室，没有什么别的地方，就算是上厕所，叶一琳也不可能一点声音都不出吧？

楼道中部是上下楼的大楼梯，走到这一带的时候闫敬昱突然停住了脚步，他听到了一点声音，说不上来是什么，像是人声，也像是风声，很难形容，总而言之是有声音。闫敬昱停下了一下仔细分辨，声音还是若有若无地传来，是楼上。

楼上是办公室啊，大半夜的还有老师在办公？本来就快过年了，住校的老师没几个，这么晚还不睡觉的更罕见了。闫敬昱想着反正已然如此了，干脆一不做二不休，上去看看，反正就算被发现了也没啥，就说睡不着觉出来遛遛弯呗，还能把他怎么着。

一步一步走上了楼，闫敬昱在楼梯尽头探头往两边看了看，右手边最里头那间屋子有光从门上的玻璃透了出来。

那是，校长办公室。

王校长大夜的在这儿干什么呢？闫敬昱想起来去吃晚饭的时候看到王校长进来，其实就有点奇奇怪怪的，王校长又不住校，没道理晚上过来，更没想到的是到现在还没走。

闫敬昱平时不太跟王校长打交道，在叶一琳成为文艺委员之前，他都怀疑校长有没有正眼看过自己，毕竟福利院里这么多孩子，他平时又不负责具体事务，哪里会挨个记得呢？基于对王校长这个"大领导"的天然惧怕，闫敬昱有点慌了手脚，不知道还要不要过去一探究竟，就这么站了半天，一来除了校长室实在没有其他地方像是有人了，二来他开始感觉到寒冷，双腿不住地打颤，于是决定不管怎么还是走起来吧。

往校长室一点一点走过去，耳畔传来的声音越来越清晰，他可以分辨出来是两个人，一个男人的说话声，是王校长，另一个出声少，而且乌乌嘟嘟的听不真着，不过是一个女声。

会是叶一琳么？闫敬昱不由得加快了一点脚步。

走到校长室门口，闫敬昱个子不太够，透过门上的玻璃只能看到天花板，于是他拼命地踮着脚尖，还得小心别拍在门上弄出响声来，结果试了半天还是没有成功。

闫敬昱换了一个思路，努力找找门上有没有缝隙什么的，想从缝隙里看看里面的情况。

还真让他找到一个小小的缝隙，正好可以看到里面的情况。

那间不大的办公室里，闫敬昱看到叶一琳小衬衫的扣子被解开了，王校长在叶一琳露出的肩膀上摸来摸去，脸上带着的笑容看起来非常诡异。闫敬昱直觉觉得，这种笑容充满了暧昧的意味。而叶一琳眼中的恐惧和无奈在他的眼里看得真真切切。

等闫敬昱恢复了意识，他发现自己被人抱着捂着嘴，刚才那具有冲击力的画面又出现在他脑海，恐惧感使他本能地想要大叫，却因为被捂着嘴而无法发出声音。他只觉得自己被身后的人抱着跑到了楼道的另一边角落，那只手十分粗糙，在跑动中那种粗粝的质感一直在他的脸上摩擦着，他觉得十分难受，整个脸都开始疼了，像是给刚才看到的画面做了一个形象的注解。可是那只手却丝毫没有放松，就那么紧紧地捂着。

"敬昱！敬昱你冷静下来！"

是周老师的声音，闫敬昱意识慢慢恢复，从那只手的触感，以及身体发出的淡淡味道就已经知道了。

"不要喊，好不好？"周老师把闫敬昱拉到一个墙角，慢慢地松开了手，把他转过身来，两个人的脸相对着，距离很近，闫敬昱听话地闭着嘴，但是眼泪却流了出来。

"敬昱，你听我说，你刚才看到的都是假的，是你看错了，其实什么都没有，好不好？"周老师眼角也有泪，但是却用不容置疑的语气对他说。

闫敬昱拼命地摇头，眼泪哗哗地流，但是嘴还是紧闭着。

"敬昱，别害怕，有周老师在呢。"

"叶一琳，叶一琳她……王校长他……"闫敬昱开了口，但是语无伦次。

"别说了敬昱。"周老师抱住闫敬昱，一边拍他的肩一边说，"没事的，别害怕。"

闫敬昱不知道怎么才能不害怕，那画面不停在他眼前闪现。

他突然记起，在那一瞬间，他看到了叶一琳的脸上闪着一道泪光。

叶一琳哭了，王校长是在欺负她。闫敬昱不知道怎么形容这种欺负，但是他知道叶一琳正在忍受痛苦，他开始拼命地要挣脱周老师，结果却被越搂越紧，嘴巴再一次被捂上了。

周老师再一次抱起闫敬昱，一下就下到了一楼。周老师脱下了身上的羽绒服，把闫敬昱裹了起来，开口对他说："敬昱，离开这里吧，离开这里就不会害怕了。"

离开这里？那叶一琳怎么办？闫敬昱说不出话，依旧不停地落泪。

"离开这里，你就不会再害怕了，去开始新的生活，好不好敬昱？"

闫敬昱看了看周围，深夜的大楼格外冷清，除了周老师之外，一切都毫无生气，像一个巨大的黑洞，吸收走了所有的热量。他朝身后的楼梯看了看，心里满满的还是楼上的叶一琳。他突然回想到了这些天来叶一琳的避而不出，就是从那天去王校长办公室开始的，而每次他想要去找她问个究竟，阻拦他的都是……眼前的这个人。

闫敬昱回过头来，周老师还关切地看着他。可是此时此刻，在闫敬昱眼里，这个带着关切的面庞却是那么虚伪，甚至比刚才那一幕更令他感到恶心。

她知道，她一直都知道，她不光知道，甚至还帮着王校长瞒着所有人，帮着王校长困住叶一琳，她不是恶魔，却是帮凶。

"敬昱，怎么了？"周老师往前一步，想搂住闫敬昱。他跟着后退一步，躲开了她的拥抱。

"敬昱？"周老师略带疑惑地看着他。

闫敬昱不住地摇头，眼泪再次不止地落下，比起王校长的嘴脸，比起整个楼的黑暗，更令他感到恐怖的是往日和蔼可亲的周老师，真实的身份竟也如此不堪。

周老师似乎明白了闫敬昱的突然变化，她叹了一口气说："离开这里吧，敬昱，现在离开，对你最好。"

离开，是的，离开，闫敬昱觉得这里的一切已经十分陌生，再也不是那个充满了欢乐的一心福利院，即使他们的画还在食堂四面的墙上，即使联欢会的欢声笑语还回荡在四周。

去哪里呢？闫敬昱想到了那对老夫妻的面庞，比起这些人来，他们的面庞反而显得亲切了起来。闫敬昱对他们没有任何感情，但是为了离开这个冰冷的大楼，他现在可以依靠的只有那两个人。

"让他们来接我走。"闫敬昱停止了哭泣，用冰冷的目光看着周老师，"让他们现在就来接我走。"

第二十七章

1

经纪人小赵的手机在裤兜里震动起来的时候，他正在就一个小歌手在节目上的露脸时长与制作方争取着，顾不上接。等到跟他们掰扯完了，他拿起手机一看，大惊失色，连忙打回去，心里盼着，祖奶奶您可千万别又关机了。

万幸，电话拨通了，没响两声对方也接起了电话，听到裴雪那熟悉的声音，小赵差点没哭出来。

"我的亲妈啊，您在哪呢？"

"我在内蒙古锡林郭勒草原。"电话那头传来裴雪十分平静的回答，小赵细细地听，好像电话那头还传来了马头琴声和笑声，大概是有什么表演还是什么的。

小赵本来还挺着急的，现在听到裴雪没什么事，心就放下来一半。结果转脸又听到话筒里的声音，这些天的担心和焦躁一股脑全都化为了愤怒，发泄了出来，"你还挺滋润啊你，你知不知道我们全都急疯了啊？你怎么想起跑那荒地方去了你？"

"真的不好意思，给你添麻烦了，我只是突然想散散心。"裴雪的语气没有因为小赵的愤怒而变化，"你那儿还好么？"

"好个屁啊！您这一失踪，好么，小半个月音讯全无，我们差点以为你死在哪了呢。我跟你这么说，你现在不用跟我解释，以咱俩的交情你跟我怎么说都行，可是公司那边可不管你这个，他们已经准备跟你解约了，可能就这两天就要发公告，你丫再不回来就等着吃官司吧，我是真心救不了你了。"

"我这就准备回北京了，一会儿我会跟公司那边联系的，不关你的事。"裴雪回答，"对了……郭徽他怎么样？"

"哎哟，还说呢，你刚消失那两天郭总也急坏了，天天翻来覆去地找啊。一开始是上你家堵门，满北京城地四处转，没头苍蝇啊！后来他管我要了你身份证号，说找公安的朋友查查你老家之类的，看看有没有什么线索。不过后来他问了我一个挺奇怪的问题，然后这几天就都没再联系过我了。"

"什么奇怪的问题？"

"他问我说，说咱们在长沙住的那个宾馆能不能收看到有线电视。"

电话那头的裴雪沉默了一小会儿，然后"哦"了一声，没再说什么，小赵这边也要开始录影了，他还得去摄像机后头盯着，便与裴雪相约不能再失联了，让她尽快和公司取得联系再说后话，便挂断了电话。

2

和周校长谈完，李少君一直惦记着这事，虽然说从头到尾都是她的主观臆测，但是能逼得她把那些难以启齿的陈年旧事抖搂出来，想必也是下了很大的决心的。而这个事件，牵扯到的不仅是郭徽，还有裴雪，而兜兜转转后裴雪又成了郭徽的女友，这好像有些宿命的意味。

李少君又想起来，闫敬昱似乎也是那几年在"一心"生活过，但是周校长并没有提及他，不知道他是不是也知道些什么呢？

转念一想，这些事对现在并没有什么意义，李少君也不再琢磨，把注意力集中在郭徽身上。其实李少君也不是没有疑问，毕竟郭徽突然收养小龙，这件事就有些出乎她的预料，如果用周校长的推测来解释，就有些顺理成章了。

可是按这个推断，小龙岂不是很危险？

第二天忙完了台里的活，李少君在回家路上问了王健一句是否在家，得到了肯定答复后，她没有进自己家门，直接按响了对门的门铃。

"怎么着李大记者，节目不是都收尾了么，还有事找我？"

李少君听这话听得纳闷，心说：主动找你你还不乐意了，倒不是之前天天往我家跑的时候。想完自己又觉得奇怪，明明很讨厌他的，现在听到这话为什么会如此不爽。

"你不用上班的么？"

"狗仔队上班哪有点儿啊？"王健回答，"我知道您是无事不登三宝殿，有事说吧。"

"你一定知道郭徽家在哪儿吧。"

"印象不太深，那会儿跟他和那个小演员的时候跟过他两次回家，不过他从来没带女伴回过，每次都是孤身一人，所以后来我也就不往家跟了。"王健歪了歪头，"不过我小弟那儿应该有记录，你要它干什么，自己去问他不就行了，你和郭徽现在不是挺熟的么？"

李少君觉得跟王健解释这件事挺麻烦的，本想扔一句刺头话糊弄过去就算了，刚要开口，却又觉得不应该这么瞒着王健，"让我进去吧，我跟你讲讲。"

听完李少君的复述，王健若有所思道："这事，靠谱么？"

李少君既不肯定，也不否定地说："不知道。"

"所以你想亲自去看看？"

"对。"

王健想了想，拍了一下大腿，起身道："行，那走吧。"

"什么意思？"李少君一愣。

"我跟你一块儿去。"王健笑道，"如果真的如周校长推测的那样的话，你以为一个恋童癖患者会等你做客到他家的时候，两个人相对而坐，在沙发上品着红酒聊着闲天，顺便当着你的面堂而皇之地给你表演他平时是怎么猥亵儿童的吗？"

"所以……"

"所以你需要一个狗仔技能满分的神队友才行。"王健走到屋里，搬出了一大包摄影器材，然后发了条微信，"走吧，大概方向我记得，咱们先走着，一会详细地址我小弟就会给我发过来了。"

李少君没想到自己到这个岁数，竟然还能过一把狗仔瘾，接受了这个设定之后，心里倒变得期待了起来，大概窥视他人的刺激性确实能给人带来一些快感吧。

李少君跟王健下楼取车，王健把着方向盘说道："这回让你感受一下什么叫专业狗仔。"

3

裴雪从北京西站下了火车，站在站台上，周围的人都在争先恐后地往站台两边的地下通道走，没有任何停留的意思，仿佛这里是个不祥之地，必须马上逃离才好。连大喇叭广播都在不停地催促乘客们尽快从地下通道离开。

可是去哪儿呢？裴雪抬头看着站台顶棚空隙间露出的北京的天空，呼吸着无处不在的北京的空气，周围的人潮汹涌，脚步嘈杂，大旅行箱叮了咣当，一切都显得有点魔幻。她突然觉得这座城市开始陌生了，即使这是她从小生长的地方。

她知道她总还是要给郭徽一个交代的，她想好一回北京就先去找郭徽，可是她此刻却怎么也迈不开步子，该怎么面对他？怎么跟他讲呢？

转念一想，当时小赵在电话里讲的，小赵不明白，她一听就懂，郭徽已经知道一些真相了，他知道他在电视节目上出现的时间和自己在酒店的时间吻合，也知道了一心福利院对她来说意味着什么，更知道了她曾经的那个名字。

他还知道些什么？在他的眼里，自己又是什么呢？

对于一个刚刚七岁，对这个世界都没什么清晰概念的小女孩来说，彼时彼刻难以理解王校长对她做的一切是什么。当时的她只觉得这件事很难为情，王校长的身体也让她本能地抗拒，但是她拗不过校长的力量，更拗不过校长的权威。每次离开那个办公室，她都直奔自己的宿舍，只想躺在床上把自己包起来，除此之外别无他想。周老师经常来找她，每次都能在她以为裹得严严实实的被子中找到一个突破口，用只有她俩能听到的声音小声劝慰着她，说王校长只是很喜欢她而已，不需要感觉过于难受，如果真的受不了就来和周老师讲，周老师会帮忙跟校长说的，不要自己直接跟校长说，不然校长会觉得她不喜欢校长了。

可是她本来就不喜欢校长啊。

不知道多少次这样的夜晚后，有一天在被窝里，她听到了窗外的阵阵巨响，最终她从被窝里走了出来，看着窗外的烟花盛放。

过年了。

孩子们都聚在操场上，围成一个很大的圆，圆心中有几个老师在轮流点着烟花，他们一起看着烟花，指指点点，脸上充满笑意。老师们站在圆的内部，拦着想往里跑的孩子，也是一脸笑意。

所有人都在笑，只有她笑不出来。

找了半天，她没有看到闫敬昱的身影，他去哪儿了呢？她才发现自己已经很久没有见到他了。

她穿好了衣服，跑到楼下，圆心里的周老师眼尖看到了她，从孩子堆里挤出来跑到她面前，对她说着什么。也不知道是因为鞭炮声音太响，还是她躺了太久，在她眼里周老师干张嘴不出声，她什么都没听见。

过了很久，她才听到周老师说话，但是又听不出来她在说什么。

"闫敬昱呢？"她开口了。

"敬昱？"周老师愣了一下，又不知道为什么，她的话句句入了自己的耳朵，"他……他已经走了，被人领养了。"

除夕之夜，鞭炮声声。裴雪，叶一琳，沉默了半晌之后，突然放声大哭，声音近乎嚎叫一般。周老师把她搂在怀里，把她的脸死死地埋进自己的羽绒服，任凭她在自己身上捶打。就在离他们十几米之外，孩子们围成的大圈依旧热闹非凡，烟花爆竹的轰鸣夹杂着他们的欢呼和笑语，谁也不会注意到角落里这两个与此情此景格格不入的人。

<h1 style="text-align:center">4</h1>

郭徽和王小龙吃完晚饭后，小龙回屋里写作业，郭徽一个人静静地坐在客厅看电视翻手机，新产品的销量稳定，质量上也没有出什么问题，在坊间的口碑也一直不错，这也让为了这个产品忙活了大半年的他开始享受片刻的清闲。

不知不觉时间来到了晚上八点多钟，郭徽看了看表，喊了一声屋里的小龙，该准备洗澡睡觉了，小龙应了一声，没过一会儿抱着要换的睡衣从屋里走了出来。

郭徽并没有对小龙多加注意，经过这些天的磨合，二人生活得已经非常自然了，有时候甚至像两个合租客一样，互相帮助，又互不打扰。

洗手间里传来了喷头出水的哗哗声，郭徽继续有一搭没一搭地看着电视，连着换了二十多个台的他还没有找到合适的节目，随意在一个古董鉴别的节目处停下了遥控器。

洗手间里突然传来了"啪"的一声，然后又是噼里啪啦的声音，郭徽不明所以，喊了一句小龙问怎么了。

"没，没事。"

小龙的回答并没有打消郭徽的顾虑，他走到洗手间门口，又问了一句小龙怎么了。

过了一小会，里面回答："刚才洗头水迷我眼了，我一疼把喷头碰掉地上了，想蹲下捡喷头，好像又不小心把小架子碰翻了。"

听了小龙的回答，郭徽问："现在还迷眼睛么？"

"迷，我还没摸着喷头，没法冲。"

郭徽心笑，小龙这孩子还挺好强，都这么狼狈了也不知道喊他。他拧了一下门把手，发现小龙并没有锁门，便走了进去。

浴室内一片狼藉，本来在墙角的小架子倒了，地上都是洗头水沐浴露什么的瓶瓶罐罐，喷头倒在角落处还在哗哗地出水。小龙满头都是泡沫，紧闭着眼，蹲在那儿还在摸呢。郭徽也顾不上衣服湿不湿了，上去捡起喷头帮小龙冲。小龙也不说洗净眼睛里的泡沫，还一个一个地捡瓶子。郭徽一把把小龙拉了起来，一边冲他的脸一边帮他揉眼睛，过了一会小龙终于把眼睛给睁开了，但还是半眯着。

郭徽看着小龙的惨状，笑了，小龙也笑了。

把头发冲得差不离，郭徽一看自己的衣服裤子已经都湿了，干脆都给脱了下来，跟小龙一块洗了算了。

郭徽给小龙搓背，搓到了痒痒肉，小龙一个劲地又笑又躲，郭徽也像个小孩一样玩命地捉弄小龙，一时间，不算太大的浴室里乱糟糟的，以致于他们都没有听到外面家门被打开的声音。

最终裴雪还是来到了这个门前，这个之前几乎已经可以说是她的家的地方，现在她却使不出力气打开这把锁。

其实对于郭徽，她本来也没有抱什么"嫁入豪门当阔太"的期望，但是若说只是消遣，也有点过不去自己这关，且当作一次情感游戏吧。本来无论是通关，还是中途死掉，都是正常的游戏结局，是玩家就没什么接受不了的。可是这局游戏，玩着玩着变了味，混进了这些自己一辈子也不想提及的事情，眼看着这些BUG就要把游戏黑掉，未免太伤心情了。

所以，无论如何，这些话要和郭徽说明白。

于是，裴雪握紧了手中的钥匙，打开了这扇门。

客厅的灯开着，还有电视的声音，裴雪一步步地穿过玄关，想象着郭徽正坐在客厅的沙发上，想象着自己和他相视的时候，他的第一个表情。

结果却扑了个空。

裴雪正纳闷郭徽人在哪里，突然听到来自浴室的声音。除了冲水声音，她听到了两个人的声音，一个男人，虽然听不真着，但是是郭徽，另一个，是……一个男孩？

"你别乱动，待好！"

"别别别，不行不行……"

"你别乱动，这还有呢……"

"不要了不要了，可以了……"

裴雪一步步走向浴室，里面的声音越来越清晰，这一系列意义不明的对话通过浴室虚掩着的门传到她的耳朵里，变得一个字比一个字更沉、更重，震得她脑海里各种痛苦的回忆逐一爆炸。

她一手握住门把手，一手攥紧了一把水果刀，她并不记得，那是她下意识从客厅的茶几上拿起来的。

门被推开，一股潮湿温热之气扑向裴雪，在那之后的是郭徽和一个小男孩，赤裸着身体，湿漉漉、直愣愣地看着她。

"裴……裴雪？"郭徽显然没有想到她会出现。

那个小男孩更诧异，完全愣住了，胳膊下意识地抱住了郭徽的大腿，而郭徽也顺手搂住了男孩的肩膀。

两个赤身裸体的人这一肌肤相亲的举动进一步刺激了裴雪。在她眼前的两个人已经不再是郭徽和王小龙，他们变成了王校长和儿时的自己，看着面前的郭徽，脑海里王校长的身影和他逐渐相互重叠为一体。现在的她已经不再如儿时那般柔弱，面对这个恶魔，她不能再给他任何机会继续对任何人不轨。

裴雪举起了那把水果刀。

5

李少君和王健站在郭徽家对门楼的楼顶上，初秋的晚风还是凉飕飕的，时间长了冻得人直跳脚，而王健却纹丝不动地举着望远镜看着郭徽家的窗子。李少君问他不冷么，他笑笑说这是一个狗仔的基本素养，这刚站了不到一个钟头，寒冬腊月鹅毛大雪一站就是一宿也是家常便饭，早就练就了。

李少君看着身边这个举着望远镜略带猥琐的侧影，不知道说些什么好。不过说到狗仔的基本素养，她倒真是长了见识。这些蹲点找位置都算小儿科，最绝的是她眼睁睁看着王健把这座大楼顶楼的大门用公交一卡通划拉划拉就给划拉开了，这让她目瞪口呆。

"这种大楼的天台门啊，很少用锁孔结构，说白了跟一般家里卧室的木门没什么区别，非常容易撬开，你要学么？"

李少君摇了摇头，心里想着要不要把家里的门换一个高级一点儿的锁。

"看着什么了？"李少君问。

"嗯……几乎没什么，郭徽在客厅沙发上坐着，应该是看电视呢，孩子进厕所了。"王健没有放下望远镜，直接回答。

过了一会儿，王健开口："郭徽也进去了。"

李少君来了兴致，伸手上去抢王健的望远镜说要看看，结果没抢过来。王健朝地上努了努嘴说："还有呢，你别用我的，你这么一动，一会我还得重新找位置，容易看漏了。不抢别人的望远镜，这是行规，懂不懂？"

李少君心说这是什么行规，觉得王健一定是在跟她开玩笑，于是"哼"了一声，从地上的大包里取出另一个望远镜，举起来调了半天，却发现通过望远镜看世界和用肉眼看世界差距太多，清楚是清楚了，但是很容易失去目标，找了半天也没找准哪个是郭徽家的窗户。

李少君还在这跟望远镜做斗争，王健那边突然"啊"了一声。

"怎么了？"

"进来一女的。"

"哪儿进来一女的？"

"你不是看呢么？"

李少君放下望远镜说："我不会用，你说吧。"

"有个女的进郭徽家了，看起来是自己开的门……"王健目不斜视，在李少君眼里像个蜡像一般，"啊，这是裴雪啊，我想起来了。"

确实，能自己把郭徽家门打开的，也就只有裴雪了。李少君并不知道裴雪失踪的事情，因此对裴雪的出现也并不感到奇怪。但是听了周校长的叙述后，她对裴雪有些看不清了，更想不通若是真如周校长的推测的话，郭徽、裴雪和王小龙，这三个人会是怎样的关系。

这正是她此行的目的。

"哎哟我去，不对啊不对啊！"王健突然口气严肃，这让李少君觉得更冷了。

"怎么了怎么了？"

"裴雪丫抄刀子了！"

"什么刀子？"

王健一把扔下望远镜，转身就往天台的小门跑，跑到一半停住了，回头看了一眼愣在原地的李少君。

"大姐，别愣着啦，都他妈要出人命啦！"

李少君这才反应过来，虽然不知道出了什么事，但是下意识地追着王健就跑过去，这时候就显示出来她不如王健沉稳的地方，因为她一边跑着，一边手里还紧紧攥着那个望远镜。

看着如机械般行动的李少君，王健无奈地摇了摇头，觉得她去了也不一定能管什么用，一把拉住她，开口道："报警会吧？你先站在这儿不要乱跑，好好地报个警，我过去救人。"

王健跑得都没影了，李少君才缓过神来，飞速地拨通了110的电话。

第二十八章

1

　　坐在派出所大厅座位上的李少君还惊魂未定，她报完警赶到郭徽家门口看到的一幕还刻在自己脑海里。郭徽身上披着个浴巾，坐在沙发上大口喘息，左手拿着一块毛巾堵在右胳膊上。鲜血已经将大半个毛巾洇红。她身边站着一个保安，有点尴尬地不知道怎么办才好，场面甚至有些喜感。

　　而裴雪被王健死死地按在地板上，身子不远处扔着一把水果刀，刀刃上还有血迹。裴雪身上也有很多血，不过不知道是她自己的还是郭徽的。此时的裴雪大概已经无力了，放弃了抵抗，但是王健不敢大意，还这么一直按着她。

　　最让李少君难以忘记的，是裴雪的那双眼睛。

　　那眼神带着强烈的愤怒和怨恨，直直地盯着郭徽，似乎这样可以直接杀掉他一样。过了大概两三分钟，她的眼神才逐渐黯淡了下来。

　　民警的出警速度还算不错，没过多久便来了两名警察，看到了这场面也是一惊，费了半天劲才问明白是怎么回事。很快，救护车也到了，经过检查，郭徽和裴

277

雪两个人身上都有伤，裴雪比郭徽伤得更严重，郭徽只是胳膊被划了一下，而裴雪一侧大腿上有个刺伤比较深，幸好没有伤及大动脉。

小龙被郭徽锁进了自己的小屋，打开门放他出来的时候，他还在不停地哭泣，好在他并没有受伤，而且自己已经把衣服给穿上了，说明还没有完全吓蒙。

救护车抬走了昏迷的裴雪，正要把郭徽也带上，郭徽却摇了摇头，拿开手上的毛巾展示了一下，表示血已经干了。

警察同志看了以后，毫不同情地说："那正好，都跟我们到派出所走一趟吧。"

到了派出所后，郭徽马上就被两个警察拉进了一个小屋，看起来是被当作犯罪嫌疑人对待了。李少君也不知道这一切到底是如何发生的，默默地坐着，搂着旁边的小龙，而王健先进去做笔录了。

往派出所走的时候，李少君问王健："郭徽家那种门你也会撬？"

"想什么呢？"王健笑道，"那是电子加密钥匙，你当我是黑客帝国呢，贼王来了估计都得捣鼓半个钟头。我直接叫楼下物业跟我上去开的。"

李少君想起那个很尴尬的物业人员模样的人，他此时也坐在她旁边第三个座椅处，依旧很尴尬地在那坐着。他担心的是这个事件惊动了一些邻居，小区的声誉可要成问题了。

轮到物业管理人员去做笔录的时候，李少君才得空询问了一下王健事情经过。

王健知道这个小区比较高端，他自己是无论如何也闯不到郭徽家里的，因此凭借他多年的狗仔经验，第一时间就找到了物业值班室，用不容置疑的语气拉上了一脸茫然的值班人员，冲到了郭徽家里。

说实在的，一个女人和一个裸男缠斗在一起的画面，还是挺有冲击力的。对于这种情况，任谁的第一反应都是这个男的想对这个女的动粗，于是二人下意识地就去拉拽郭徽。刚拉了没两下二人发现不对，想致人于死地的分明是裴雪，于是王健又去拉裴雪。裴雪虽然是个女子，王健却发现她不知道哪里来的力气，能跟郭徽掐了这么长时间不落下风。几个大男人折腾了半天才把她制服。

见裴雪被拉开，郭徽也脱了力一般地瘫坐在沙发上，看了一眼旁边愣着的物业，指了指厕所，让他帮他拿个浴巾和毛巾，勉强遮了遮羞，捂住了伤口。

王健发现裴雪也在流血，想做个急救什么的，裴雪却还在挣扎，即使刀子已经被他打掉，手上还不闲着，一通抓挠，王健便也无暇管别的。

正在纠缠呢，李少君到了。

"这么说的话，发起争执的是裴雪？"

"我觉得是的。"王健点了点头，"郭徽只是在自卫而已。"

李少君没有说话，此时他俩在派出所大门外头私聊，她回头看了看屋里的王小龙，想着难道郭徽真的对他不轨，被裴雪撞到，才导致曾遭受相同境遇的裴雪反应如此强烈，非要杀他而后快么？

可是看恢复了平静的小龙，她却没有感觉到他身上存在被欺凌的气息。

李少君和小龙依次做完笔录，郭徽也走出来了。他看着外头的这四个人，先上前拍了拍小龙的脑袋，确认了一下他的精神状况，然后一脸疑惑地看着李少君和王健问："你们怎么会来我家的？"

李少君总不好说他们是偷窥来着，迟疑了一下说："啊，就是想来看看小龙，没想到正好撞上这一幕。"

郭徽又看了看王健这个生面孔，想了半天，说："我总觉得看你眼熟。"

李少君心说坏了，毕竟王健跟拍过郭徽一阵，说不准是否被他注意过，这要是再多看会儿，闹不好就要破案，于是一把搂住王健的胳膊说："这是我男朋友。"

郭徽饶有意味地点点头，没再说话。这时候一个领导模样的民警走了出来，对大伙说："各位，从目前收集的证据和口供来看，确实应该是那位女士袭击的郭先生，郭先生只是自卫。不过现在还不能肯定，不好意思郭先生，按照规矩我还得留您一阵。那位女士也受了刀伤，不过她受伤之后还在一直抵抗，所以伤口无法愈合，失血有点多，目前还在医院接受治疗，据说情况还算稳定，回头我们需要再跟她了解一下情况才能结案。你们几位可以先回去了。"

众人点了点头，民警又补充说："这位先生，我看你这脸上身上被挠的也不善啊，不行去医院处理一下吧。"

王健回答："真是人民警察爱人民啊，您放心吧我一定保重自己。"

李少君捶了王健一下，让他这会儿就别耍贫嘴了。

郭徽点点头，开口对李少君说："正好，能不能麻烦你帮我照看一下小龙。"

"当然可以。"李少君回答，"不过我还有一个请求。"

"什么？"

"警察同志，能不能让我和郭先生私下聊聊？"李少君询问那个民警，"纯属私事，这不算违反规矩吧？"

警察点点头，"我们也是公事公办，没办法。用不用给你们找间屋？"

"我们去门外就好。"

警察做了个请便的手势，回办公室了。

俩人把小龙交给王健照看，走出了派出所大门。

"说吧，来找我做什么？"郭徽点了根烟，"还带着狗仔队，监视我？"

敢情已经破案了。李少君卸下了包袱回答："也不是监视。"

"没监视我，怎么可能那么快冲到我家，还带着物业的人？"郭徽笑了，"还能提前报警？"

李少君看实在瞒不住了，最后憋出一句："好吧，如你所说，不过你放心，我真没看到你光身子的样子。"

郭徽笑了，故意道："你怎么知道我担心这个？没看到就好。"

此言说罢，二人陷入了沉默，李少君不知道怎么张这个嘴，但是回头看了看安安静静坐着的小龙，回想到这段时间围绕这个交通肇事案发生的一系列事情，她发现是她自己亲手一步一步把小龙推向郭徽的。如果郭徽真的对他有所企图，她会是第一个感到自责的人。

"郭总，我可不可以以私人身份问你几个问题？"李少君还是开口了。

"你讲。"郭徽的烟抽完了，把烟头扔在地上踩灭。

"为什么裴雪会攻击你？"

"这你应该问她啊。"郭徽回答，"当时不声不响失踪的是她，一回来就动刀子的也是她。"

失踪？李少君没料到裴雪还失踪了，她顺嘴问："她为什么会失踪？"

"你为什么来监视我？"郭徽没有回答，反而反过来问李少君。

李少君被问得有点卡壳，不过还是横下一条心说："是周校长，她说……"

"你不用说了，我明白了，裴雪为什么会失踪，你为什么来监视我，她又为什么对我动刀子，这三个问题，答案是同一件事。"郭徽打断了李少君，"这个答案，我想你知道。"

"可是我不想听周校长的一面之词，所以我想听你亲口说。"

郭徽叹了一口气，又掏出一根烟来点上，饶有兴致地看着李少君，一边看一边抽烟，然后轻笑了一声说："你信了。"

李少君无言以对，她不知道自己是不是信了周校长的话，但是如若真的不信，她现在又在做什么呢？

"周校长，在你看来也是个可怜的人，是吧？"郭徽自顾自地说了起来，"但是俗话说得好啊，可怜之人必有可恨之处。"

听了郭徽这话，李少君有点纳闷，不知其所指，郭徽好像也没有解释的打算，继续说道："没错，她的猜测挺准的，我确实有一点这种病态心理，也被它折磨了很久。但是很可惜，我并不想成为这种心魔的俘虏，所以为了对抗它我也是想尽办法，甚至一天到晚地找女人厮混，忍着吐、磕着药地厮混，现在想来也是挺可笑的，似乎有些得不偿失。"

郭徽给李少君留了个空当，李少君却没有接这个话。

"我想对于我的过去，你应该已经查了个底儿掉了吧？正是因为你了解我的过去，所以你更会相信周校长对我的推测。裴雪失踪的时候，我确实几乎崩溃了，一度以为我真的会如她的推测，掉进万劫不复的深渊。但是后来，我无意间发现了一个秘密，那个周校长应该已经和你坦白的秘密。这个秘密让我明白了为什么裴雪在得知了我和'一心'的联系后会消失，也让我看清了我正在一步一步踏入可怕的未来。"郭徽的烟抽完了并没有踩灭，直接掏出了下一根，用烟头续上火，"那一瞬间我突然看开了，因为在面对罪恶的时候我已经懦弱过一次，若是我再因为自己的懦弱而衍生出新的罪恶，那就真的是万劫不复了。"

"所以你收养小龙，完全是出于同情？"

"随你怎么用词吧，因为我也不知道具体为什么。"郭徽这根烟没有抽完，抽到一半就掐了，"但是我能告诉你的是，我和小龙一起生活，感觉很轻松，很快乐。"

李少君看着郭徽的脸，确认他没有在说谎，她点了点头，自语道："周校长大概也是想得太多了。"

"她当然会想得多，因为她怕得很。"郭徽回答，"从某种程度上，她和我是一样的，都曾经在面对罪恶时怯懦了，成为了罪恶的帮凶，所以才会如此胆怯。"

"帮凶？"李少君不解。

"啊，我该想到的。"郭徽笑了，"她必然不会和你说那么多，在她心里其实还是不敢面对自己的。"

李少君还是不解，周校长向她隐瞒了什么吗？难道说在当年的事件里，她还起到了什么作用？

郭徽摇了摇头说："不提也罢，都过去了，我相信，她一直以来都是一个好人，现在更没有必要再去追究她什么。"

李少君撇了撇嘴，想想确实也是，就像当年面对女友被人强暴，自己却表现得一塌糊涂的郭徽，这些会被人站在道德制高点指责的人，难道就不能有自己的苦衷吗？为什么不去斥责犯罪，反而要来追究他们的责任呢，这个世界最不缺少的就是道德绑架。

想到这里，这件事发展到现在，虽然有点荒唐，不过好在大家还都是平安的，李少君也松了一口气，不过另一个疑问又在她心里浮起。

"郭总，我能知道你是怎么发现这个秘密的么？"

郭徽笑了笑，却没有开口。

这时候派出所的大门突然打开了，刚才那个民警出现在门口，他的身旁还有两个年轻的民警，神情严肃。

李少君纳闷怎么突然这么大的阵仗，那个警察走到郭徽跟前开口道："不好意思郭先生，看来你走不了了，跟我们进去吧。"

2

处理此事的民警们录完口供，也都松了一口气，本来以为是个恶性的伤人案件，大概聊了聊，感觉挺莫名其妙的，但是由于郭徽和裴雪是恋人关系，再加上伤人是裴雪的主观意图，事情好像是往家庭纠纷方向去了，况且郭徽态度平静，而且两个人也都没什么大碍，到时候问清缘由，调解调解，就不会生事了。要知道如果在管片里这种恶性伤人案件比率上升，回头跟领导汇报的时候可不是那么好解释的，能少一件是一件。

不过一会儿，医院那边传来消息，裴雪醒过来了。

裴雪失血不少，但是未伤及什么重要的血管和脏器，无须手术，包扎缝合并输血之后，也就缓过来了。

醒转的裴雪一开始情绪还是比较激动，似乎还打算找郭徽拼个你死我活。不过在认清了四周的环境，并听了民警讲述之后，她也慢慢归于平静。

裴雪的笔录做得不是很清晰，她承认她回家后看到郭徽，以为他要对王小龙不轨才抄刀子的，可是对这样做的动机说得不清不楚。民警也很奇怪，一个是她的男友，另一个是她男友的养子，一个男的跟他儿子，两个老爷们一块洗洗澡有什么问题么？他们警察在澡堂子里一块泡澡的时候还互相搓背呢，这事很不轨么？

民警推测是不是因为郭徽收养了小龙，两人在这件事上有什么矛盾，所以她才会要报复，但是裴雪并没有承认，只说可能是有点恍惚，或者看错了什么的。

民警也不敢这么记笔录，回头再判定一个突发性精神病，激情杀人什么的，传出去又要笑掉舆论的大牙了。

把情况汇报完，派出所的头头打算再问下郭徽，看看有没有和解的意愿，尽量大事化小小事化了。

正要去找郭徽，旁边的民警开口道："对了，刚才来的时候是把他当嫌疑人走的流程，指纹也留了，按规矩应该去指纹库做个比对，还做么？"

头头想了想，本来想算了，但是又一琢磨，现在领导干什么都讲究留档留痕，要是因为这种屁大的事影响考核，有点不值当的，就回说做一下吧，反正也就一会儿的事。

安排下去以后，头头跟同事开始喝茶聊天，屋里的气氛也越来越活跃，一个以讲段子闻名的老警员将气氛推向了一个又一个的高潮。

正当高潮迭起的时候，刚才那个去比对指纹的同事一溜小跑到了他身边，开口道："您快看看这个！"

"看什么啊？"头头脸上的笑容还没收起来，看到对方神情严肃，不由得心里一紧，目光转向了他手里刚打印出来的结果。

"我去！"他猛地站了起来，看向四下，"他人呢？"

"应该在门口。"

"赶紧的吧，别再让丫跑了！"

3

李少君看着被三个民警包夹下往里走的郭徽，一片茫然，不知道出了什么事，难道说那边裴雪的口供有什么新的疑点？

跟着走进大厅，她看了看坐着的王健和小龙，王健也疑惑地问怎么了，她心说，我哪答得出来。

一个民警过来跟他们仨说："三位要不先回去吧，这已经很晚了。"

李少君不知道该点头还是摇头，她更想知道到底出了什么事。看看旁边坐着的小龙，已经歪在王健身上睡着了。

她轻声问那个民警："请问一下，出什么事了？"

"这个……事情还没弄清楚之前实在不好说什么，不好意思啊。"那警察讪讪一笑，回去了。

李少君低下头来，回头看着王健和小龙，发现小龙靠的姿势也挺奇怪，搞得王健身子半歪着，怕弄醒他还一动不敢动。王健的薄外套披在小龙身上，他自己只剩一件短袖。深夜的派出所大厅连前台接警的民警都回去了，只剩他们三个，一股凉意袭来，王健打了几个哆嗦。

她发现这个男人还挺可爱的。

李少君走了过去，帮着王健慢慢把小龙的头抬起来，王健起身撤走，小龙缓缓地被平躺放在长椅上，没有醒。

"用不用给你找个外套啊？"李少君小声问。

王健摇了摇头，"哪有外套找，你去问问他们给我来身警服穿穿？"

李少君拍了他一下。

"这到底什么情况？"王健又问。

"不知道啊。"李少君答。

二人陷入了沉默，最后还是在小龙旁边挨着坐下，李少君玩了会儿手机，感觉困意袭来，没过多会儿就没有意识了。

不知道过了多久，李少君被人碰醒，她睁开眼发现自己正靠在王健的肩膀上，碰醒她的人正是王健。

"怎么了？麻了？"

"早就麻了……"王健回答，"不过不是这事，你看。"

李少君抬起脑袋向周围看了看，发现本来安静的派出所屋里变得嘈杂，有打电话的声音，也有说话的声音，好像出了什么事似的。

李少君和王健起身，走向办公室的门口，发现屋里的两三个民警都在忙活着，刚才那个头头没在其中。

"请问……"李少君开口。

结果没人搭理她。

就这么站了一会儿，那个头头突然从里面另外一个屋里出来了，看到他们也是一愣，开口道："你们还没走？"

"啊，对。"李少君回答，"请问出了什么事了？"

头头四下看了看，开口道："那个郭先生是你们的朋友是吧？"

"嗯对。"

"算了，跟你们说说也无妨。"头头说，"前几天我们在西山荒野里发现一句被掩埋的无名男尸，现场没有留下什么线索，这个案子这几天一直也没什么侦破头绪，只在他身上提取了几个不属于他的指纹。刚才我们给郭徽做例行的指纹对比，却发现和现场的指纹匹配上了。"

李少君和王健不禁愣住了，他们互相看看，谁也不知道这是什么情况。

"那他怎么说？"

"还能怎么说，全撂了。"头头留下这么一句，回到屋里。

郭徽杀人了？李少君对这个事实完全不知所措，想不到他有什么理由，基于什么原因要杀一个什么无名男尸。这段时间郭徽一直忙于公司的事和官司的事，后来又收养了小龙，就在这百忙之中他还抽出时间杀了个人？

正想着，头头又从屋里出来了，对着李少君说："这位姑娘，郭徽说想跟你说两句话。"

4

郭徽还是那副样子，虽然坐在椅子上铐着手铐，神情却显得格外轻松，像坐在家里的沙发上一样，以致于李少君不知道是他疯了还是自己疯了。

"没想到吧？"还是郭徽先开了口，"世事难预料啊！"

李少君不知道接什么话好，喃喃地复述郭徽的话："真是世事难预料。"

"也是，我早知道会有这么一天，比我想象的还早一些，看来这个杀人确实是个技术活，不是谁都能来了的。"郭徽用开玩笑的语气说，"正好，你刚不是问我怎么知道那个秘密的吗？我就是这么知道的。"

"什么意思？"

"那个死人，是王校长。"

李少君更加震惊，她脑海中出现那天在"一心"门口被保安撂倒的那个老头形象，并不真着。

"我在寻找失踪的裴雪时，无意中得知了她的身世。"郭徽一个字一个字说道，"我曾经无意和王校长打了个照面，听到了他口中说的'小琳'，所以怀疑这里面有什么问题，就偷偷找到了他。那个疯老头子收了我一根烟，就把什么都给说了。"

李少君注意到，郭徽脸上的表情变了，变得严肃而阴沉。

"这个人渣，一边说一边竟然还在笑。"郭徽继续道，"等我意识过来的时候，我正掐着他的脖子。我当时一惊，但是并没有收力，反而越掐越狠，最终他就这么断气了。"

"你有必要杀了他吗？"

"为什么没必要？他还没有为他犯下的罪承担后果，他也永远不会知道他会给一个年轻的姑娘身心留下多大的创伤，你难道忘了就在刚才，裴雪看我的眼神吗？她不是在看我，她是在看王校长。"郭徽没有停止叙述，"他该死，而我，再也不会懦弱地面对罪恶，这一次我选择了勇敢面对。"

李少君不知道该怎么评价眼前的郭徽，不过她知道，他现在已经完全解脱了。

"对了，找你是有两件事托付。"郭徽停止了讲述，换回轻松的口气继续说："第一是小龙的事，我实在是对不起他，本来想许给他一个好一点的未来，结果却做不到了，麻烦你帮我给他找一个好的出路吧。"

李少君点了点头。

"第二就是帮我转告裴雪，"郭徽笑着说，"过去的事到今天，就完全烟消云散了，希望她以后可以幸福地生活。"

第二十九章

1

周校长听着电话那头的李少君一字一句地把事情道来，本就睡不着，在床上辗转反侧的她慢慢坐起身来，站在床边看着窗外寂静的世界。

李少君去郭徽家之前，和周校长说了一声，因此她对今晚的结局已经做了千百种设想。当然，最大的可能是一无所获，周校长也不相信即使郭徽真的对小龙有不轨之心，还会那么轻易地暴露在李少君面前，不过前提是她不知道王健的存在。

或者呢？真相大白？郭徽俯首认罪，一切在还没有在变得更糟之前得到解决，这当然是她最希望看到的。

可是实际情况却大大出乎她的意料。裴雪的出现，郭徽的真实想法，更可怕的是王校长的死亡，这件事让她突然心里一绞，关于她的这个前辈的种种，又在眼前浮现。

王校长突然的回归，周校长是有心理准备的，在那之前她接到了来自大洋彼岸的一个电话，来电人是他的妻子。或者说是前妻。

对方讲述了王校长在美国就医的经过，说他一开始还很配合，但是长久下来效果并不明显，他的状态反而有点愈演愈烈。家人甚至得每天派人看着点儿他，要知道那里对于他的这种罪行可是无法容忍的，闹不好直接就给毙了。

随着年头越来越久，王校长岁数越来越大，家人们发现他又开始有了其他症状，开始呓语、健忘以及精神恍惚，被逼得几乎崩溃的他们最终选择了趁他还有行为能力的时候用一纸协议结束亲人的关系。

不过王校长的家人还算是仁至义尽，给他留下了足够他生活的资产，并且对于他的未来，希望遵从他的意愿，帮他做好打算。

而王校长的意愿就是，他要回国。

而一个已经流离失所，还患有精神疾病的老人，回到国内还能到哪里去呢？王校长的这个选择他的家人并不在意，但是却直直地插入了周校长的心。

周校长记得自己年轻时刚刚来到"一心"，很长一段时间内并不能适应这里的工作。每天面对各式各样的经历悲伤过往的孩子，她并不能缓解他们的伤痛，反而被他们的气场同化掉，陷入了抑郁之中。若不是王校长，她大概早已经离开"一心"了。

王校长在一次夜深人静时分，把她叫到学生宿舍门口，轻轻打开了一点门缝，让她把耳朵靠在门缝上仔细听，看看能听到什么。

年轻的周老师摇了摇头，表示除了好像有个孩子打呼噜，没别的声音。

王校长尴尬地笑了笑，说："你静下心来，仔细听。"

周老师试着调整自己的呼吸和姿势，闭上眼睛，让一切感官辨识力集中在右耳上，随着时间流逝，进入耳朵里的声音越来越单纯，越来越清晰。

她听到了，是抽泣声，不止来自于一个人，而是好几个发自不同方位的抽泣声，那声音只能来自于这看似一片寂静的大屋子里。

"听到了？"王校长轻轻把门关上，拉着她走到稍远处。

"孩子们在哭？"

王校长点了点头，取出一根烟来点上，"每天晚上，都会有孩子躲在被窝里偷偷哭，他们有的人是刚来到'一心'，有的人已经在这里生活了很久，却还是不能改变这种情况。他们这么小，小到不能明白父母家人的离去对他们意味着什么，也不知道未来的生活对他们来说有多艰难，他们只知道曾经答应他们要日夜陪伴他们的人离他们而去了，就这么简单。"

年轻的周老师似懂非懂地点了点头。

"但是他们只有在夜深人静的时候，在钻进自己的被窝里的时候，把头埋到里面去的时候才会哭泣，同时还要用尽全身的力气不发出声音，只有当你用力去听，才能听到。"王校长从怀里掏出来一个袖珍的小铁罐子，打开盖把烟掐灭在里面，又把铁罐子装回兜里，"因为他们不希望打扰别人，不希望自己的情绪影响别人，他们对自己说，要坚强。"

王校长把掸到窗台的烟灰尽数吹到窗外，又继续说："他们小小年纪，不用别人教，就知道自己要当一个坚强的人，而我们还在每天长吁短叹不能自拔，我们还不如他们吗？"

"可是……"周老师有所触动，但依旧心有困惑，"我不知道怎么帮他们走出来啊。"

"你还是没听懂我说什么？"王校长看着她回答，"谁也帮不了他们，我们可以做的唯有陪伴，陪伴他们走过这段最艰难的日子。"

回忆往昔，周校长怎么也不会想到日后的王校长会变成那样一个人，会对自己口中念着的坚强的孩子们做出那样的事来。但是时过境迁，谁又能说得清一切是从何而起呢。

当周老师无意间发现王校长对叶一琳的越界举动时，她的反应并不比后来的闫敬昱好多少，一样被惊呆得话也说不出来。但是等缓过神来的时候，她的第一反应是，还有没有别人看到？回想起来，当时出现那种想法，她就已经站在王校长的帮凶一边了。

如果把事情说出来，王校长的地位怎么办？自己的工作怎么办？"一心"的未来怎么办？如果这事抖搂出来，会不会让"一心"受到牵连？如果福利院关门大吉，那这些孩子们何去何从？

在为王校长找到了一个"大义"之后，"小情"也就变得没那么重要了，从那天开始，她一方面尽职尽责地给王校长站岗放哨，另一方面时时关注着叶一琳的情况，以免她想不开，做出什么伤害自己的举动来。

当然，也以防她把事情说出去。

好在叶一琳一直以来表现还算稳定，除了就有些孤僻之外，并没有什么其他异常。而周老师自己也会偷偷观察，她觉得王校长并没有做太出格的举动，最起码没有破坏叶一琳的贞操，这又给她的隐瞒加了一颗砝码。

闫敬昱的突然出现打乱了她的部署，但是好在她临危不乱，及时出手，并且用最快的速度唬住了他，送走了他，才避免事情败露。

除了他之外，再没有别人格外关注叶一琳的变化，孩子们都活在自己的世界里，他们都有自己的伤痕要在夜半三更舔舐。

而周老师，再也不敢在孩子们入睡后出现在宿舍周围了，此时的她，在门外五米，就已经可以清晰地感到那哭泣声敲打她的心。

这样的日子没过多久，除夕之夜叶一琳的哭喊像兜头的一盆凉水，在那个寒冷的冬夜浇醒了周老师，她突然明白，孩子远远没有她想的那样坚强，王校长的行径也远没有想的那样可以被原谅，这一切不过是她为了让一心福利院继续在她心里保持那个美好而积极的形象，而给自己编织的泡沫罢了。如果再任由事情发展下去，即使"一心"还在，它也已经和死掉没什么两样了。

权衡再三，她决定还是保持低调，选择和王校长的家人和盘托出。此时他的妻子一直怀疑他外面有人，因为隔三差五的突然离家和夜不归宿，实在离奇。她悄悄跟踪了几次王校长，也打探了情况，发现福利院并没有什么年轻女人前来，而这些老师们，连她自己的眼都入不得，谁信校长会和她们搞外遇。

　　不过，她死都不会想到，自己的情敌竟然是一个年龄比自己小几十岁的孩子。

　　周老师安排了一个夜晚，让她眼见为实，于是曾经出现在她和闫敬昱脸上的表情再次被完美地复制。第二天起，周老师就再也没见过王校长。后来王校长的妻子联系了她，说他们实在不敢再在国内待下去了，如果王校长的情况遭到曝光，他们全家的脸都要被丢光了，所以他们找到关系，准备举家迁往美国。那边对于心理学方面的研究更前沿些，或许有治好王校长的办法。

　　周老师觉得，一切终于可以步入正轨了。

　　叶一琳也很快在她的安排下被人收养，而上级的通知不久就下来了，王校长因身体原因辞去校长职务，福利院最资深、最受孩子们爱戴的周老师接替他的位子。

　　新晋的周校长内心唏嘘不已，是王校长教会了她如何做一名合格的福利院老师，也是王校长让她在自己心里失去了这个资格。

　　最终，他还凭借一己之力把她送上了校长的位置。

　　她已经是一个令人失望的老师了，但是或许还有机会当一个足够称职的校长。

2

　　李少君让王健带小龙回她家休息，自己来到了医院，做完笔录的裴雪又进入了睡眠，医生说多睡一睡有助于她的身体机能恢复，大概睡到天亮也就可以出院了。

　　由于郭徽摇身一变成了杀人犯，对于裴雪和他的争执的调查，也上升了一个层次。录完笔录的民警又折返回来，跟他们一块等待裴雪的苏醒。

周校长挂电话之前，向李少君打听了裴雪所住的医院和病房，李少君本以为她想来看看这个多年不见的学生，周校长却并没有下一步表示。独自坐在医院走廊的李少君困意、倦意和寒意夹杂着扑面而来，她想休息一会儿，却合不上眼，只要一闭上眼睛就天旋地转。

　　李少君拿出手机，翻到了通讯录的某一个位置，然后猛地一下醒了过来。她纳闷自己为什么想要拨打这个号码，并且对自己准备说什么毫无思绪。

　　但是她还是鬼使神差地拨了出去，在这个寂静的初秋深夜。

　　"喂？"袁帅接得出奇得快。

　　"是我。"李少君这句话着实不容反驳。

　　"我知道，有事么？"袁帅的声音听起来非常清醒。

　　"嗯……"李少君想了想，并没有什么事。

　　"少君……"袁帅发话，"我要离开北京了。"

　　李少君一愣。

　　"我要去青岛工作了，带着我妈去养老。"袁帅继续道，"抱歉没有及时通知你，毕竟我们还没有……嗯，没有正式分手。"

　　李少君被这个形容说得突然笑了，她想象着一男一女在一条谈判桌上签署分手协议，签好字后旁边出来两人用墨辗滚一下，然后交换签，最后站起身来握手致意，闪光灯响起，点亮他们做作的微笑。

　　"那你不考虑回北京了？"

　　"我妈如果满意，就不考虑了。"袁帅讲完自己的话，心情也舒展开一点，"你呢，升上副主任了么？我可一直追你的节目呢，做得很好啊。"

　　"谢谢。"李少君由衷答道，"还没升，不过基本已经定好了。"

　　"那恭喜你啊，夙愿得偿啊。"

　　"谢谢。"李少君更由衷了。

"嗯……那就这样？"

"好吧。"李少君回答，"帮我给青岛的广大劳动人民们带个好。"

"你现在怎么说话这么贫呢？"袁帅笑了，"跟谁学的？"

李少君被问得愣住了，是啊，跟谁学的。

"那就这样，再见。"袁帅说。

"再见。"李少君答。

闫敬昱已经把手机屏幕看得模糊了。

普通的工作日深夜一点多，手机突然震动了起来，闲极无聊却睡不着觉的他伸手打开了它，下一秒钟他就开始懊恼为什么大半夜的自己不睡觉，要第一时间看到这条短信，让自己陷入痛苦抉择。

裴雪，也就是叶一琳，此时此刻在海淀医院，她受了伤还在休养。周校长颇为大度地跟他分享了这个消息，并告诉他，她觉得他可能比自己更需要这一次见面。

闫敬昱笑了，不是他更需要，而是她更无颜面对吧？毕竟相对于手无寸铁，只能选择逃离的小男孩闫敬昱，周校长更有站出来的能力。若是叶一琳只能选择原谅一个人，那想来也应该是他闫敬昱了。

闫敬昱突然想到那时袁帅问他，是否可以原谅自己的母亲，他说他不会恨她，但是也不会原谅她。

骨肉亲情尚且无法让闫敬昱释怀这种背叛，他又怎么能奢求叶一琳对自己的原谅呢？

3

天还没亮，裴雪便醒了，而且不用等李少君跟她汇报，民警已经先一步将郭徽杀死王校长的事和盘托出。

李少君无法看到她在得知这一情况后的第一反应，是不解，是微笑，还是哭泣。但是当笔录结束，她们二人第一次相遇的时候，这个素未谋面，却经历过风风雨雨的女子，在李少君的眼中是如此云淡风轻。

"裴雪你好，我叫李少君，是电视台的记者。"

"我知道。"裴雪的声音缺少活力，但是落得很实，"我在电视上见过你的。"

李少君点点头。

"你刚才见过郭徽了，他怎么样？"

"他没什么事，都是皮外伤。"

裴雪"噗嗤"笑了，说："我问的不是伤的事，我还是有自知之明的，知道我也杀不掉他。"

李少君沉默了一下，回答："他很好。"

裴雪点了点头，喃喃自语般说："其实他大可不必这么做，那个人的死活对我并不会起到任何的影响。"

"其实这跟你没关系。"李少君道，"他是在解救他自己。"

裴雪疑惑地看了看李少君，她对郭徽的过去一无所知，正如郭徽曾经对她的过去一无所知一般。李少君突然对这两个人的关系产生了好奇，不知道这两个各怀心事的人缠绵在一起的时候，心里都在想什么。

不过意淫别人的生活总不是什么露脸的事，李少君赶紧把脑子拉回现实，想起自己守了一夜的目的，开口说道："郭徽让我带句话给你，说事情都过去了，希望你今后可以幸福地生活。"

裴雪点了点头，"借他吉言吧。"

李少君觉得自己的任务完成了，也没什么再待下去的必要了，毕竟家里还有小龙，那对她来说是另一个难以面对的事实，若没有她，小龙现在大概正在乡下的老家，在家人的陪伴下熟睡。

正要道别，裴雪却突然叫住了她，说："对了李记者，我还想见一个人。"

"啊，是周校长么？"李少君回话，"她管我要了医院的地址，可能一会儿就会过来了。"

裴雪摇了摇头说："我跟她也没什么好说的。"

李少君疑惑地"嗯"了一声。

"是另一个人，我知道你一定帮得了我，你的系列节目我都看了。"裴雪轻轻地说道，"我想见见闫敬昱。"

4

在医院走廊的闫敬昱心里越发慌乱，脚步却没有丝毫变慢，闹得他自己都不知道自己到底是怎么想的。想见她？还是不想见？

本来经过大半宿的思想斗争，闫敬昱已经打定主意假装不知道这回事了，反正十来年都过来了，他也不相信叶一琳会执着地向他要求一个毫无意义的道歉。但是李少君的来电打乱了他的思绪，毕竟是叶一琳自己要求见他的，性质便完全不同，对于心有亏欠的他来说，这次是去也得去，不去也得去。

闫敬昱在心里设想了很多二人相遇的场景，不过到了医院那一刹那，他的脑海就一片空白了。空白的大脑，慌乱的心绪，坚定的步伐，或许还有僵硬的表情，这就是闫敬昱出现在病房门口时的真实写照。

李少君有幸见证了这一幕，她突然明白，那件事产生的影响并不止针对裴雪和周校长，闫敬昱也赫然置身其中。

只是这一切与她并无关系，她那职业媒体人的头脑闪了一瞬，便被自己压制回去，她静静地退出了病房。

关门之际，她听到裴雪用开朗的语气说："你来了。"

这次会面大概持续了一刻钟，比李少君想象的要短很多。和开门而出的闫敬昱刹那对视，李少君注意到他的眼角闪烁着泪花。闫敬昱许是忘了门口还有这么一位，吓了一跳，忙用手胡撸了两把脸，长出了一口气，开口道："谢谢你。"

这突如其来的感谢让李少君有点措手不及，只好回答："不客气。"

目送了闫敬昱的背影，李少君把注意力转移到病房里。裴雪侧着脸看着窗外，初秋的早晨天高云淡，一缕阳光顺着窗户照到病房里，扫去了夜间的寒意，也把裴雪的脸庞照射得更具光彩。

如此美好的女人，为什么要让她的经历如此不堪呢？在电视台见过了形形色色悲剧的李少君，依旧无法理解这个世界的残酷。

她忽然发现，裴雪的嘴角微微上翘，竟是在笑。

裴雪注意到了回到病房的李少君，她转过头，阳光在她五官分明的脸上照出一点阴影，她依旧微笑着对李少君说："谢谢你。"

第三十章

1

从北京站把小龙的二姨和二姨夫接上，李少君除了打招呼，一路没敢说话。事情的情况之前在电话里已经讲明白了，李少君再也不愿回忆他们听到郭徽杀人时那种语气，一回想就满脸通红恨不得找个地缝钻进去。她这还没提郭徽杀人的前因后果，要是说出来闹不好更得炸窝。

由于这个锅她还得背一部分，因此李少君小心翼翼地观察着两人的举止，看什么时候会找她算账。

意外的是，二姨和二姨夫虽然看起来一脸铁色，但是都没冲着李少君，反而是互相埋怨起来，甚至还让李少君帮着评评理。

"李记者，你说我这老伴是不是脑子缺根弦？我当时好说歹说别让小龙回北京了，在老家挺好的，你说差人点钱嘛，咱们好说好商量，慢慢还呗！我们都有手有脚的，她非不听。"二姨夫瞪了一眼二姨，"又整这个捐款，又整什么别的，你看看现在，这都什么事啊？这小龙心里能承受得了么！"

听完二姨夫这一通控诉，李少君心说这些事不都是我撺掇的么？她通过后视镜看了一眼二姨夫，确认他的表情，如此严肃恳切，实在不像是指桑骂槐，因此更不知道回什么话好了。

二姨倒是一扫过去的凌厉劲头，缩在那儿什么都不说，看来经过这次的事件，他在家里的地位暂时败下阵来。她嗫嚅着说："你不是也同意了么……"

"我同意？"二姨夫更来劲了，"你老人家都跟人家说好了，我能不同意么，我敢不同意？"

说完二姨夫突然安静了，或许是发觉自己一不小心把不敢不同意的真实情况说出来了，有点没面子。

过了一会儿，二姨又开口道："现在是说这个的时候么？眼前是小龙的事怎么办，这都屎堵屁股门了你……"

"你还提这个！"二姨夫突然又暴起了。

"也不知道这有什么不能提的。"二姨哼了一声没话了。

李少君想了想，趁机插了一句话："大哥大姐，您二位也不用太着急，小龙这几天在我那儿住着，我感觉他的情绪还比较稳定。"

"唉，这孩子命苦啊！"二姨长叹了一声，开始掉眼泪。二姨夫瞪了她一眼，也沉默了。

不过李少君说的是实话，小龙对郭徽的消失并没有表现出太多的不适应，这让李少君也很意外，想想是因为他们一起生活的时间还不够长吧。

不多久，三人到了李少君家，推开门看见在外头坐着写写画画的小龙，二姨又控制不住哭了起来，一把把他抱在怀里。

二姨夫定了一会儿，也在一直稳定心绪，努力让自己平静下来，然后走过去摸了摸小龙的头说："小龙，跟我们回老家吧，咱们不在北京这破地方待了。"

小龙被二姨搂着，手里的自动铅笔还没放下，他抬头看了看二姨夫，然后问：

"可是这学期才刚开学没多久啊。"

"在哪都一样上学。"二姨夫拉了拉二姨，继续道，"咱们那边的学校也不比北京的差。"

二姨也放开了抱紧的双臂，但还是搂着小龙，看着小龙补充道："老家雾霾也没北京重。"

小龙顿了一会，点了点头，让人感觉好像这是一个很重要的砝码。

李少君看着三人团聚，插话道："大哥大姐，我家地也不够大，我帮你们在旁边宾馆订了房间，你们先住下吧，小龙还要收拾东西，还有一些退学手续之类的要办，可能还要一两天才能跟你们回去。"

趁着二姨和二姨夫去宾馆休息的时间，李少君带着小龙去郭徽家收拾东西。由于郭徽的主动认罪，警方并没有在他家进行过多的调查取证，现场也已经开放了，小龙的东西也得以顺利取出。

李少君把小龙的衣柜打开，发现里面整整齐齐放着一摞连标签都没拆掉的衣服，除了应季的秋装，还有冬装，甚至还有夏装，应该都是郭徽给他买的。

郭徽明知道自己杀了人，迟早是要为此负责的，却还是做了和小龙一起长期生活的打算，只可惜他所期望的这份安宁可能这辈子是得不到了。

但是这个情还是要领的，李少君一件一件地把它们收进带来的大布袋子，转头看着在一旁书桌上整理课本和书籍的小龙，开口问道："小龙，你喜欢郭叔叔的家么？"

小龙没有回话，李少君感觉他背对着她，脑袋轻微地动了动，却分辨不清是点头还是摇头。

"其实你可以不离开北京的，姐姐一定能帮你想到办法。"李少君决定明确地问问小龙的意见。

这次小龙摇了摇头，她看得很清楚。

"所以你还是想回家是么？"

过了一会儿，小龙静静地回答："我有家吗？"

那一瞬间，李少君突然一阵心痛，她赶忙忍着眼泪流出来的冲动，一个劲地叠衣服。他不知道此时此刻的小龙是什么表情，但是她希望小龙永远不要把脸转过来，她不想看到小龙的表情，更不知道怎么面对他。她终于明白为什么郭徽要收养他的时候，二姨要带他回去的时候，他都表现得如此淡然。

因为在他心里，他的家已经不存在了。

两天之后，李少君送三人到北京站，她自己的车限行，找王健开车帮忙拉东西，结果王健直接开出一辆金杯来。

"不是要拉东西么？我当得有多少行李呢。"王健一边开一边说，"我还想着幸好我们当狗仔的设备齐全。"

李少君没搭理他，让他在车站外头等，自己送小龙三人到了入站口。

李少君拍了拍小龙的肩膀说："有时间可以来北京找我玩啊。"

小龙点了点头，二姨在一旁也笑着说："这段时间真是麻烦李记者了啊，回头可以来我们这边做客。"

二姨夫在一旁嗤之以鼻，"咱们那穷乡僻壤的有啥可来的，你可别丢人现眼了。"

二姨瞪了一眼二姨夫，开口道："那怎么就不能来了，再说了也不一定是来玩啊，出公差的时候也可以顺便来啊，上回咱们村那李老二把他媳妇和老丈人丈母娘杀了，记者不就来了么？"

"你可拉倒吧！"二姨夫气不打一处来，"你就不能盼着咱们村点好？"

"本来就是啊，当时要不是乡里瞒着怕影响不好，肯定得动静更大。"二姨非常有理地说，"以后就好了，出啥事我就直接跟李记者汇报，让那些当官的想藏着掖着都没处藏。"

说罢二姨看了看李少君，眼中流露出为革命抛头颅洒热血的豪情壮志，李少君不禁一凛，毅然地点了点头。

"你快别扯了。"二姨夫没有被这感人的一幕所打动，说道，"这当着孩子呢，说这些干什么？"

"你们快别吵了。"旁人还未发话，小龙却突然开口，"这当着外人呢多丢人啊。"

一听这话，三人都"噗嗤"乐了，李少君看了看小龙，突然觉得让他跟着二姨和二姨夫一起成长或许真的是件好事。自己这些人对小龙的遭遇过于在意，反而束手束脚，而有这样一对"床头打架床尾和"的老两口没事打岔，今后的生活想必会很有趣吧。

送别了他们，李少君慢慢往停车场踱步，快走出广场的时候，她眼角突然出现了一个熟悉的身影，等反应过来已经走过去好几步了。李少君停住了脚步，回过头看去，那人似乎并未发现她，背影渐行渐远。

没必要再去打扰他了，李少君看着闫敬昱逐渐消失在人来人往之中，转身继续走去。

2

闫敬昱下了火车，从出站口出来，一眼就看到了在门外来回张望的养父。他往前赶了几步，但是因为出站人太多，也挤不到前面去，只好挥了挥手，跟着继续往外走。

养父马上发现了他，脸上露出笑容，挥了挥手，逆着等候的人群往外挤。

二人好不容易会合到了一起，养父伸手就要拽闫敬昱手上的手提包，闫敬昱不撒手，俩人争了两下，闫敬昱还是没争过，松开了手。

养父一手拎着包，一手拉着闫敬昱的胳膊就往出走，一边走一边说："你怎么突然回来也不跟我们打声招呼？幸亏村头你老吴叔今天没上集，我好说歹说他才同意让吴东开车拉我过来接你。赶紧走吧，等的时间长了回头他又该跟我这个那个的，烦心。对了你还记得吴东不？小时候你还老跟他打架呢，前年都生孩子啦，大胖小子。"

闫敬昱被拽着走，无奈地说："我知道，你们电话里跟我说好几回了。我就说你们不用接，我坐车就回去了，早知道我就不应该提前告诉你们。"

"你不提前告诉我们哪行？"养父语气一横，然后马上又柔了下来，"你不提前说我们怎么准备，家里都没啥好吃的，这不，我过来接你，你……你妈她直接就去买肉了。"

闫敬昱看了一眼自己的养父，这么多年了，他每次提到养母的时候，总还是会顿一下，他心里笑道：这老头不敢说就不说，敢说就踏踏实实说呗，就这么怕自己么？

随即他又一想，或许真的就这么怕自己。

闫敬昱沉默了一会儿，突然开口道："买个肉着什么急，咱们一会顺便买了不就得了，别让我妈自己四处瞎跑了，她腿脚不好。"

"她哪顾得上那个……"养父顺嘴回话，话没说完却突然不说了，他停住了脚，一直被拽着的闫敬昱也被突然拽停了，一个趔趄差点没摔着。

"怎么了这是？"闫敬昱问，"东西忘车站了？"

"你刚才说什么？"养父直勾勾盯着闫敬昱。

"我说我妈腿脚不好，别让她自己一个人四处瞎跑了。"

"好好好，我回去就跟她说。"养父眼中闪出精光，马上又拽起闫敬昱往前走。

走出火车站外，养父老远就冲着前头一辆小QQ喊道："走啦走啦！"

那辆QQ响起点火的声音，老头子让闫敬昱坐在后座，自己抱着行李包坐到了副驾驶上，闫敬昱说把包放他边上就行了，他偏不听，说他抱着就行了，还说这破车忒不宽敞。吴东听了一个劲地嘬牙花子，骂骂咧咧地说求人办事还挑三拣四的，念完经大和尚吃饱了骂厨子。

闫敬昱坐在后面笑着说："东子啊，你再数落我爸，我给你儿子买的玩具我可带走了。"

吴东笑了笑，跟坐在副驾驶的养父说："您老这下算有儿子撑腰了，我啥也不说了还不行么。"

养父在一旁抱着大包，把头深深地埋了进去，左手伸出来冲着吴东摆了摆，却一句话也没说出来。

进了家门大院，闫敬昱叫吴东一块到家里坐会儿，把给他孩子的玩具拿上，他摆了摆手说还点事要去接人，闫敬昱也没强求，说："行，今天挺晚的了，回头看你哪天在，我去拜访拜访，给你把东西送过去。"

吴东点了点头，没下车直接开走了。

养父在一旁愣住了，等吴东的车看不见了，问闫敬昱："你刚才说啥，你这两天不走了？"

"我请了年假，能待一个礼拜。"

老头子啥话没说，抱着行李就往不断冒出烟火气息的厨房跑去，一边跑一边说："老婆子你先停会儿，敬昱说他要在家住一个礼拜呢，你快告诉我厚棉被放哪儿了，天气预报说后天要起风呢！"

跟养父母聊了一会儿，他们都去厨房准备菜了，闫敬昱自己在屋里坐着看会儿电视。

播了几个台，没什么可看的，目光转向了客厅里的大桌，上面的菜一个一个多了起来，他不禁暗道，这么多菜怎么吃得完啊。

就这么盯着这个桌子，闫敬昱眼前逐渐模糊，好像突然回到了当年那个除夕的夜晚，也是这个客厅，也是这张桌子，也是一桌子菜。

那时的闫敬昱刚被接到家来，一句话也不讲，过年的鞭炮声从村东头响到村西头，自过了午饭起就从未间断过。

养父从院门跑进来，手里拎着一条腊肉，对着厨房喊："腊肉换来了，这抠门老吴，生生要去我半斤鸡蛋才给换，以后再不跟丫玩牌了。"

养父把腊肉扔进厨房，搓着手来到屋里，看着呆呆坐着的闫敬昱，蹲在他跟前说："敬昱啊，饭还得好一会儿才能做好呢，老吴他儿子他们都去看放炮去了，要不你也跟着去吧，一会饭得了我去喊你。"

闫敬昱没抬头，也没回话。

"没事，那放炮竹可好玩了，一点儿也不吓人。"养父还在试图说服他。

"敬昱不想去，你非让他去干啥，那玩意儿有什么好看的？"养母端着一盘拌好的凉菜走到屋里，把盘子放到桌子上，也走到闫敬昱跟前，手里拿着两片切好的腊肉说："来，敬昱，先吃两块腊肉，咱们村老吴家腊肉腌得最地道了，你闻闻，多香啊。"

闫敬昱确实有点饿了，自从到了这里，他还没正经吃过一顿饭，他被腊肉的咸鲜气味吸引，看了一眼，却依旧动也没动。

"那一会儿吃饭的时候再吃，表婶拿腊肉炒个豆干，更香！"养母还自称着表婶，把腊肉塞进养父的嘴里，回去接着做饭了。

养父拍了拍闫敬昱的头，也出去了，房内又只剩下他一个人。

看着桌上的盘子越来越多，逐渐摆满了一整个桌面，闫敬昱的眼前越发模糊，他发现自己流下眼泪来。

这是个除夕夜，千家万户都聚在一起团圆，他自己却抛弃了叶一琳，过上了好吃好喝的日子，而叶一琳还被关在那个魔窟里，他感觉自己离她越来越远。

闫敬昱眼泪越流越多，他也不再控制，放声大哭起来。养父母被哭声吓到，跑到他跟前一个劲儿地哄，却没有任何效果。

闫敬昱恨，恨自己的软弱无能，恨自己不敢救叶一琳，恨自己只想着逃离那个地方，逃到了这个家，于是也跟着恨起了这个家，恨这个家的一切。

"上桌吧，敬昱。"养母的声音从门口传来，她两手各端着一个盘子，里面的菜冒着热腾腾的香气。"你爸盛个汤，咱们就吃饭。"

见闫敬昱没有反应，养母看了一眼他，吃惊道："敬昱，你怎么哭了？"

闫敬昱摆了摆手，把眼角不自觉流下的泪擦干，站起身来笑着说："您坐吧，我去帮我爸盛汤，咱们好久没在一块儿吃过饭了。"

3

李少君回到车上，王健正摇开车窗抽着烟，看着广场上的人流。

"你少抽点烟吧。"李少君坐上副驾驶。

王健乖乖地把烟扔在车外，摇上车窗发动汽车。

路上二人一直无话，王健最终开口道："其实'一心'当年那件事，还是挺值得深挖的，你不考虑再做一做了？"

李少君看着窗外，一个个身影逐个出现在李少君脑海里：痛失双亲的小龙，数经打击的闫敬昱，陷入自责的袁帅，心魔缠身的郭徽，往事不堪的裴雪，以及为了心里那一点点可笑的骄傲和尊严，险些把一切都变得更糟的自己。她想，如果当时不因为自己的争强好胜而对这个案子一探到底，是不是这些人的伤疤也就不必再次被揭开，暴露在阳光之下？

可是哪里会有如果呢？

"不做了，"李少君回答，"这个故事，到这里就结束吧。"

图书在版编目（CIP）数据

肇事者 / 魏审磨著. —北京：九州出版社，
2017.4
　　ISBN 978-7-5108-5226-8

　　Ⅰ. ①肇… Ⅱ. ①魏… Ⅲ. ①长篇小说－中国－当代
Ⅳ.①I247.5

中国版本图书馆CIP数据核字（2017）第080403号

肇事者

作　　者　魏审磨　著
出版发行　九州出版社
地　　址　北京市西城区阜外大街甲35号（100037）
发行电话　（010）68992190/3/5/6
网　　址　www.jiuzhoupress.com
电子信箱　jiuzhou@jiuzhoupress.com
印　　刷　三河市中晟雅豪印务有限公司
开　　本　700毫米×970毫米　16开
印　　张　19.75
字　　数　300千字
版　　次　2017年6月第1版
印　　次　2017年6月第1次印刷
书　　号　ISBN 978-7-5108-5226-8
定　　价　39.80元